GRANTRAVESÍA

AMY TINTERA

Traducción de
Laura Lecuona

GRANTRAVESÍA

RUINA

Título original: *Ruined*

© 2016, Amy Tintera

Publicado según acuerdo especial con International Editors' Co.
y The Fielding Agency.

Traducción: Laura Lecuona

Imagen de portada: © 2016, Capstone Studios, Inc. y Sarah Coleman
Diseño de portada: Michelle Taormina

D.R. © 2017, Editorial Océano, S.L.
Milanesat 21-23, Edificio Océano
08017 Barcelona, España
www.oceano.com

D. R. © 2017, Editorial Océano de México, S.A. de C.V.
Eugenio Sue 55, Col. Polanco Chapultepec
C.P. 11560, Miguel Hidalgo, Ciudad de México
www.oceano.mx
www.grantravesia.com

Primera edición: 2017

ISBN: 978-607-527-129-3

IMPRESO EN MÉXICO / *PRINTED IN MEXICO*

UNO

Las ruedas del carruaje rechinaban mientras avanzaban por el camino de tierra. El sonido hacía eco en el silencioso bosque.

Em se acuclilló detrás de un árbol y empuñó la espada cerrando un dedo tras otro. Una ardilla corrió a esconderse entre la tupida maleza al otro lado del camino. Todavía no se veían ni la princesa ni sus guardias.

Miró hacia atrás y encontró a Damian agachado detrás del arbusto, completamente inmóvil. Ni siquiera parecía que respirara. Así era él: podía ser asombrosamente veloz o permanecer increíblemente quieto, dependiendo de lo que la situación ameritara.

Aren estaba en un árbol al otro lado del camino, precariamente trepado encima de una rama, con la espada desenvainada.

Los dos muchachos miraron a Em en espera de su señal.

Ella puso la mano en el tronco del árbol y echó un vistazo alrededor. A sus espaldas el sol se estaba ocultando y podía ver en el aire las volutas de su aliento. Sintió un escalofrío.

El primer guardia rodeó la esquina montado en su caballo. Con su chaqueta negra y amarillo brillante, era fácil divisarlo.

El color oficial de Vallos, la casa de la princesa, era el amarillo, pero Em los habría hecho vestir de negro. Y habría insistido en que varios guardias exploraran la zona alrededor del carruaje.

Por lo visto la princesa no era tan lista. O quizá se sentía a salvo en su propio territorio.

Em apenas recordaba cómo se sentía estar a salvo.

Volvió a estremecerse, pero no por el frío. Cada músculo de su cuerpo estaba completamente alerta.

El carruaje, jalado por cuatro caballos, descendió por el camino detrás del primer guardia. Había cinco en total: uno en el frente, dos a los lados, dos atrás. Todos estaban montados en caballos, con espadas en el cinto. La princesa debía estar en el carruaje.

Seis contra tres. Em, Damian y Aren se habían enfrentado a peores situaciones.

El guardia de enfrente le hizo un comentario a uno de los hombres detrás de él, y ambos rieron. La mancha azul en sus pechos no se veía claramente desde esa distancia, pero Em sabía lo que era. Los soldados que hubieran matado al menos a diez ruinos llevaban prendedores azules. Por cada diez muertos recibían otro más.

El hombre en el frente exhibía por lo menos tres. Em aguardaba ansiosa el momento de borrarle la sonrisa del rostro.

Volvió a prestarle atención a Damian. Inclinó un poco la cabeza.

Él se incorporó lentamente, con una daga en una mano y una espada en la otra. Levantó la daga y entrecerró los ojos para fijar mejor su objetivo.

La cuchilla surcó el aire.

Em se levantó de un brinco. La daga de Damian se hundió en el cuello del guardia a un lado del carruaje; un grito rasgó el silencio. El hombre cayó del caballo y los otros guardias rápidamente desmontaron, con las espadas desenvainadas. Los caballos relinchaban y uno de ellos se marchó galopando: los golpes de sus cascos se percibieron hasta que desapareció entre la maleza.

Aren saltó del árbol y cayó encima de dos guardias, con la espada cortando los aires hasta encontrar su blanco.

Damian corrió tras el hombre que intentaba bloquear la puerta lateral del carruaje. El guardia tenía el rostro crispado por el miedo. Su terror era evidente.

Eso dejaba a un solo hombre, el de enfrente, que miraba directo a Em. Ella apretó la espada con más fuerza y se apresuró a enfrentarlo.

Él tomó algo de su espalda. Em apenas tuvo tiempo de notar el arco antes de que la flecha saliera disparada en su dirección. Rápidamente se hizo a un lado, pero la flecha logró rozar su brazo izquierdo. Emitió un grito ahogado por el latigazo de dolor, pero no había tiempo y no podía permitirse aflojar el paso.

Corrió en el momento en que el guardia intentaba alcanzar otra flecha. Le apuntó. Ella reaccionó y apenas consiguió esquivarla.

Damian apareció detrás del guardia y le clavó su espada. El hombre dio un grito ahogado y cayó de rodillas.

Em dio media vuelta rápidamente para encontrarse con la princesa Mary, que en ese momento bajaba de un brinco del carruaje, espada en mano.

Una oleada de alivio inundó el pecho de Em cuando la reconoció. Tenían el mismo cabello oscuro, la misma piel aceitunada. Mary tenía ojos verdes, mientras que los de Em eran oscuros. Y Mary poseía facciones pequeñas y delicadas, que la hacían ver más bella de lo que Em podría verse jamás. Con todo, a lo lejos casi nadie podría distinguir a una de la otra.

Em levantó la espada mientras Mary corría hacia ella, pero la princesa de repente dio un traspié hacia atrás, jalada por una fuerza invisible. Los dedos se le abrieron como resortes, y la espada cayó al suelo con estrépito.

Aren estaba detrás de Mary, con la mirada fija en ella, empleando su magia de ruino para mantenerla en su lugar.

Em carecía de magia, pero casi nadie la superaba con la espada.

Con una sacudida de cabeza le dijo a Aren que soltara a Mary. No necesitaba su ayuda. Em dio un paso atrás para que la princesa pudiera recuperar su arma.

Quería batirse en duelo contra ella, y derrotarla. Quería ver el rostro de Mary cuando se diera cuenta de que la había vencido.

Poco a poco empezó a sentir enojo, al principio vacilante, pues quizás el miedo era la emoción más indicada en ese momento. Pero Em aceptó el enojo, dejó que se arremolinara y creciera al punto de oprimirle el pecho y dificultarle la respiración.

Em atacó primero, y Mary levantó la espada para bloquearla. La princesa vigilaba a Damian, pero Em sabía que ninguno de sus amigos la ayudaría, a menos que fuera absolutamente necesario. Sabían que debía hacerlo sola.

Em embistió a Mary de nuevo. Se levantó una nube de polvo. Mary alzó su espada y Em se agachó, dejando que la hoja se deslizara por encima de su cabeza. Volvió a arremeter con la velocidad de un relámpago y con su espada tajó el brazo derecho de Mary.

La princesa gritó y se tropezó. Em aprovechó el momento de debilidad. Embistió a Mary y con un golpe de su espada tiró la de ella.

Em dio un paso adelante y colocó la punta de su espada en el cuello de la princesa. Las manos le temblaron y tomó su arma con más firmeza. Cien veces había imaginado esta escena, pero no contaba con las náuseas que ahora comenzaba a sentir en la boca del estómago.

—¿Sabes quién soy? —preguntó Em.

Mary sacudió la cabeza, respiraba agitadamente.

—Creo que conociste a mi padre —dijo Em—. Tú lo mataste y dejaste su cabeza en una estaca para que yo la encontrara.

Mary apretó los labios, sus ojos se movían rápidamente de Em a la cuchilla en su cuello. Abrió la boca, pero antes de que consiguiera hablar, emitió un chillido.

—Yo...

La princesa se interrumpió y se agachó a buscar algo en su tobillo. Se enderezó con una daga en la mano. Arremetió contra Em.

Em se abalanzó hacia un lado. Por un momento el pánico se apoderó de su pecho. Si Mary la mataba o se escapaba, todo el plan se vendría abajo.

Mary volvió a lanzarse contra ella y Em la tomó de la muñeca, tirando del brazo con la daga hacia el cielo.

Con la otra mano, Em atravesó con su espada el pecho de la princesa.

Los prendedores azules cayeron al suelo tintineando. Em contaba mientras Damian y Aren los arrancaban de las

11

cháquetas de los guardias de Vallos muertos. Nueve: noventa ruinos muertos sólo a manos de estos cinco hombres.

Em se agachó a recoger los prendedores. Los dos círculos entrelazados simbolizaban la unión de dos territorios —Lera y Vallos— en su lucha contra los peligrosos ruinos. La espada que atravesaba los círculos simbolizaba su fuerza.

Em soltó cinco prendedores en la mano de Aren.

—Ponlos en tu chaqueta.

—Pero...

—Los guardias de Lera te respetarán más. De hecho —añadió otro—: seis. Serás un héroe.

Aren torció la boca como si hubiera comido algo agrio, pero colocó los prendedores en una de las chaquetas sin protestar. Metió un brazo por la prenda amarilla y negra, y luego el otro. Cerró los cinco botones de oro y pasó la mano por el frente, alisando la tela.

—¿Parezco guardia de Vallos? —tomó la espada—. Esperen. Es más realista si balanceo la espada como si no tuviera idea de cómo usarla. Ahora me veo bien, ¿verdad? —dijo con una amplia sonrisa que resaltó los hoyuelos en sus mejillas.

Em resopló.

—Perfecto —y apuntándole arriba de la ceja, donde unas gotas de sangre le manchaban la piel oscura, dijo—: Estás sangrando.

Aren se pasó la mano por la frente mientras Em soltaba los prendedores restantes en la mano de Damian.

—Deshazte de éstos. No queremos que los cazadores los encuentren y comiencen a sospechar.

Damian guardó los prendedores en su bolsillo.

—Los quemaré junto con los cuerpos.

La mirada de Em se deslizó hacia el carro detrás de él, donde estaban apilados la princesa y sus guardias. Una parte

12

de la larga cabellera oscura de Mary salía por debajo de la manta en la parte trasera del carro, y casi tocaba el suelo.

Apartó la mirada. Su madre siempre decía que la única manera de encontrar la paz era matar a todos los que representaban una amenaza para ésta. Sin embargo, la opresión en el pecho de Em se mantenía ahí.

—Debo hacerme cargo de los cuerpos lo más pronto posible —dijo Damian en voz baja.

Em asintió y quiso verlo, pero inmediatamente después bajó su mirada. Él tenía *esa* expresión, la que a ella le oprimía dolorosamente el corazón: una mezcla de tristeza y esperanza. Quizá también amor.

Damian dio un paso adelante y Em lo abrazó, dejándose envolver por su olor familiar. Él sabía que ella no podía corresponder a sus sentimientos. No por el momento. El deseo de venganza crecía, se retorcía y ardía adentro de Em, y no dejaba espacio para nada más. En ocasiones amainaba un poco y ella pensaba que se había ido, pero siempre regresaba. Estaba de vuelta en casa, con los pulmones llenos de humo y los ojos llorosos mientras miraba fijamente desde un rincón cómo el rey Salomir retiraba del pecho de su madre una espada llena de sangre. Volvía a oír los gritos de su hermana cuando los soldados se la llevaban a rastras. Recordaba cuando unas semanas después encontró a su padre, asesinado por la princesa Mary.

Quizá cuando matara al rey y a su familia conseguiría sentir algo más. Quizás entonces podría ver a Damian con los mismos ojos con los que él la miraba.

Intentó sonreírle. Se le había hecho un nudo en la garganta, y la sonrisa probablemente pareció una mueca. Vio a Damian despedirse de Aren.

—Calculo que llegaré al campamento de los ruinos mañana por la tarde —dijo Damian, deteniéndose junto a uno de los caballos que jalaban el carro. Miró a Em y añadió—: ¿Estás segura de que no quieres que les diga que estás buscando a Olivia? Deberían saber que existe alguna posibilidad de que su reina regrese.

Em negó con la cabeza.

—Todavía no. Te eligieron a ti como su líder y ahora necesitan a alguien con quien contar. No les demos esperanzas todavía.

Un lamento surcó fugazmente el rostro de Damian cuando oyó la palabra líder. Él era uno bueno, a pesar de su juventud, pero tenía ese lugar sólo porque los ruinos le habían dado la espalda a Em. Con su madre muerta y su hermana desaparecida, podría haber sido heredera al trono, pero era inútil, impotente. No es apta para dirigir, dijo un ruino cuando un año antes exigieron que Damian se hiciera cargo.

—Mantenlos a salvo —dijo ella—. Esperaré a saber de ti.

Damian se subió al carro, se llevó al pecho el puño de la mano derecha e hizo el saludo oficial de Ruina a la reina, un gesto que nadie más que Damian y Aren le habían dedicado. Em parpadeó intentando contener las lágrimas. Levantó la mano para decir adiós, y Damian hizo lo mismo. A él se le veían las marcas ruinas en la mano y en la muñeca, un recordatorio de por qué no podía siquiera plantearse ir con ellos. Las marcas gritaban a los cuatro vientos que era un ruino con poderes. Como Em carecía de ellos, tampoco tenía marcas.

Ya había oscurecido y la figura de Damian desapareció rápidamente, con el golpeteo de los cascos retumbando en la noche.

Em volvió con Aren, que se estaba quitando la camisa dejando al descubierto las cicatrices en su cuello. Aren había escapado apenas vivo del castillo de Ruina en llamas, y la parte superior de su cuerpo contaba esa historia. Sus cicatrices también ocultaban la historia de su magia, pues el fuego había quemado todo rastro de sus marcas ruinas. Sus marcas habían sido hermosas: blancas sobre su piel oscura; las delgadas líneas se enredaban y creaban espirales por toda la espalda, los brazos y el pecho.

—¿Lista? —le preguntó en voz baja.

Ella buscó su collar y frotó con el pulgar la *O* de plata. *No*. Llevaba casi un año planeando esto, pero nunca estaría lista.

—En la mañana ya habremos llegado a la frontera con Lera —dijo Aren mientras se subía a la parte delantera del carruaje. Con un ademán, ofreció:

—¿Quieres ir en el carruaje como una verdadera princesa de Vallos?

Em caminó hacia uno de los caballos y respondió:

—Todavía no. Me adelantaré un poco para explorar la zona. Subiré cuando nos acerquemos a la frontera.

Pasó una pierna por encima del caballo y se acomodó en la silla de montar. Volteó hacia Aren, que la miraba con la cabeza inclinada.

—¿Qué?

—Tu madre estaría orgullosa, Em.

Al mencionar a su difunta reina, inclinó ligeramente la cabeza.

—Eso espero —las palabras fueron apenas un susurro. Estaba segura de que su madre estaría furiosa con ella por haber permitido que el rey de Lera se llevara a su poderosa hermana menor. Se suponía que Em debía proteger a Olivia, y no lo había logrado.

Pero lo arreglaría. Salvaría a su hermana y mataría al hombre que se la había llevado. El mismo hombre que asesinó a su madre.

Haz que la gente te tema, Emelina —las palabras de su madre resonaban en su cabeza—. *Deja de preocuparte por lo que no tienes y empieza a concentrarte en lo que sí. Haz que la gente tiemble al escuchar tu nombre. El miedo es tu poder.*

Wenda Flores no había conocido los tiempos en que se temía a los ruinos por sus poderes y se les veneraba como a dioses, pero los había echado de menos. Su mayor deseo había sido que los humanos se doblegaran aterrorizados.

Em levantó la cabeza y miró fijamente hacia el frente.

Nadie temía a Emelina Flores, la inútil hija de la reina más poderosa que Ruina hubiera conocido.

Pero ahora sí le temerán.

DOS

Cas se alejó de su adversario con un giro y apenas consiguió esquivar la espada que se dirigía a su cuello. Sin embargo, se tropezó con una roca y estuvo a punto de caer.

La espada de su adversario le golpeó el pecho. Muy desafortunado.

—Muerto —sonrió Galo mientras retiraba la hoja sin filo—. ¿Está cansado, su alteza?

Cas dio un paso atrás y se pasó una mano por el cabello húmedo de sudor. El sol iluminaba de lleno los jardines del castillo.

—Un poco. Debe ser porque te gané las primeras cuatro veces.

El guardia extendió los brazos. Seguía jadeando por la pelea.

—Me gusta hacer que primero te confíes y te sientas seguro. Luego comienzo a pelear en serio.

Cas rio. Pasó su espada a la mano izquierda para arremangarse la camisa blanca. Su chaqueta estaba tirada en el suelo, cubierta de la tierra que habían estado levantando durante el entrenamiento. No le iba a hacer ninguna gracia a su madre.

—Vamos otra vez —dijo con la espada en alto.

—Tal vez deberías descansar un poco —dijo Galo poniéndose las manos en los muslos, con la espada colgando entre sus dedos. Exhaló largamente—. Te ves exhausto.

—Seguro, soy *yo* el que se ve exhausto.

Galo se enderezó y dirigió su mirada al castillo. La construcción de piedra blanca se alzaba imponente junto a ellos y proyectaba su sombra por los jardines. Ventanas en forma de arco formaban una fila en la parte posterior del castillo. Una doncella se asomó por una del segundo piso para aporrear un tapete contra el muro.

—Mejor paramos —Galo señaló la chaqueta polvosa en el suelo—. Vas a oler a tierra y sudor cuando llegue tu prometida.

Cas soltó la espada encima de su chaqueta, con lo que se ensució todavía más.

—Lleva varios días de viaje. Estoy seguro de que también olerá mal. Estaremos a mano.

—¡Qué considerado, su alteza!

Galo sólo le decía *su alteza* cuando se burlaba de él. Cas le lanzó una mirada levemente divertida. Galo era dos años mayor que él, y en los tres años en la guardia se había vuelto mucho más un amigo que alguien que debiera darle un tratamiento formal.

—¿Supiste que después de la boda vendrán a visitarnos unos guerreros de Olso? —preguntó Cas.

—No sabía —dijo Galo pasándose una mano por el oscuro cabello—. ¿Para qué?

—Negociaciones. Tienen problemas con un tratado que le dio a Lera el control de su puerto principal tras la última guerra, pero creo que mi padre aceptó la visita para poderse lucir.

—¿Lucirse con qué, exactamente?

—Cuando me haya casado, Lera controlará Vallos además de Ruina —rio Cas—. Es admirable. No puede dejar de alardear de que me heredará dos reinos más de los que su padre le dejó a él. Por supuesto, Ruina es uno. Y eso no es precisamente algo de lo que se pueda alardear.

—A menos que seas admirador de los cultivos muertos y de los cielos grises.

—Le pregunté si podía visitar Ruina, ver las minas, pero...

—Cas se encogió de hombros—. A lo mejor sigue siendo demasiado peligroso.

—Definitivamente es demasiado peligroso —dijo Galo.

—¿Casimir? ¡CASIMIR!

Cas se volvió al escuchar la voz de su madre proveniente del castillo. Mientras salía al patio de la biblioteca del segundo piso sonaba el frufrú de las faldas de su vestido azul claro rozándole los tobillos. Puso las manos en sus caderas.

—Fue vista al final del camino —dijo ella.

A Cas se le fue el alma a los pies.

—Está bien.

—Podrías al menos fingir que te emociona.

—Ardo de emoción y de expectativa. En verdad, casi no puedo contenerme —dijo con una amplia y falsa sonrisa—. ¿Mejor?

Galo ocultó la risa con una tos. La madre de Cas suspiró enfadada y volvió a entrar al castillo.

—Mejor me voy —Cas le entregó su espada a Galo. Tomó rápidamente la chaqueta del suelo y le sacudió el polvo.

—Buena suerte —dijo Galo, y luego frunció el ceño—. ¿Es eso lo que se debe decir en esta situación?

Cas levantó un hombro. No había mucho que decirle a alguien que estaba por conocer a la mujer con la que le habían ordenado casarse. *Intenta no vomitar* habría sido la mejor opción.

Miró a Galo con una sonrisa tensa y subió los escalones brincando. Tomó la manija de la alta puerta de madera y empujó para abrirla; sus ojos se tuvieron que ajustar a la tenue iluminación del comedor del servicio. A la izquierda, un niño salía por la puerta de la cocina que empujaba con la espalda. El ruido de las cacerolas y los gritos se dispersaba detrás de él. Llevaba una bandeja de pastelillos y se detuvo abruptamente cuando vio al príncipe.

Cas saludó al niño con un gesto de cabeza y siguió caminando, cruzó la puerta del otro extremo y salió al pasillo. La luz del sol entraba por las amplias ventanas a su derecha. Las paredes del corredor eran casi rosadas a la luz de la tarde; poco después se verían rojas. Cada corredor estaba pintado de un color diferente. Al doblar una esquina encontró a dos plebeyos arreglando ramos de flores amarillas contra las paredes verde brillante.

Pasó al vestíbulo, en medio del bullicio del castillo. Más flores flanqueaban el barandal de las escaleras, y un empleado las ataba con listones azules. El aire estaba cargado de expectativa y emoción mientras el personal se preparaba para la llegada de la nueva princesa. Sus rostros radiantes aterrorizaron todavía más a Cas.

Su madre y su padre estaban frente a la puerta de la entrada principal. Se detuvo junto a ellos.

—Estás todo sucio —dijo su madre quitándole la chaqueta. La golpeó con la mano tratando de quitarle la mugre—. ¿Tenías que entrenar con ese guardia justo antes de que ella llegara?

El rey le dio a su hijo una palmada en el brazo.

—Está nervioso. Quiso quemar un poco de energía.

—No estoy nervioso.

Sí lo estaba.

Quizá *nervioso* no era la palabra correcta. Cas siempre había sabido que se casaría con alguien que sus padres eligieran. Lo sabía, pero no estaba del todo preparado para lo que realmente iba a sentir: como si se le hiciera un nudo en el estómago y la cabeza fuera a explotarle por el golpe.

¿Cuál era la palabra para eso?

—Es lo mejor que puede quedar —dijo su madre dándole la chaqueta. Se la puso.

—¿Puedes *intentar* hablar con ella? —dijo el rey—. A la gente le incomoda que permanezcas callado.

—No siempre tengo algo que decir.

—Entonces esfuérzate —dijo su padre, exasperado.

La reina se dirigió hacia la puerta y les hizo una señal para que la siguieran.

—Vengan. Los dos.

Dejó que el rey pasara frente a ella y puso una mano en el brazo de Cas.

—No te preocupes, Cas. Sé que va a quedar encantada contigo.

Él sacudió la cabeza pero intentó sonreír como si le creyera. *Encantada contigo*, qué ridículo. Era un matrimonio arreglado, y Mary lo conocía a él tanto como él a ella: nada.

Salieron. Cas se rezagó un poco. Cerca de diez empleados y varios miembros de la guardia de Cas esperaban ordenados en dos filas.

Descendió por los escalones del castillo y tomó su lugar junto a su padre en el momento en que comenzaba a abrirse el portón. Juntó las manos en la espalda y comenzó a jalarse cada dedo de su mano izquierda hasta que sentía que el nudillo le tronaba. Su corazón latía tan fuerte que le vibraba en los oídos. Intentó mostrar una expresión neutra.

Un sendero de tierra iba del castillo al portón principal, flanqueado de exuberante hierba verde y setos cuadrados perfectamente podados. Dos guardias abrieron el portón de hierro y se quitaron del paso para que la escolta real de Lera entrara a caballo.

Detrás de ellos venía un pequeño carruaje que había visto tiempos mejores. Tenía tierra y lodo pegados a las ruedas, aunque tras el viaje por la selva de Lera eso era de esperarse. La carrocería era gris claro, con una ventanilla de vidrio a cada lado. Las ventanillas estaban abiertas, y la más cercana a Cas parecía que podría soltarse de sus bisagras en cualquier momento. Sobre el espacio abierto, una cortina impedía la vista del interior.

Un joven con uniforme de Vallos iba sentado en el asiento al frente del carruaje con las riendas en la mano. Cas esperaba que lo siguieran varios guardias más, pero era el único. Qué extraño. Cas siempre llevaba a varios guardias consigo cuando viajaba.

El guardia de Vallos frenó a los caballos y de un brinco bajó del carruaje tirando de los extremos de su chaqueta. Tenía las manos cubiertas de cicatrices, como si se hubiera quemado, y Cas intentó no mirarlo demasiado mientras abría la puerta del carruaje. Nunca antes había visto piel tan mutilada.

Lo primero que surgió del carruaje fue una mano; el guardia la tomó y dio un paso atrás cuando apareció una cabellera oscura.

La princesa Mary saltó del carruaje sin usar el escalón y levantó un poco de tierra.

Era alta, de largas piernas, y llevaba un vestido amarillo que le apretaba firmemente el pecho. También le quedaba corto y rozaba con la parte superior de sus zapatos, con lo que se revelaba un poco de sus tobillos. Cas se preguntó si habría crecido recientemente o si tenía una costurera descuidada. Unos mechones de su cabello oscuro se habían soltado del lazo, lo que le daba una apariencia salvaje y despeinada.

—Los rumores sobre su belleza eran... exagerados —dijo el padre de Cas entre dientes.

De hecho, Cas sabía sólo una cosa sobre Mary, pues sus padres habían escrito antes de morir, afirmando que era *bella, encantadora, tan bonita y delicada*. Pero la chica frente a ellos no era nada de eso. Era angulosa, de facciones marcadas. Nada en ella parecía delicado.

El guardia hizo un torpe movimiento de la mano en dirección a Mary. Evidentemente, presentarla no era parte de su trabajo habitual.

—La princesa Mary Anselo, de Vallos.

Cas pensó que podrían referirse a ella como la *reina Mary*, pero técnicamente no había ascendido al trono tras la muerte de sus padres. Ahora Vallos pertenecía al padre de Cas.

La mirada de Mary, de ojos oscuros e intensos, enmarcados por largas pestañas, inmediatamente se posó en Cas. La piel debajo de los ojos también era un poco oscura, lo que la hacía parecer cansada o enojada... o ambas cosas.

Cas saludó con una ligera inclinación de cabeza y luego fijó su atención en los árboles a la distancia. Era menos probable que muriera del susto si no la miraba a los ojos.

El heraldo dio un paso adelante y extendió el brazo hacia el rey.

23

—Su majestad, el rey Salomir Gallegos. Su majestad, la reina Fabiana Gallegos. Y su alteza, el príncipe Casimir Gallegos.

—Encantada de conocerte, Mary —dijo la reina con una inclinación de cabeza, luego dio unos pasos y estrechó las manos de la princesa entre las suyas. Esto pareció sorprender a la joven, que dio un paso atrás como si quisiera salir corriendo.

Cas no podía reprochárselo. Él mismo estaba pensando en huir.

—También yo estoy encantada de conocerla —dijo Mary en voz baja.

El rey la saludó con la sonrisa que siempre les dirigía a las mujeres:

—Es un placer.

Un lado de la boca de Mary se levantó en algo que parecía una sonrisa. O una mueca. A Cas le resultó difícil interpretar las expresiones de su rostro.

—Él es mi guardia, Aren —dijo Mary, y el joven dio un paso adelante.

—¿Te escoltó un solo guardia? —el tono del rey tenía un dejo de sospecha.

—Se han enviado a muchos de los guardias de Vallos a darles caza a los ruinos —dijo Mary—. Unos cuantos más me escoltaron a la frontera de Lera, pero me pareció mejor enviarlos de regreso adonde se les necesita —sus labios mostraron algo que todavía no era del todo una sonrisa—. Tienen ustedes muchos guardias estupendos aquí en Lera.

—Muy cierto —dijo el rey con una amplia sonrisa haciéndole una seña a Julio, el capitán de la guardia de Cas—. Lleve a Aren adentro y muéstrele su habitación.

Aren se echó la bolsa al hombro y entró en el castillo detrás de Julio.

La madre y el padre de Cas voltearon a verlo, como si esperaran que dijera algo, y a él se le secó la boca.

Mary lo observó, como si esperara algo también, y de pronto tuvo ganas de no volver a hablar nunca más. Él la miró de frente y de inmediato sintió como si estuvieran compitiendo a ver quién se incomodaba primero. Cas confiaba en ganar esa competencia siempre.

—Magnífico —dijo la reina.

El rey miró a su hijo con los ojos todavía más abiertos. La reina extendió el brazo y tomó el de Mary para conducirla al castillo.

—¿Llegarán pronto tus cosas?

—Todo lo que tengo está en ese carruaje —no lo dijo como si le avergonzara. Cas le echó otro vistazo al pequeño carruaje. Allí adentro no podía haber más que un baúl.

—Pues muy bien, es lindo volver a empezar —dijo tranquilamente la reina—. Mandaré inmediatamente a alguien para que te tome las medidas. He oído que eres aficionada a los vestidos, ¿es cierto?

—¿Quién no? —respondió Mary.

Cas las vio subir los escalones del frente del castillo y desaparecer por las macizas puertas de madera. Se dio cuenta de que no le había dirigido la palabra. Tal vez debía haberle preguntado por lo menos cómo había estado su viaje, o si necesitaba algo.

El rey suspiró.

—Supongo que podría haber sido peor.

—Pidámosle al sacerdote que diga eso en la boda —dijo Cas—. *Y ahora unimos a Casimir y Mary. A ambos podría haberles ido peor.*

TRES

Un golpe en la puerta hizo que los ojos de Em se abrieran de golpe. Al querer levantarse, jadeando, las sábanas se le enredaron entre los pies. Rodó y cayó al suelo gritando. Con un gesto de dolor se quitó el cabello del rostro. Estaba sorprendida de que finalmente se hubiera quedado dormida. Cuando el sol empezó a asomarse entre las cortinas, ella seguía despierta, incapaz de dormir en un castillo repleto de enemigos. Había pasado casi un año planeando cómo infiltrarse, pero la realidad de estar rodeada de gente que la mataría al descubrir su verdadera identidad era más desconcertante de lo que hubiera podido esperar.

—¿Su alteza? —llamó una voz al otro lado de la puerta.

Se puso en pie y se alisó el camisón.

—¿Sí?

La puerta se abrió y dejó ver a Davina, una de sus doncellas, que traía una bandeja de comida. *Una* de sus doncellas. La vida que en este palacio era ridícula. La madre de Em no empleaba doncellas. *Una doncella es una espía en potencia,* solía decir.

Davina levantó la bandeja.

—Le traje el desayuno, su alteza. Y la reina ha solicitado su presencia —dijo mientras dejaba la bandeja en la mesa de la esquina. Se acercó a Em con una sonrisa en su bonito y joven semblante. En la bandeja había un cuchillo. Em lo examinó, intentando determinar qué tan filoso era. Con tres rápidos pasos por la habitación podría llegar detrás de Davina, tomar el cuchillo y clavárselo en el cuello antes de que se enterara de qué estaba pasando. Cinco segundos a lo sumo.

Em se sacudió ese pensamiento de la cabeza. Por ahora, no necesitaba matar a su doncella.

—¿Solicitó mi presencia para qué?

—Para la prueba del vestido de novia, su alteza.

—Ah, sí —intentó que no se notara que pensar en el vestido de novia le provocaba náuseas.

—Y la Batalla de la Unión es esta tarde —dijo Davina—. La reina quiere hacer la prueba antes.

¿Se esperaba que ella supiera qué era *la Batalla de la Unión*? Fuera lo que fuera, no sonaba bien.

—Por supuesto —dijo Em—. Me arreglaré rápidamente.

Por un movimiento de Davina, Em vio que pensaba quedarse a ayudarla y negó con la cabeza.

—Estoy bien por el momento. ¿Puedo llamarte cuando esté casi lista?

Davina vaciló y luego caminó hacia la puerta.

—¿Espero afuera?

—Por favor —dijo Em.

Em suspiró mientras la doncella desaparecía por la puerta. Le había dejado té y una gruesa rebanada de pan de un color extraño. Em cortó un trozo. Era dulce y delicioso, y pronto comió la pieza entera. En el último año casi no había probado buena comida.

Echó un vistazo por la habitación. En el último año tampoco había tenido siquiera una cama, y ahora disponía de una sala, un despacho y un dormitorio. La gran ventana en uno de los muros mostraba una vista primorosa de los jardines. La habitación estaba decorada de azul, el color oficial de Lera. Azul era la silla del rincón, azul el tapiz de la pared, y azules las sábanas de la cama.

Impecable y hermoso. Y Em quería hacerlo todo trizas. ¿Así vivían los nobles adversarios mientras los ruinos se veían obligados a salir de sus casas y mudar de campamento cada pocos días sólo para mantenerse con vida?

Tendría que asegurarse de incendiar el castillo antes de terminar. Todavía podía oler el humo del día en que el rey había reducido su casa a cenizas, había matado a su madre y secuestrado a su hermana. Lo justo era devolver el favor.

Preparó su té y eligió un horrendo vestido rosa de Mary. El clima en Vallos era mucho más frío que en Lera, y a menudo la gente estaba completamente cubierta. Los vestidos de Mary tenían manga larga, eran rígidos y obedecían más a la funcionalidad que a la moda. Eran de lo más deprimentes.

Como el vestido que había usado el día anterior, lo había sentido demasiado corto y ajustado, pero lo amplio de la falda ocultaba un poco lo mal que le sentaba.

El collar le colgaba en el centro del pecho. Por unos momentos lo rodeó con los dedos. La *O* de oro era de Olivia, y cuando se convirtió en Mary pensó en dejarlo. Sin embargo, había usado ese collar todos los días desde que había regresado a las ruinas de su castillo y lo había encontrado entre los escombros. Si encontraba a Olivia, se lo devolvería.

Cuando encontrara a Olivia. No sabía por qué el rey había secuestrado a su hermana en lugar de matarla, pero nada le impediría descubrirlo y rescatarla.

Soltó el collar y el colgante le cayó sobre el pecho. Si alguien preguntaba, diría simplemente que era un círculo. Un regalo de sus padres.

Se recogió el cabello y lo ató con un simple nudo detrás. Davina regresó y le abotonó el vestido por la espalda, y luego la acompañó a salir de su aposento.

Cerca de la puerta, con dos guardias vestidos con el uniforme azul y blanco de Lera, estaba Aren. Tuvo que contenerse para no correr hacia él. La había acompañado durante el último año y si no estaba cerca, ella sentía como si le faltara una extremidad.

Em quería preguntarle qué tal se estaba adaptando, si había descubierto algo, si alguien sospechaba que pasaba algo raro, pero Davina pasó veloz frente a él y los demás guardias, no sin voltear a echarle un rápido vistazo a Aren. Él le sonrió y las mejillas de la doncella se sonrojaron. Em contuvo la risa. La lista de jovencitas que se ruborizaban ante Aren era interminable.

Em y Davina doblaron varias esquinas, y pronto Em no supo en dónde estaban. Todos los pasillos eran iguales, salvo por los radiantes colores de las paredes, que cambiaban cada vez que daban vuelta. El castillo tenía un trazo cuadrado, así que por lo menos la consolaba saber que cuando se perdiera, cosa que ocurriría tarde o temprano, podría seguir doblando esquinas y terminaría donde hubiera empezado.

Tapetes azul marino se extendían por los pisos, y las grandes ventanas abiertas salpicaban luz por todas partes. Se alcanzaba a ver el océano. Una brisa fría y salada sopló por los pasillos. Lera era un lugar mucho más caluroso que Vallos o Ruina, sin una sola nube en el cielo. Ahora podía ver por qué la gente de Lera había echado a los ruinos generaciones atrás:

para poder permanecer allí. Ella tampoco querría irse de ese lugar.

Davina se detuvo y tocó una gran puerta de madera. Inmediatamente la abrió una mujer joven, y la doncella se escabulló.

La mujer acompañó a Em adentro. La reina estaba en pie en el centro de la habitación, con un vestido rojo brillante que contrastaba con la ropa color crema que vestían las dos mujeres a su lado.

La gran habitación tenía roperos repletos de vestidos, pantalones y blusas, y un muro lleno de zapatos. El vestidor de la reina. No pudo sino desear tener semejante guardarropa durante su estancia. Si tenía que tratar con esa gente, que al menos pudiera usar ropa bonita entretanto.

Em revisó la habitación en busca de armas. Había un espejo sujeto a una pared, pero demasiado grande para poder romperlo. En la mesa había una gran fuente de fruta, y el platón de cerámica blanca probablemente era lo bastante resistente como para hacer daño si lo estrellaba contra un cráneo. Uno, tres, seis pasos, y podría abrirse camino entre las doncellas para llegar al rincón del otro extremo, tomar el platón, esquivar a una doncella, romperlo en la cabeza de la reina, dar un giro, empujar a una doncella y usar el filo del platón roto para hacer un corte irregular a través del cuello de la reina para terminar el trabajo.

—Mary —la reina extendió los brazos hacia ella.

Em cerró la mano, reprimiendo las ganas de gritar. No había contado con que le resultaría tan difícil estar en presencia de la gente que le había destrozado la vida. El día anterior, al descender del carruaje, había estado a punto de tomar la espada de Aren y blandirla hacia la cabeza del rey.

Inhaló lentamente. Tranquila. Firme. Su madre era la mujer más temible que hubiera conocido —la mujer más temible que casi cualquiera hubiera conocido—, y se debía, en parte, a que nunca perdía los estribos. Si quería matarte, no te enterabas hasta que ya tenías el cuchillo en las entrañas.

Em necesitaba ser como su madre en ese instante.

Posiblemente la reina se dio cuenta de que Em no quería que la abrazaran, porque sólo la tomó de las manos y se las apretó. Cuando sonrió, la pequeña cicatriz en forma de semicírculo en su mejilla izquierda se movió. Era lo único interesante en el rostro aburridamente hermoso.

—¿Cómo pasaste tu primera noche? ¿Fueron adecuados tus aposentos?

—Fueron perfectos, su majestad.

—Por favor, dime Fabiana —dijo la reina soltando las manos de Em—. Pronto seremos familia.

—Por supuesto —Fabiana era un nombre espantoso, así que a Em le encantaría decirle así.

—¿Y qué te ha parecido Lera hasta ahora? —preguntó la reina—. Diferente de Vallos, ¿no es así? Menos sombría.

—Mucho menos —dijo Em, notando la sutil crítica a Vallos—. ¿Y qué tal es Lera comparada con Olso? He oído que allá es frío.

Fabiana apenas si arqueó una ceja.

—Lera es menos... rigurosa.

—Seguro que así es —Em nunca había visitado Olso, pero conocía bien a los guerreros, el grupo de hombres y mujeres que protegían el territorio. Fabiana había sido uno de ellos, antes de desertar para irse a Lera, llevando consigo información secreta. Era probablemente la traidora más famosa de toda Olso. Em les recordó a los guerreros la traición de Fabiana cuando habló con ellos para proponerles asociarse. Gustosos aceptaron unirse a la misión de Em.

Se abrió la puerta y entró a la habitación una muchacha de cabello oscuro.

—¡Jovita! —exclamó la reina—. Me complace que puedas acompañarnos.

Em se quedó observando a la sobrina del rey. Era la segunda en la línea de sucesión al trono de Lera. Aunque tenía aproximadamente la misma edad que Em, algo en su manera de comportarse la hacía ver mucho mayor. Era un poco más baja que Em, pero tenía un aire imponente. Sus hombros eran anchos y fuertes, los músculos de los brazos se le tensaban debajo de la túnica gris cada vez que se movía, y no sonreía mucho, aunque Em no creyó que se debiera a que fuera infeliz. Simplemente parecía de esas jóvenes que no sonríen sólo para hacer sentir cómodos a los demás.

—Pensé en pasar por aquí y ver cómo se está adaptando nuestra nueva princesa.

Caminó hacia la bandeja de fruta y se metió una uva en la boca. Em frunció el ceño. Sería muy difícil alcanzar el arma elegida con Jovita ahí.

—Llegaste en muy buen momento: está por probarse el vestido.

La reina hizo una señal a las doncellas y una de ellas salió corriendo para volver con un montón de tela azul tan alto que casi le tapaba el rostro.

—¿Por favor, Mary, podrías quitarte tus ropas? —dijo la reina con un gesto de la mano.

Una de las jóvenes empezó a desabotonar su rosa monstruosidad, y Em bajó la cabeza para esconder sus mejillas encendidas mientras el vestido caía al suelo. Quizás estas mujeres solían desvestirse frente a completos desconocidos, pero Em nunca había estado en ropa interior frente a nadie que no fuera su madre o su hermana.

—Tomaremos tus medidas y pediremos que te traigan otras ropas —dijo la reina mientras las jóvenes se llevaban el vestido de Mary. Em detectó un dejo de desdén en la reina al examinarlo, y le entró un súbito cariño por la prenda.

Las jóvenes sostuvieron el vestido azul para Em, y ella rápidamente se metió en él, ansiosa por estar cubierta otra vez. La tela se sentía fría y suave en su piel, y se ensanchaba a partir de su cintura de manera profusa. El corpiño de tela plisada le abrazaba el torso, y una hermosa cadena de cuentas le envolvía la cintura. Era elegante en su sencillez. Em tocó delicadamente la suave tela.

—Sí, es precioso.

Levantó la mirada. La reina estaba junto al espejo. Se paró frente a él y su reflejo le devolvió la mirada. El vestido le pareció todavía más impresionante cuando lo pudo ver en todo su esplendor. El más bonito que hubiera visto jamás. Olivia habría aplaudido y bailado de estar ahí.

Se le empezaron a salir unas lágrimas.

—Lo siento —dijo mientras una resbalaba por su mejilla. Rápidamente se la secó.

—¿Quisieras que tu madre estuviera aquí? —adivinó la reina.

Em asintió con la cabeza. Probablemente la verdadera Mary también habría llorado por su familia muerta. Quizá cualquier jovencita que tuviera que casarse con Casimir habría llorado, sin importar si su madre estaba viva o no.

Cas. El nombre hacía que le doliera el estómago. El día anterior casi no habían hablado, y ella en verdad esperaba que él la ignorara por completo. Sus padres habían arreglado ese matrimonio; quizás estaba enamorado de alguna otra joven y pretendería que Em no existía.

Desde que preparó su plan, Em sabía que tendría que lidiar con la noche de bodas. Por lo general se esperaba que después de una boda hubiera relaciones sexuales, lo que significaba que a la noche siguiente tendría que estar en la cama de Cas. Nunca había estado en la cama de nadie.

Lo mejor era no pensar en eso. Todavía faltaba un día para la boda, y hacer como si el problema no existiera parecía lo más indicado.

Se concentraría en su plan para matarlo. Necesitaba a Cas, al menos por un tiempo, pero esperaba liquidarlo antes de irse de Lera. Lo mataría frente al rey y la reina para que pudieran experimentar un poco el dolor que ella había sentido cuando murió su familia.

—Lo siento —dijo Em intentando recobrar la compostura—. Me encanta el vestido.

—Por supuesto que te encanta —dijo la reina—. Tengo muy buen gusto.

Em rio a pesar de sí misma, lo que le valió una sonrisa de aprobación de la reina.

Las mujeres tomaron algunas medidas y pusieron alfileres en la prenda; luego ayudaron a Em a desvestirse.

—¿Has hablado con Cas desde que llegaste? —le preguntó la reina a Em mientras volvía a vestirse.

—Sólo un poco —respondió Em… si se consideraba el *Hola* que le había dicho la noche anterior en la cena.

—No te preocupes, pronto terminarán simpatizándose —los labios de la reina se crisparon, como si estuviera pensando en algo que no quisiera decir—. ¿Te han hablado de la Batalla de la Unión?

—No, que yo recuerde —dijo Em con cautela, sin saber si Mary debía tener esa información. Una doncella le apretó el vestido intentando abotonarlo, y ella respiró hondo.

—Es una tradición de las bodas reales de Lera —dijo la reina—. Los futuros cónyuges de algún miembro de la familia real se baten a duelo con alguien de su elección para entretener a la concurrencia. Con espadas sin filo, por supuesto.

Em trató de disimular una sonrisa. Eso sonaba exactamente al tipo de festejo de boda que a ella podría agradarle.

—El objetivo es demostrar tu valía y destreza en la batalla —dijo Jovita—. A mí, por lo pronto, me hace mucha ilusión. ¿Sabes que la reina en su batalla derrotó al capitán de la guardia del rey? Eligió a un contrincante difícil y lo destrozó. Todo mundo sigue hablando de eso.

—Jovita, basta —dijo la reina en voz baja—. La vas a poner nerviosa —le dio unas palmaditas a Em en la mano—. Tienes permiso de elegir a quien tú desees, querida.

Tanta condescendencia hizo que a Em casi se le escapara la risa. Era típico de la familia real de Lera pensar que podían vencer a cualquiera.

—A mí me ordenaron matar al rey de los ruinos para casarme con Cas. ¿No cree que eso demostró mi valía y mi destreza en la batalla? —mintió Em, conteniendo una oleada de náuseas. Para esta gente, que Mary asesinara a su padre no había sido más que una prueba.

—Entonces supongo que lo de hoy no representará para ti dificultad alguna —dijo Jovita. Su sonrisa no se desdibujó, pero desvió la mirada hacia la reina.

—¿Terminaste? —le preguntó la reina a la doncella que estaba abrochando el último botón—. Llamemos a Cas.

—Oh, no hace falta —repuso con celeridad Em.

—Sólo le pediremos que te conduzca de regreso a tus aposentos —dijo la reina con expresión divertida—. De todas formas no puede rehuirte para siempre —y le pidió a una de las doncellas que fuera a buscarlo.

Em suspiró y se pasó una mano por el cabello. Un vistazo al espejo le confirmó que se veía cansada y pálida (y de lo más ridícula en ese vestido rosa que le quedaba pequeño), y deseó no parecerle absolutamente nada bonita a Cas.

La puerta se abrió unos momentos después y apareció Cas, con la expresión de alguien a quien le están clavando cuchillos candentes en la espalda. Se veía enojado, aburrido, o las dos cosas. Miró brevemente a Em pero guardó silencio, y ella se movió incómoda. Sospechaba que él incomodaba a todo mundo.

Sin embargo, era guapo de una manera difícil de ignorar. Tenía el cabello negro de su padre pero los ojos azules de su madre, y el efecto de esa mezcla de rasgos era muy atractivo. El rey tenía una complexión aceitunada muy parecida a la de Em; la reina era de piel un poco más blanca. Cas se encontraba más o menos en medio, con la piel bronceada por el constante sol de Lera. Llevaba una camisa blanca ligera arremangada hasta los codos y a través de la tela alcanzaban a verse sus músculos bien definidos. Em desvió la mirada de inmediato.

—¿Solicitaste mi presencia, madre? —cuando finalmente habló, estaba rígido, casi enojado.

—Pensé que te gustaría acompañar a Mary de regreso a sus aposentos. Ya terminamos de ajustarle el vestido de novia.

Cas no miró a Em ni por un instante.

—Por supuesto.

—Encantada de hablar contigo, querida —dijo la reina.

Jovita, a juzgar por su sonrisa, seguía muy satisfecha consigo misma por haber perturbado a la nueva princesa.

Em murmuró una respuesta amable retirando su figura del espejo. Cas le extendió el brazo y ella lo tomó, intentando no hacer una mueca ante el contacto.

Cas giró hacia la puerta de manera tan abrupta que Em casi se tropezó cuando él le dio un tirón hacia adelante. Ella tomó con más fuerza su brazo y recuperó pronto el equilibrio, antes de pasar la vergüenza de caer a sus pies.

—¿Cómo estuvo tu viaje a Lera? —le preguntó Cas mientras la conducía por el pasillo.

—Estuvo bien, gracias.

La verdad era que estaba exhausta y que seguía doliéndole todo el cuerpo por haber pasado días enteros en el lomo de un caballo. Después de encontrarse a los guardias de Lera en la frontera les había tomado varios días llegar al castillo en ese estúpido y pesado carruaje.

—¿Y tus aposentos son adecuados?

—Sí, muy agradables.

Él asintió, y no hizo ningún otro intento por conversar. Em no sabía si sentirse aliviada o si pensar que él era increíblemente descortés, así que también se mantuvo en silencio.

Dos guardias y una doncella los pasaron en el corredor y ella observó las espadas en las caderas de los guardias. Desarmar a un miembro de la guardia de Lera no sería fácil. Probablemente tendría más suerte si arrancara una cuerda de las cortinas y la usara para estrangular a Cas. La estrangulación tardaba un poco, así que tendría que empujarlo a una sala o a algún rincón desierto durante por lo menos un minuto.

Él se detuvo frente a su puerta y se soltó de su brazo.

—Gracias —dijo ella tomando la manija de la puerta.

—¿Ya te hablaron de la Batalla de la Unión de esta tarde? —preguntó Cas.

—Sí. Suena divertido.

Él arqueó una ceja y un dejo de diversión le atravesó el semblante.

—Me alegra que pienses eso —dijo, y luego bajó la voz—: Me enteré de que uno de los guardias bebió demasiado anoche y hoy no se siente bien. Tiene barba pelirroja y muchas pecas… Por si buscas una opción fácil.

Ella parpadeó, sin saber si era una especie de trampa.

—¿Se supone que debo querer la opción fácil? —Jovita y la reina le habían hecho pensar lo contrario.

—Bueno, te hará quedar bien —dijo Cas dando un paso atrás. Su rostro era mucho menos irritante cuando sonreía—. No le diré a nadie, te lo prometo.

—Eh… ¿gracias?

Eso parecía un ardid. El rey Salomir aprovechaba cualquier oportunidad para demostrar que Lera era superior, y parecía que esto no era la excepción. Querían que ella fallara para que todos pudieran reírse de su falta de destreza en batalla.

A Cas se le crisparon las comisuras de los labios, con lo que Em quedó más convencida de que este consejo era su manera de avergonzarla frente a todos.

—Lo tendré en cuenta —le estrechó el brazo y lo miró fijamente—. Qué amable de tu parte.

Él dio un paso atrás y carraspeó.

—Este… claro. Hasta luego.

Dio la media vuelta y se marchó a grandes pasos por el corredor.

Ella se sonrió a sus espaldas. Cas tendría que empeñarse mucho más para conseguir engañarla.

CUATRO

La Batalla de la Unión tuvo lugar en el Salón Gloria, el más pequeño de los tres salones de baile, según escuchó Em. Era grandísimo e imponente, con una pista de madera cuadrada en el centro y alfombra púrpura a los lados. Los miembros de la guardia ya estaban formados a lo largo de las paredes, y los espectadores estaban frente a ellos. Las únicas sillas, grandes, estaban ubicadas al frente del salón. Evidentemente eran para la familia real. El personal de cocina estaba afuera, listo para servir comida y bebidas tras la batalla.

Em se había vestido para la ocasión con unos pantalones negros y una blusa negra entallada. Era ropa suya. Estiró los brazos con un suspiro de alivio, y la suave tela se movió con ella.

Del cinto de cada miembro de la guardia colgaban espadas. Había por lo menos cincuenta guardias en el salón. Aun si lograra sorprender a uno y tomara su espada, Em probablemente alcanzaría a matar a uno o dos antes de ser abatida. Tragó saliva e intentó no pensar en eso.

Encontró a Aren entre la multitud. Se veía tranquilo y, cuando un guardia le hizo un comentario, mantuvo una expresión neutra.

Sus ojos marrón, sin embargo, brillaban y tenían una vida que Em no había visto desde... nunca antes, de hecho. Los ruinos se cargaban de la energía a su alrededor y, en el caso de Aren, de la energía de todos los seres humanos en el castillo. Después de algunas semanas probablemente sería capaz de triturar los huesos de diez hombres antes de que agotara su energía. Al menos existía esa esperanza.

Había distintos mapas colgados en las paredes. Em se paró de puntas para mirar detenidamente el que estaba más cerca de ella. Databa aproximadamente de la época de la guerra entre Lera y Olso, dos generaciones atrás. Los cuatro territorios estaban ahí: Lera al este, Vallos debajo, y Olso al oeste de Lera. Al sur de Olso estaba Ruina, su hogar.

Parecía poco probable que simplemente hubieran escrito Olivia sobre un mapa para anunciar su ubicación, pero echó una mirada por si acaso. Pasó al siguiente mapa.

—¡Mary! —la reina estaba en la entrada del salón de baile con expresión de enojo—. Por favor, ven acá. Vas a hacer tu entrada con Cas.

Em caminó hacia la puerta y pasó junto a la reina para encontrarse a Cas de brazos cruzados, recargado en la pared. Seguía viéndose como si le estuvieran clavando cuchillos candentes, pero ya se hubiera aburrido. Un aburrimiento doloroso: eso era el príncipe.

—Si no sabes a dónde llevarla, no la dejes donde sea —la reina reprendió a Davina, que estaba al lado de Fabiana retorciéndose las manos—. Tráela conmigo, si tienes que hacerlo.

—Sí, su majestad.

La reina desapareció en el salón de baile, con las doncellas corriendo detrás de ella. Em vio cómo se cerraban las puertas y el silencio dominó el pasillo.

—Entraremos cuando llegue mi padre —Cas se apartó de la pared y miró hacia los lados, como si estuviera esperando que eso sucediera justo en ese momento.

Ella asintió y frotó su collar con el pulgar. Él la miraba; sus ojos pasaban de su rostro a su mano.

—¿Estás nerviosa? —preguntó.

Ella soltó el collar y rápidamente metió las manos en los bolsillos.

—No.

—Esto en realidad no tiene importancia. Sólo se hace por tradición.

—Si no la tuviera, no lo harían —dijo viéndolo a los ojos—. ¿Siempre han usado espadas sin filo?

—Por supuesto.

—¿Por qué? ¿Temen que la novia o el novio gane y muera uno de los suyos?

—Creo que nos preocupa más que ellos pierdan, pues tendríamos que encontrar un reemplazo.

A Cas se le crisparon los labios, y ella estuvo a punto de reír.

—Sí, la boda de mañana se estropearía si yo acabara desangrándome en el suelo —dijo.

En los dos se adivinaba una expresión divertida. Él enmudeció unos segundos, vacilante. Posiblemente estaba replanteándose el escenario de usar espadas sin filo.

—Eso es cierto.

—¡Mary!

Su corazón dio un brinco al oír la voz retumbante del rey. Él caminó por el pasillo con una amplia sonrisa que resultaba casi cómica. Se le curvaron tanto los labios que parecía que estuvieran tratando de conquistar al resto de sus rasgos.

El rey Salomir y Cas tenían más o menos la misma estatura, pero el rey era más ancho y robusto, y tenía una barba oscura bien cuidada. Algunas personas podrían considerarlo guapo. Em no.

—¿Estás lista para la batalla? —le preguntó.

—La espero con ansias.

Él rio y le dio una palmada en el hombro. Ella pensó en romperle unos cuantos dedos.

El rey bajó la mano y se dirigió al salón, haciendo señas para que lo siguieran. Abrió la puerta con cierto histrionismo, extendiendo los brazos como si sus admiradores ahora tuvieran la libertad de adorarlo.

—¡Bienvenidos a la Batalla de la Unión! —gritó.

La multitud estalló en ovaciones. Cas y su padre cruzaron el salón con Em a la zaga. El rey le hizo una señal para que se detuviera en medio de la pista. Cas y él siguieron hacia el frente del salón y se pararon junto a la reina y Jovita.

El rey esperó a que las ovaciones se apaciguaron antes de volver a hablar.

—Hoy celebramos la unión de mi hijo, el príncipe Casimir, y la princesa Mary de Vallos. Si ésta es su primera Batalla de la Unión, las reglas son sencillas. Nuestra futura princesa elegirá a alguien con quién luchar. No usarán más que espadas. El primero que aseste tres golpes mortales será el ganador. Yo señalaré esos golpes en el momento. Y —volteó hacia Em—: Mary, puedes elegir como contrincante a cualquier miembro de mi guardia o de la de Cas. O bien —sonrió divertido—, puedes optar por cualquier miembro de la familia real, con excepción de Cas. Pero te advierto: por lo general, los que eligen a un miembro de la familia real se arrepienten hasta el final de sus días. Si tienes la menor duda sobre tu destreza, no te lo recomiendo.

Esa última declaración era un desafío. Em lo sabía. Todos en el salón lo sabían.

Inspeccionó la guardia. Encontró al hombre de barba pelirroja y pecas. Estaba un poco pálido.

Volvió a ver hacia el frente. Podía aceptar el desafío del rey y elegirlo a él. O a la reina, que había recibido entrenamiento de guardia en Olso.

O a Jovita. Em sabía menos de sus destrezas, aunque si pertenecía a la familia real de Lera seguramente había tenido entrenamientos intensivos en todo tipo de combate. Y, desde luego, había dejado claro que dudaba de las destrezas de Em.

Jovita arqueó las cejas mientras Em la miraba fijamente. El rey rio.

Volteó de nuevo a ver la fila y vio que Cas negaba sutilmente con la cabeza.

El objetivo es demostrar tu valía y destreza en la batalla...

—Jovita —dijo rápidamente.

El rey volvió a reír.

—Una elección audaz. Sospecho que vas a pasar toda la noche lamiéndote las heridas.

—Así será —dijo Jovita sonriendo burlona. Atravesó la pista de madera y se detuvo frente a Em.

—No te preocupes —susurró—. Me aseguraré de que los moretones queden en la mitad inferior de tu cuerpo, para que te veas bonita el día de tu boda.

—Suerte con eso.

Jovita sonrió con suficiencia. Un hombre les llevó espadas sin filo. Em tomó la suya, aliviada de volver a tener una en sus manos, aunque no fuera de verdad.

—Y quisiera recordarles que esto debe ser un entretenimiento, así que, por favor, háganlo un poco teatral —dijo el rey, y se sentó en su silla.

Em levantó su espada para familiarizarse con ella. Era más pesada que la que había tenido que dejar con Damian, pero no mucho más. Jovita dio unos pasos en círculo balanceando la espada hacia adelante y hacia atrás.

Em miró a las tres personas sentadas en el frente del salón. El rey se recostó en su asiento con una amplia sonrisa estampada en el rostro. La reina se mostró ligeramente interesada, con las manos en el regazo.

Cas se inclinó hacia adelante sobre el asiento y, con ojos brillantes, le hizo un gesto con la cabeza. ¿La estaba alentando? Deseó que dejara de hacerlo.

—Voy a contar hasta tres —dijo el rey.

Em se concentró en Jovita. Si no ganaba esta batalla, tendría que ver esa expresión petulante por el resto de su estancia en Lera. Necesitaba ganar. Necesitaba ver a Jovita de rodillas con una espada contra su cuello.

—Tres... dos... uno.

Em dio un paso a la izquierda mientras Jovita se le acercaba. Era una aproximación lenta, cuidadosa, de las que Em había visto en los cazadores más diestros. Los nuevos embestían; los veteranos se tomaban su tiempo.

Dieron vueltas sólo por unos momentos antes de que Em atacara. El salón estaba en silencio. El ruido del metal contra el metal resonó en todo el recinto.

Alguien vitoreó cuando empezaron y otros lo siguieron. Jovita dio dos rápidos pasos hacia adelante y Em bloqueó la espada justo antes de que ésta conectara en su cuello. Brincó hacia atrás, esquivando el segundo ataque de Jovita, y dio una voltereta por el suelo para por fin atacar a su contrincante. Se lanzó hacia adelante y con la cuchilla dio un golpecito en el centro de la espalda de la joven.

—Uno para Mary —dijo el rey con un dejo de sorpresa en la voz. La concurrencia la ovacionó.

Uno. El primero. Em subía y bajaba con las puntas de los pies. Tenía que ser la primera.

La expresión divertida de Jovita se había desvanecido cuando se puso a girar. Había decidido tomarse en serio a Em. A ella, la emoción le recorría el cuerpo.

Bloqueó el siguiente ataque de Jovita. La multitud gritaba mientras las mujeres daban vueltas, apenas bloqueando las cuchillas de la contrincante. Cuando Jovita hizo una finta a la derecha, Em cayó en la trampa, y la joven conectó con la espada en su pecho.

—Uno para Jovita.

Em no tuvo tiempo ni de respirar cuando Jovita ya la estaba atacando de nuevo. Los rostros y el ruido a su alrededor se fueron apagando; toda su concentración estaba en la muchacha frente a ella. Cuando era pequeña, su madre la hacía practicar distintos tipos de combate cada día, y las peleas le resultaban casi reconfortantes. *Naciste inútil, pero no tienes que ser indefensa,* solía decir su madre.

Cuando Em vio una oportunidad le hundió la espada en el vientre a Jovita, y se salvó por poco de recibir un golpe en el cuello.

—Dos para Mary —dijo el rey.

Em dio un rápido paso atrás para alejarse de su contrincante. Bordeó la orilla de la pista hasta que Jovita, frustrada, gruñó. Em regresó a la batalla. A veces le servía darse un momento para despejar la cabeza.

Jovita la atacó a tal velocidad que casi no vio el movimiento. Le apuntó con la cuchilla justo en la frente.

—Dos para Jovita.

¡Demasiado para despejarse!

Dio unos cuantos giros, buscando un mejor lugar sobre la pista para que Jovita no pudiera acorralarla. Ahora estaba jadeando un poco, pero desde su llegada el día anterior no se había sentido tan relajada. Tendría que encontrar a alguien con quién entrenar todos los días, o enloquecería en este castillo.

Em bloqueó la espada de Jovita una, dos, tres veces. Se inclinaba, esquivaba. De pronto, se sintió mejor que cuando inició la pelea. Recorría el suelo como flecha. Una sonrisa empezó a dibujarse en su semblante.

Cuando vio la oportunidad, le dio a Jovita una patada precisa que la hizo caer de rodillas. Em brincó frente a ella y le puso la espada en el cuello. En el salón estallaron aplausos y ovaciones.

—Mary gana —el rey tuvo que gritar para que lo oyeran.

Em mantuvo la espada contra Jovita unos instantes más de lo necesario. No podía matarla con ella, pero por un momento lo imaginó.

Em retrocedió y bajó el arma. Jovita se puso en pie con expresión un poco divertida.

—Supongo que lo merezco por haberte subestimado.

Em rio, fingiendo tomar a bien el comentario. Se alejó de la joven.

—Sí, lo mereces —dijo entre dientes.

CINCO

Cas estaba sudado. Las ventanas del Gran Salón estaban abiertas y entraba una brisa fresca del océano, pero él no estaba ahí sino al lado, con sus padres, atrapado en la sofocante sala de espera. Pensó que podía terminar derretido antes de que empezara la ceremonia.

—Te ves nervioso —dijo su padre mientras le acomodaba el cuello de la camisa.

—No es cierto.

—Bueno, pues en tu rostro no hay expresión y eso significa que estás nervioso.

Cas arqueó una ceja. Su padre sabía hacer sonreír a todo mundo, pero trató de no rendirse tan fácilmente.

—No creo que le gustes mucho —dijo el rey riendo entre dientes.

La reina exhaló con cierto fastidio y se acicaló el peinado. Su cabello oscuro estaba recogido tan alto sobre su cabeza que seguramente dolía.

—Sí le gusta. Ella apenas ayer me preguntó si yo creía que a Cas le gustaba.

—¿Y qué le dijiste? —preguntó el rey.

—La verdad. Que no creía que él ya estuviera decidido.

El rey tomó a la reina del brazo y dijo:

—Con eso debe haberse sentido mucho mejor.

Su madre solía ser así, brutalmente honesta, aunque también conocía el valor de una mentira oportuna. A Cas le sorprendió que no hubiera tranquilizado a Mary con alguna, como que él se había sentido prendado de ella de inmediato, pero que era demasiado tímido para expresarlo.

A lo mejor daba lo mismo. Se iban a casar, sin importar si le gustaba a Cas o no.

Y sin importar si Cas le gustaba a ella. El día anterior, cuando él le dio el consejo para la Batalla de la Unión, lo había mirado como si fuera un insecto en la suela de su zapato.

El sacerdote abrió la puerta. Su toga anaranjado brillante se balanceaba alrededor de sus tobillos.

—Estamos listos para dar inicio a la ceremonia.

Cas se apartó de sus padres y caminó con paso firme tras el sacerdote para entrar al Gran Salón. Las ventanas a su izquierda, de piso a techo, tenían una vista imponente de Lera hasta el mar. En cada uno de los bancos en el centro del salón, llenos de gente, había flores y listones completamente blancos.

Cas entró tan bruscamente que todos se levantaron de un brinco al mismo tiempo; se oyó ruido de bancos de madera crujiendo y zapatos arrastrándose en el piso. Se sujetó con firmeza un brazo y vio el pasillo que llevaba al altar. Deseó que ella caminara rápido.

Sus padres entraron detrás de él y tomaron su asiento en la banca de enfrente, junto a Jovita. Los tres tenían expresión alegre, como si estuvieran contentos por alguna razón. Cas intentó no mirarlos.

Los invitados volvieron a sentarse y Cas examinó el salón. Cada invitado tenía una copa de vino. No era lo acostumbrado, pero su padre debía haber pensado que a la ceremonia no le vendría mal algo que animara un poco a la gente. Y tenía razón.

Los invitados sonreían y murmuraban, y aquello olía al final de una fiesta, no a su inicio. Como a alcohol, a desilusión, y a un recordatorio de que al día siguiente los esperaba una resaca y la monotonía habitual.

Qué apropiado, pensó Cas.

Al abrirse la puerta del fondo del salón, todos se levantaron y miraron a Mary. Su vestido era de un azul oscuro y radiante que atrapaba la luz a su paso, y su cabello oscuro estaba recogido con una intrincada serie de perlas entrelazadas. Las mangas del vestido le dejaban los hombros casi al descubierto, y su piel aceitunada lucía suave, casi luminosa.

Tradicionalmente la madre y el padre caminaban flanqueando a la novia, pero ella avanzó sola. Cas sabía que el rey y la reina debían haberse ofrecido a caminar con ella, y también que ella seguramente se había negado. Entendía por qué.

Intentó poner expresión alegre, pero Mary se veía tan triste que le resultó difícil mirarla a los ojos. Mientras ella apresuraba el paso, Cas veía fijamente un punto detrás de su cabeza.

Mary se detuvo frente a él y no sonrió. Sus labios intentaron comunicar felicidad, pero su expresión parecía más bien de terror. Ambos miraron al sacerdote.

—Demos gracias a los ancestros que construyeron nuestro mundo —dijo el hombre.

Cas inclinó la cabeza y se puso a jugar con un hilo de su saco.

—Le rezamos a Boda, agradeciéndole el cuerpo que creó para nosotros —prosiguió el sacerdote—. A Lelana, por la tierra fructífera que le obsequió a Lera. A Solia, por el alma que nos hace humanos. Y rezamos para liberarnos de la monstruosa Ruina, que corrompió sus dones.

Cas vio de reojo cómo Mary levantaba un poco la cabeza, y luego volteó hacia ella. Se retorcía las manos inquieta, pero se detuvo cuando su mirada se topó con la de él.

La ceremonia se alargaba. Cas no entendía por qué el sacerdote sentía la necesidad de hablar tanto sobre el amor, el matrimonio y el sacrificio, si sabía perfectamente que ése era un matrimonio arreglado. Su discurso era casi grosero.

—Y para sellar esta unión —dijo por fin, anunciando que el final se acercaba—, unimos nuestras almas con los elementos.

Cas extendió las manos con las palmas hacia abajo, y Em hizo lo mismo. El sacerdote esparció un poco de tierra en las manos y luego les roció agua.

—Y unimos nuestras almas con un beso que nos funda hasta la muerte. Que los ancestros bendigan esta unión.

Cas se volvió hacia Mary, que tenía las manos tan temblorosas que hasta le sacudían los hombros. Respiró hondo y tragó saliva; él nunca antes había hecho a nadie temblar de miedo, y acaso no había peor momento que ése para vivirlo por primera vez.

Se inclinó hacia adelante y los dos se vieron unos momentos a los ojos. Ella acercó su cabeza a la de él. Él apenas le rozó los labios con los suyos, y los espectadores estallaron en aplausos.

Cas desvió la mirada hacia Mary, sentada a su derecha. Había terminado de comer y se encontraba girando la copa de vino en las manos, pero nunca daba un sorbo.

Había mucho bullicio. Las mesas formaban un semicírculo en la orilla del Salón Real, y una pista de baile se extendía frente a ellos, con los músicos del otro lado. Los invitados a la boda eran un aluvión de colores a su alrededor: vestidos rojos, anaranjados y verdes girando al compás de la música, y casi todos los hombres de blanco o color tabaco, con explosiones de color en forma de flores en las solapas. Nadie iba de azul, el color reservado para el vestido de Em y la flor en el saco gris de Cas.

Un hombre se acercó a la mesa principal para dar sus felicitaciones, y Mary le ofreció un gesto amable. Cas ya empezaba a familiarizarse con ella: la boca fruncida, la cabeza inclinada de lado como si la conversación la cautivara (no era así), y un suspiro de alivio cuando la persona se retiraba.

Galo estaba con los otros guardias, cerca de la pared, a la derecha de Cas. Éste alejó la silla y se puso en pie.

—Vuelvo enseguida —dijo hacia donde estaban sus padres y se alejó antes de que pudieran decir algo. Se acercó un momento al gobernador de la provincia del sur para poder decir que estaba saludando a los invitados, si sus padres preguntaban.

Galo se apartó de la pared en cuanto vio a Cas. Dieron unos pasos para que el resto de los guardias no los oyeran. Cas vio delante de él cómo la gente empezaba a bailar al ritmo de una canción alegre.

—No sé quién se ve más abatido, tu esposa o tú —dijo Galo, un poco divertido.

A Cas se le crispó el rostro al oír la palabra esposa. Su padre tenía una esposa. Todos los consejeros y gobernadores tenían esposos o esposas. La palabra no sonaba a algo que debiera formar parte de su propia vida.

—¿Puedes reprochárnoslo? Llegó hace apenas dos días.

Cas buscó en la sala hasta encontrar a Aren. La mirada del guardia seguía a Mary, y a Cas se le ocurrió que a lo mejor era algo más que un guardia o un amigo.

—¿Has platicado con Aren? —preguntó intentando sonar despreocupado.

—Un poco. Queda claro que no está enamorado de Mary, si eso es lo que quieres saber. A dos o tres guardias ya las impresionó.

Cas se encogió de hombros; no quería reconocer que le importaba si Mary estaba enamorada de alguien más.

—Es un poco extraño —continuó Galo—. Tiene seis prendedores.

—¿Y eso qué?

—Significa que ha matado a sesenta ruinos, pero se comporta como cazador novato —dijo Galo—. Como los que no pueden con eso y después de matar a dos vienen y suplican que les asignen otra tarea.

—¿Cómo son los cazadores? —preguntó Cas, volteando hacia él con interés. Galo nunca había dicho que conociera a algún cazador. Cas no podía imaginar que alguien matara a sesenta personas y luego se pusiera en el pecho un recordatorio, pero los ruinos no eran precisamente personas. De todas formas no creía que algo así pudiera enorgullecerlo.

—Los nuevos suelen parecerse a Aren. Se ven dañados, aterrados. Éste —Galo se inclinó para señalar a Aren— se sobresalta con los ruidos fuertes y nunca se quita el arma, ni siquiera cuando estamos bebiendo o ejercitándonos. Todo el tiempo está con los nervios de punta, y nunca alardea de sus prendedores, ni siquiera una vez que un guardia lo estaba orillando a eso. Los cazadores con tantos prendedores —Galo sacudió la cabeza, con expresión avinagrada—, ésos no están dañados. Normalmente disfrutan dando caza a los ruinos. No sienten miedo, son muy seguros de sí mismos.

Cas volvió a mirar a Aren.

—Pudo haberlos robado y los usa para intentar impresionarnos.

—Es probable —dijo el guardia—. No le des una misión importante hasta que llegue a conocerlo mejor. Como mínimo, está demasiado traumado para tener que verse en medio de alguna situación peligrosa.

—No lo haré. Gracias.

La palabra *traumado* le dio vueltas en la cabeza y le hizo preguntarse por primera vez a cuántos cazadores tendrían empleados. Casi todos venían de las cárceles de Lera, pero también había algunos de Vallos. ¿Qué haría esa gente después de haber matado a tantos ruinos? ¿Se esperaría que sus vidas volvieran a la normalidad como si nada hubiera pasado?

—Mary se ve muy bonita, ¿no te parece? —las palabras de Galo devolvieron a Cas al presente.

—Sí.

—¿Has hablado mucho con ella? —preguntó Galo con cautela.

—No.

—Es… —Galo se interrumpió.

Cas suspiró y volteó hacia su amigo.

—Minuto libre.

—No lo necesito.

—Sí lo necesitas. Di lo que quieras decir, no voy a enfadarme.

Galo bajó la voz y dijo:

—No es culpa suya que tus padres te hayan obligado a casarte con ella. No la acompañó nadie de su reino, excepto un guardia. Debe sentirse sola, ¿no te parece?

Galo tenía razón, por supuesto, aunque Cas no iba a reconocerlo. Quizá debía haber visitado alguna vez a Mary después de su llegada. Probablemente creía que la odiaba.

Él no creía odiarla. De hecho no podía sentir nada por ella.

—Intenté ser amable —dijo—. Ayer le recomendé escoger a Henry para la Batalla de la Unión.

Galo rio.

—Me di cuenta de que no siguió el consejo.

—Bueno, a todas luces no lo necesitaba.

—Es casi tan buena como tú con la espada.

—Tampoco exageres —dijo Cas.

—Dije casi.

Cas lo miró divertido y luego suspiró.

—Podría haberme esforzado más. Debí haber ido a hablar con ella anoche después de la batalla. Pero es que todo resulta tan incómodo.

—Por supuesto, pero será todavía más incómodo si nunca le diriges la palabra.

—Está bien —dijo, dando un paso atrás y dirigiendo la vista hacia Mary—. Pero si sigue negándose a sonreír, dejaré de intentarlo.

—Quizá deberías sonreír tú primero.

—Ya terminó el minuto libre.

—Sí, su alteza —Galo rio y volvió a su lugar en la pared.

Cas regresó al frente del salón e intentó adoptar una expresión apropiada. Listo: ya estaba sonriendo. O algo parecido.

—¿Quieres bailar? —le preguntó a Mary extendiéndole la mano. Iba a tener que pensar en algo de qué hablar mientras bailaban, pero ya era un inicio.

—¡Oh, sí! —exclamó su madre antes de que Mary pudiera responder. Les hizo una seña a los músicos y dejaron de tocar—: el baile de bodas tradicional.

—No tuvo tiempo de aprenderlo, madre —dijo Cas—. Podemos bailar cualquier otra cosa.

—¡Es la tradición! Tú puedes llevarla, Cas.

—Yo, en realidad...

—Puedo bailar eso —interrumpió Mary. Su mirada se había endurecido, como si él la hubiera insultado. Cas no pretendía insinuar que ella no pudiera: sólo estaba intentando ahorrarle la vergüenza.

—Bailemos, pues —dijo extendiéndole la mano nuevamente.

Ella se puso en pie y le ofreció su mano, que se sentía fría. Lo miró y luego miró el salón frente a ellos, con gente desperdigada por la pista de baile. Los músicos al fondo se enderezaron en sus asientos, con los arcos preparados sobre las cuerdas.

—No sabía que seríamos los únicos —dijo ella mientras Cas la conducía al centro del salón.

—¿Ya te estás arrepintiendo? —le preguntó.

Ella se mordió el labio.

—Te saldrá bien —dijo. La tomó firmemente de la mano derecha, a la izquierda de él, y le puso la otra mano en medio de la espalda—. Voy a ir hacia atrás y tú vas primero hacia adelante —le dijo suavemente—. Pon tu mano en mi hombro.

Ella lo miró directo a los ojos mientras seguía sus instrucciones. Él no se había dado cuenta hasta entonces que sus ojos oscuros estaban salpicados de pequeñas motas doradas, y ahora que estaba suficientemente cerca para verlo, no quería dejar de hacerlo.

Comenzó la música y él dio un paso atrás, presionándole la espalda con suavidad. Ella se movió con él. Su vestido hacía ruido al rozar sus pies.

—De lado —dijo él con suavidad—. Atrás, atrás.

Ella se acopló a los pasos rápidamente y dejó que él la condujera por la pista de baile. Cas enderezó sus brazos y por unos instantes presionó su cuerpo contra el de ella.

—Gira —le dijo, levantando las manos de ambos.

Ella dio un giro veloz. Cuando volvió a poner la mano sobre el hombro de Cas, había en sus ojos un resplandor de fuego que hizo que él quisiera acercarla más.

Se movió más rápido, y le dijo entre dientes algunos de los pasos. Demasiado tarde se dio cuenta de que ella iba en el sentido equivocado y, en lugar de dejar que se estrellara estrepitosamente contra él, la tomó con fuerza de la cintura y la levantó a toda prisa. Dio una vuelta y la depositó en el suelo. La gente a su alrededor aplaudió como si todo hubiera sido planeado.

Ella le sonrió con gratitud, y mientras seguían bailando sus pasos adquirieron más seguridad.

—Observé que no hiciste caso de la sugerencia que te hice ayer —dijo Cas—. Para la Batalla de la Unión.

—Pensé que podía ser una trampa.

—¿Una trampa?

—Sí. Como si parte de la tradición fuera intentar conducirme a la elección más fácil, a ver si la tomaba.

—No eres demasiado confiada, ¿verdad? —rio disimuladamente.

—No.

Él retiró su mano de la espalda de ella para conducir un giro, y luego la volvió a poner. No estaba seguro de qué responder a eso.

—Entonces, ¿no fue una trampa? —preguntó ella.

—Por supuesto que no —volteó a mirar a sus padres de reojo—. Mi padre se pondría furioso si supiera que te ayudé. Eso está prohibido.

—Oh.

—Aunque está claro que no necesitabas ayuda.

—No —le presionó ligeramente el hombro—. Pero te lo agradezco.

—No hay nada que agradecer.

Él la miró y observó que sus labios estaban lentamente curvándose hacia arriba. Era la primera sonrisa auténtica que le había visto y, con mucho, su favorita. Esa sonrisa guardaba secretos que él necesitaba conocer.

Cuando terminó la pieza, ella saludó con la cabeza a los músicos y luego a la multitud. Estallaron en aplausos. La reina aplaudió en pie, sonriendo encantada.

Cas le ofreció el brazo a Mary y ella lo tomó. Se le había soltado un mechón de cabello que le rozaba el hombro. A él le entró una súbita necesidad de acomodárselo detrás de la oreja.

Ella ladeó la cabeza y miró algo que estaba frente a ellos. Se le cortó la respiración.

Cas volteó justo a tiempo para ver cómo la cuchilla se hundía en su carne.

SEIS

Lo primero que pensó Em fue: ¡Qué suerte! Este hombre iba a matar al príncipe Casimir, y ella no tenía que hacer nada más que quedarse ahí mirando. Ya ni siquiera tendría que preocuparse por la noche de bodas.

Sin embargo, enseguida pensó en su plan. Si Cas moría, ella sería enviada de regreso a Vallos y Jovita sería nombrada su siguiente heredera. Si Cas muriera esa noche, no conseguiría nada.

El hombre sacó la espada del hombro izquierdo de Cas mientras los gritos invadían el salón de baile. Cas se tropezó hacia atrás y su brazo se desprendió del de ella. El hombre apuntó la espada directo al corazón de Cas. El príncipe no estaba armado, parpadeaba aturdido y le goteaba sangre por los dedos. Evidentemente, no estaba acostumbrado a ser atacado.

La situación era ésta: un hombre con una espada, al menos veinte miembros de la guardia corriendo en su dirección y —lo más importante de todo— ella. Fácil.

Em embistió al hombre. Estaba acostumbrada a que la atacaran. Se sentía en casa.

Lanzó su pie a la rodilla del hombre segundos antes de que la cuchilla encontrara su blanco. Se tropezó, la espada se tambaleó y falló su objetivo. El hombre giró a verla y ella le golpeó la cara con el puño, mientras lo desarmaba con la otra mano.

Él se abalanzó hacia ella, pero ya tenía a tres miembros de la guardia sobre él. Aren era uno de ellos y se quedó viendo a Em con rostro de aprobación. O de confusión.

—¡Cas! ¡Cas! —chilló la reina, que pasó volando junto a Em. Cas estaba arrodillado con la mano en el hombro. Su saco gris ocultaba casi toda la sangre, pero en el suelo se había formado un pequeño charco. Estaba pálido.

Varias manos tomaron a Em de los brazos, y la apretaron cuando ella intentó zafarse.

—Tenemos que llevarla a un lugar seguro, su alteza —le dijo un guardia tirando de sus brazos. Otros dos la cercaron.

Volteó para ver a Cas mientras se la llevaban, pero había gente apiñada a su alrededor que lo tapaban.

Por favor, no mueras —rogó ella para sus adentros—. *Todavía no.*

Los guardias la dejaron en su habitación y cerraron con llave. Los tres se quedaron muy firmes frente a la puerta, con las manos juntas en la espalda.

Le dolía mucho la mano con la que había golpeado al hombre, pero lo ignoró.

—Quiero ir a ver si Cas está bien.

El guardia más alto sacudió la cabeza.

—Lo siento, su alteza. El procedimiento establece que debemos mantenerla aquí hasta que se hayan asegurado de que estamos a salvo en el castillo.

—¿Esto pasa a menudo? —preguntó sorprendida. Tenía la impresión de que Lera era el más seguro de los cuatro reinos. Habían derribado a todos los demás para cerciorarse de que así fuera.

—Tenemos procedimientos para cualquier situación posible —dijo el guardia.

Eso no era una respuesta, lo cual resultaba interesante.

—¿Sabe quién era ese hombre? —preguntó—. ¿Por qué quería matar a Cas?

—Lo siento, su alteza, pero no sabría decirle. Pronto le harán un interrogatorio.

Em caminó a su cama y saltó al colchón con gesto pensativo. No sabía quién querría matar al príncipe. Bueno, además de ella.

Pasaron largos minutos y Em se movía de la cama a la ventana y de regreso. Transcurrió al menos una hora hasta que finalmente se abrió la puerta.

Jovita estaba del otro lado. Em se levantó de la cama de un brinco y corrió hacia ella.

—¿Está vivo? —le preguntó.

—Está bien —dijo Jovita—. Es sólo el hombro.

Em suspiró aliviada, y también los tres guardias.

—Quiere verte —dijo Jovita recargándose en la puerta abierta y haciéndole una seña con dos dedos.

No pretendería seguir con la noche de bodas después de que lo habían herido con una espada, ¿o sí? Em inhaló con fuerza, salió por la puerta y caminó por el pasillo con Jovita y dos guardias. Quizá, después de todo, sus heridas no eran tan graves. Había corrido mucha sangre, pero Em ya había sufrido heridas que le habían hecho sangrar en abundancia sin que eso la hiciera aflojar el ritmo.

—Pronto tendremos que platicar sobre qué hacer en caso de emergencia —dijo Jovita—. Tenemos un lugar de encuentro por si alguien toma el castillo o hay algún peligro.

—¿Y dónde es eso? —preguntó Em.

—El Fuerte Victorra, en las Montañas del Sur. ¿Lo conoces?

—Sí. Está cerca de la frontera con Vallos.

—Así es. Después te doy un mapa, por si acaso. Todos los miembros de la familia real tienen uno.

Había cinco guardias afuera de los aposentos de Cas. Jovita pasó con Em frente a ellos y atravesaron un despacho oscuro lleno de libros. La puerta del dormitorio de Cas estaba entreabierta, y por la rendija salía luz a raudales.

—Deberías descansar, Cas —dijo la reina del otro lado de la puerta.

—Lo haré, madre —y luego, en voz baja—: Estoy bien.

Jovita tocó la puerta y abrió. La habitación era todavía más grande que la de Em; de un lado había un tocador imponente con un espejo ornamentado, y del otro dos grandes sillones afelpados frente a una enorme ventana, cubierta con cortinas azul oscuro. Cas yacía recostado sobre la gran cama al centro de la alcoba, sin camisa, con una venda blanca en el hombro izquierdo. Seguía pálido, pero sonrió al verla.

La reina volteó y cuando Em se dio cuenta, ya estaba aplastada contra la mujer. Tenía a Em abrazada tan fuerte que casi no podía respirar.

—Gracias —susurró la reina.

Em se aguantó las ganas de poner los ojos en blanco mientras se liberaba del abrazo. El rey estaba junto a su esposa, con expresión de agradecimiento. Em se apresuró a cruzar los brazos para que ni se le ocurriera abrazarla también él.

—¿Nos dan un minuto? —pidió Cas.

—Estaremos afuera —dijo la reina secándose las mejillas.

El rey le puso la mano en el hombro a Em al pasar a su lado.

—Estamos agradecidos y en deuda contigo —dijo en voz baja.

Em intentó no mostrarse demasiado complacida. Ni siquiera si ella misma lo hubiera planeado habría podido encontrar mejor manera de granjearse el cariño del rey y la reina.

La puerta se cerró con un ruido sordo cuando salieron, y ella se tomó las manos, nerviosa de repente. Una espada adornada de joyas colgaba de una pared a menos de tres pasos, y otra, envainada y lista para tomarse, estaba dispuesta sobre el tocador. En cinco segundos podría matar al príncipe. Si no acabara de salvar su vida, podría haberse visto tentada.

Cas seguía sonriendo y le hizo una señal con su brazo sano.

—¿Vienes?

Lo dijo en tono de pregunta, y ella asintió con la cabeza dando un paso adelante. Sintió ganas de detenerse en medio de la habitación, pero eso parecía incómodo, así que avanzó hasta su cama y quedó en pie al lado.

Nunca antes había visto a un muchacho sin camisa recostado en una cama. Damian y ella habían compartido tienda de campaña muchas veces, pero no era lo mismo. Los dos estaban completamente vestidos, sobre la tierra, y por lo general también Aren estaba allí. Esto se sentía más íntimo. Su corazón latía con fuerza. Se secó con el vestido una mano sudada.

—Sólo quería agradecerte —Cas le sostenía la mirada y ella observó que le costaba trabajo desviarla. Con cierta luz sus ojos eran azules, pero de pronto también parecían verdes. En todo caso, eran claros y atractivos.

—No hay nada que agradecer.

—Salvarme la vida el día de nuestra boda es algo que va mucho más allá del deber.

—No fue nada.

Se le curvó un lado de la boca y la ceja se le arqueó al mismo tiempo. Estaba divertido pero también... ¿intrigado? La miraba como si le gustara. Ella no sabía si quería gustarle.

Sin embargo, debía reconocer que sería práctico. Si no le hacía ningún caso, ¿cómo pretendía recibir información privilegiada sobre la ubicación de Olivia y las defensas de Lera?

Dio un paso más hacia la cama.

—¿Te duele?

—Un poco. Ya se me está pasando —dijo y volteó a ver la venda—. El doctor me dio algo. Dijo que podía adormecerme, así que no te asustes si de repente me quedo dormido.

Ella trató de impedir que todo su cuerpo diera un suspiro de alivio. Si se quedaba dormido, nadie pretendería que se metiera a la cama con él. Le quedaban todavía un par de días antes de enfrentar esa dificultad específica.

—¿Es normal que la gente te ataque? —le preguntó.

—Ésta fue la primera vez —le dijo con una sonrisa tranquilizadora—. Por lo general, Lera es muy segura, sobre todo el castillo. No tienes de qué preocuparte.

—No estaba preocupada. Yo gané.

Él rio. Sus ojos brillaban divertidos.

—Es cierto. Fue impresionante, de hecho.

—Ya perdí la cuenta de las veces que me han atacado —dijo con cierta petulancia.

La sonrisa de Cas se desvaneció.

—Me imagino. En Vallos los ruinos están por todas partes, ¿verdad?

—Estaban. Ya son menos.

—¿Y atacaban a menudo?

El enojo se le arremolinó dentro del cuerpo cuando vio que a Cas se le llenaba el rostro de compasión. Compasión porque ella tuviera que lidiar con esos ruinos horribles y malvados.

—Los estuvieron cazando y asesinando, así que sí, a menudo se defendían.

Se le escaparon las palabras antes de que pudiera detenerlas. No le importó. Las volvería a decir con tal de ver esa estúpida expresión desconcertada en su rostro.

—¿Y tú...? —se enderezó en la cama haciendo una mueca de dolor.

—Debo dejar que descanses —dijo rápidamente, antes de que él pudiera terminar esa oración. Lo que menos quería hacer era hablar de los ruinos con el príncipe. Era muy probable que perdiera la calma.

Se alejó un paso de la cama y él extendió el brazo para tomarla de la mano. Tenía expresión pensativa; sus ojos eran dulces, completamente distintos a los de su padre.

—Algún día me gustaría conocer tus experiencias con los ruinos, si no te importa hablar sobre eso.

—Claro —mintió, con la esperanza de que después él olvidara esa petición.

Cas le pasó el pulgar por los dedos. Ella no había notado que sus nudillos se le habían puesto rojos y morados tras el golpe.

—¿Necesitas que el doctor te revise la mano? —preguntó Cas y dejó de apretarle la mano con tanta fuerza, como si temiera lastimarla.

—No, la mano está bien —dijo ella—. Sólo es un moretón.

Poco a poco la fue soltando. Ella caminó a la puerta con la cabeza baja, pero no pudo resistirse y volteó a verlo antes de salir. Vio cómo la luz del farol junto a su cama titilaba sobre su pecho desnudo y él sacudía la cabeza para quitarse del rostro un mechón de cabello oscuro.

—Buenas noches —le dijo.

Ella farfulló un *buenas noches* de respuesta mientras abría la puerta de golpe y salía de la habitación.

SIETE

Cas volteó cuando oyó pasos acercándose a la puerta. Había estado solo casi toda la mañana y lo primero que pensó —o deseó— fue que se trataba de Mary. Se acomodó entre las almohadas y se pasó la mano por el cabello.

Cuando la puerta abrió apareció Galo, y Cas intentó convencerse de que no estaba desilusionado.

—Su alteza —dijo Galo al entrar a la habitación.

—¿Estaremos formales esta mañana?

—Parece lo indicado, tomando en cuenta que anoche dejé que te clavaran una espada —se notaba cierta tensión en la voz de Galo, y no lo miraba a los ojos.

—Casi todos los miembros de la guardia estaban en ese salón. No estoy seguro de que podamos responsabilizarte en lo personal —dijo con ligereza, pero Galo no sonrió—. ¿Mi padre gritó?

—Y tu madre. Y Jovita. Despidieron a los guardias de la puerta, a los que permitieron que el hombre entrara.

Cas se recostó suspirando, con el dolor punzándole el hombro.

—¿Ellos sabían quién era?

—No que yo sepa. El rey está ahora con él —Galo se frotó la mandíbula—. Tengo que disculparme por…

—No, no tienes que hacerlo —lo interrumpió Cas—. No quiero guardias rondando a mi lado todo el santo día. No puedes protegerme todo el tiempo.

—De hecho, ése es nuestro trabajo: protegerte todo el tiempo. Aunque, por lo visto, Mary está más que dispuesta a hacerlo por nosotros.

—Ya lo creo —susurró Cas. La imagen de Mary dándole un puñetazo en la cara a ese hombre le destelló en la mente. Años de combatir a los ruinos la habían convertido en una magnífica luchadora.

—Pero sí debo disculparme en nombre de toda tu guardia —dijo Galo—. Si nos reemplazaras a todos, lo entenderíamos.

—Sabes que no voy a hacerlo —dijo Cas.

—No sería la peor idea —dijo Jovita, que en ese momento apareció ante la puerta. Sacudió la cabeza para indicar que Galo debía retirarse, y el guardia salió de inmediato.

Entró ella y cerró la puerta.

—¿Cómo va el hombro?

—Bien. La herida no es tan grave, pero el doctor insistió en que me quedara hoy en cama.

—Me alegra que no haya sido serio.

—Sí, seguro que te alegra —resopló Cas.

Jovita lo miró con fastidio, pero se le dibujó una sonrisa en los labios mientras se dejaba caer en el sillón junto a la ventana.

—Me pondría muy triste si algo te pasara, Cas.

—Ya lo creo. Estarías desolada hasta que te sentaras en el trono.

Jovita se sentó de lado. Inclinó la cabeza hacia atrás y su larga trenza oscura quedó colgando del brazo del sillón.

—Me atrapaste. Fui yo quien contrató a ese hombre para que intentara matarte en tu boda. Siento unos celos horribles.

—Lo sabía, aunque siempre pensé que optarías por envenenarme.

—De esta otra manera era mucho más teatral —volteó hacia él sonriendo—. Pero ahora te traigo noticias oficiales —giró las piernas y se irguió—. El hombre que te clavó la espada ya habló. Era un cazador.

Cas arqueó las cejas.

—¿Un cazador? ¿De ruinos?

—Sí.

—¿Y qué buscaba conmigo?

—Un pequeño grupo de cazadores se organizaron en contra del rey. Llevan un tiempo exigiendo cambios a sus normas. Sobre todo, quieren que lo hagamos un puesto voluntario.

—¿Y de verdad la gente se ofrecería por su propia iniciativa a darles caza a los ruinos y matarlos?

—No mucha gente. Justo por eso el puesto se usa como castigo en vez de cárcel —se pasó los dedos por la barbilla—. Pero lo que quieran los criminales no es importante. Necesitamos cazadores. El rey ya había escuchado rumores de que se estaban organizando, pero evidentemente tenemos que empezar a tomárnoslos más en serio. Él todavía no delata a otros, pero no debe haber actuado solo. Ya los encontraremos. Mientras, todavía tenemos a muchos cazadores tras los ruinos.

Los estuvieron cazando y asesinando, así que sí, a menudo se defendían. Las palabras de Mary cruzaron por su cabeza por centésima vez. Nunca había oído que nadie defendiera a los ruinos. Nadie usaba la palabra asesinar. A los ruinos los *eliminaban, mataban o liquidaban.* Las palabras de Mary se quedaron flotando en el aire, hostigándolo.

—¿Alguna vez te has preguntado si exterminar a los ruinos fue una decisión correcta? —preguntó él despacio.

Jovita arqueó tanto las cejas que casi le llegaron al nacimiento del cabello.

—No.

—¿En verdad todos son malos? ¿Sin excepción?

—Sí, cada uno de ellos, sin excepción —dijo Jovita un poco exasperada. Ella había sido consejera del rey por sólo un año, pero siempre actuaba como si supiera más que Cas—. Los ruinos nos gobernaron por siglos sin una pizca de compasión. Estamos devolviéndoles el favor.

—Es cierto —dijo Cas en voz baja.

Él no había nacido en la época en la que los ruinos esclavizaban a los humanos y los mataban por diversión, y tampoco su padre. Su abuelo los había expulsado de Lera, pero los ruinos habían perdido el dominio de los humanos desde años antes, cuando sus poderes comenzaron a debilitarse. Había sido un castigo de los ancestros por haber hecho mal uso de esos poderes, según decía su abuelo.

Los ancestros no tuvieron ninguna relación con la pérdida del poder de los ruinos, decía el padre de Cas poniendo los ojos en blanco. Él no era de los que creen en lo que no se ve. *Los ruinos ascenderán de nuevo, a menos que los detengamos.*

Los ruinos ascenderán de nuevo era una frase que a Cas solía provocarle escalofríos. Ahora no sentía nada más que el peso de esas vidas perdidas. Por mucho poder que tuvieran los ruinos, no podían levantarse de entre los muertos.

Jovita se puso en pie.

—Los guerreros de Olso llegan en dos días. ¿Podrás asistir a la cena?

—Seguro que sí. No me voy a perder la primera visita de los guerreros a Lera en dos generaciones.

—Muy bien. Intenta que no te claven una espada allí también. No queremos que los guerreros piensen que necesitamos a alguien de Vallos para salvar a nuestro príncipe.

Dijo *Vallos* como si fuera algo desagradable, pero se le dibujó una sonrisa en el rostro.

—Qué horror. Casi tan vergonzoso como que te derrote su princesa en la Batalla de la Unión.

Jovita lo miró. Él rio, hundiéndose más en las almohadas.

—Antes no planeaba envenenarte, pero ahora definitivamente lo haré —dijo ella al abrir la puerta—. Cuídate las espaldas, príncipe Casimir.

Él le sonrió burlón.

—Para eso tengo a Mary.

—¿Por qué siempre está soleado? —Aren miró al cielo con asco, protegiéndose el rostro con la mano—. Hasta su clima se burla de mí.

Em siguió su mirada hacia el cielo claro. El viento estaba frío y los pájaros planeaban en dirección del mar. En los jardines del castillo había flores rojas, amarillas y rosas, y varios frutos cítricos colgaban de los árboles. Lera en verdad era asquerosamente bonita.

—Los ancestros los bendijeron —dijo ella con expresión entre burlona y seria.

Aren puso los ojos en blanco.

—Si tengo que oír eso una vez más, voy a matar a alguien. Que no te sorprenda si ves que una de sus cabezas de repente se separa de su cuerpo.

Ella miró atrás, al sendero vacío.

—Dilo un poco más fuerte, no creo que te hayan escuchado del otro lado de los jardines.

—Lo siento —Aren bajó la voz—. Mi madre solía decirme que los ancestros me habían bendecido. No me gusta oírlo de sus bocas.

—Lo sé —dijo Em en voz baja.

—A lo mejor los ancestros no bendijeron a nadie. A lo mejor ni siquiera existieron —dijo Aren con voz temblorosa. Su madre había sido la sacerdotisa del castillo, y sus palabras acongojaron a Em. Un año antes, él no habría dicho algo así.

Ella le estrechó la mano brevemente. Él se la estrechó también.

Cuando llegaron a la orilla de los jardines, apareció la muralla del castillo ante su vista. Una amplia franja de hierba se extendía entre la muralla y los jardines, con lo que era seguro que si alguien la saltaba quedaría completamente a la vista de los guardias.

—En esa torre hay un guardia —dijo Em sin mirar en esa dirección. La torre estaba en el lado este del castillo y se elevaba más alto que el resto de la edificación. Era un sitio perfecto para vigilar toda la muralla.

—Tal vez dos —dijo Aren—. ¿Y viste ese puesto de vigilancia cuando entramos? Desde donde está ubicado, el guardia también tiene una vista magnífica de todas las tierras del castillo.

—No pude ver nada metida en ese estúpido carruaje.

—Está en los árboles, no muy lejos del portón principal del castillo.

—Averigua cómo se asignan los turnos. Quiero saber si siempre son las mismas tres o cuatro personas, o si toman turnos con otras.

—De acuerdo.

Em tocó la muralla. De piedra. Era muy alta, pero cerca de ahí había un árbol al que podía treparse, aunque el brinco al otro lado sería un buen reto.

—¿Hay guardias apostados al otro lado de la muralla? —susurró.

—Sí. No es un puesto muy popular; por lo visto es muy aburrido. Y todo el tiempo hay que permanecer en pie.

—Averigua cuántos son y dónde se yerguen.

—Cuenta con eso.

—Un ruino podría tirar esta muralla, ¿verdad? —preguntó—. ¿Al menos un fragmento?

—Damian, con toda su fuerza, podría derribar un buen pedazo.

—Muy bien.

Siguieron caminando. Em iba observando cuánto tardaban en recorrer todo el perímetro. Si era necesaria una huida precipitada, la muralla podía ser un problema importante.

—¿Cómo estaba anoche el príncipe? Lo viste, ¿verdad? —preguntó Aren.

—Bien. Sólo es una herida en el hombro —exhaló con fuerza—. Quiere hablar conmigo sobre los ruinos.

—¿Qué? ¿Cómo llegaron a eso?

—Es mi culpa. No puedo quedarme callada. Posiblemente dije que nos están asesinando.

—Mary habría odiado a los ruinos, Em. Ellos asesinaron a sus padres.

—¿Y qué? Nadie de aquí la conoció. No pueden estar seguros de eso.

—¿Estaba enojado? ¿Fue en tono de *Después hablamos de esto, provinciana. Ahora deja que me ocupe de mis asesinatos?* —bajó la voz haciendo una imitación de Cas y sonrió.

—No. Era más como si estuviera intrigado, como si deseara hablar de eso —dijo Em, y Aren la miró desconcertado—. ¡Ya lo sé! Nunca contemplé la posibilidad de realmente hacerlo entrar en razón.

—¡Esa posibilidad no existe! —dijo Aren—. Aun si Cas estuviera dispuesto a escucharte y el rey muriera mañana, nada cambiaría. Los consejeros del rey apoyan las políticas hacia los ruinos. Además, ¿cuántos años tiene? ¿Diecisiete?

—Sí.

—Habría podido asumir el trono desde hace dos. Y él estaba en esas reuniones en las que decidían. Si tuviera algo que decir, ya lo habría hecho.

—Es cierto. La compasión no significa mayor cosa si no actúas en consecuencia —Em se encogió de hombros mientras la imagen de Cas sin camisa le daba vueltas en la cabeza, y no la quería allí.

—¿Has oído algo de Olivia? —preguntó Aren.

—No. Estoy esperando que suene natural mencionarlo en alguna conversación. No quiero despertar sospechas. Hasta ahora, lo único de lo que me hablan es de vestidos y de la boda. Ni siquiera se han tomado la molestia de decirme que los guerreros de Olso están en camino. He estado ensayando mi cara de sorpresa —arqueó las cejas y abrió la boca de un modo teatral—. ¿Qué te parece?

—Horrible. No lo hagas.

—Quizá Cas lo mencione hoy, pues se espera que lleguen muy pronto. Antes de ayer apenas si me hablaba, así que supongo que no hubo muchas oportunidades —arrugó el rostro—. Ahora creo que le gusto.

—De eso se trataba, ¿no?

—Supongo.

Aren se pasó la mano por la nuca.

—Nunca hablamos de… este… la parte sexual.

—Y seguiremos sin hablar de ella.

—¿Vas a pedirle que espere? Creo que sería bastante razonable. Después de todo, acaban de conocerse.

—Aren, no vamos a hablar de eso.

—Sí, sí, perdona —se metió las manos en los bolsillos y se alejó unos pasos—. Tengo que regresar. Les dije que sólo iba a reportarme contigo, así que esperan que vuelva pronto. Además —sonrió burlón—, no deben vernos juntos muy seguido. La gente va a pensar que nos acostamos.

Em arrugó la nariz, haciendo un esfuerzo por no sonreír.

—Qué asco.

—Lo mismo digo.

OCHO

La gente del castillo había empezado a dirigirse a Em como su *alteza real o princesa de Lera*. Y todas las veces quería desaparecer bajo la tierra.

La reina dijo que empezaría a enseñarle a Em sus *deberes reales*, pero en realidad ella había pasado sola casi todo el tiempo en los últimos dos días, memorizando las tierras del castillo y buscando puntos débiles. Incluso comía sola, pues tras el ataque a Cas el rey y la reina prácticamente habían desaparecido. Probablemente estaban haciéndose cargo de ese cazador que había decidido matar a la familia real en vez de a los ruinos.

Cas no envió a buscarla, así que ella no lo visitó. Los guardias le informaban que se estaba recuperando. A Em le alegró poder descansar de él. Como Cas no esperaba que lo acompañara en su cama, ella tenía libertad para deambular de noche por el castillo, entrar en algunas habitaciones y examinar cajones en busca de información sobre la ubicación de Olivia.

Jovita finalmente decidió informar a Em que los guerreros de Olso pasarían allí el verano y Em puso su mejor cara de sorpresa cuando oyó la noticia. Le dieron un impresionante vestido rosa claro para ponerse en la cena de bienvenida.

Ya había acumulado una buena selección de vestidos y Davina le hizo saber que tendría muchas oportunidades de usarlos. Parecía que lo único que a la gente de Lera le gustaba más que las batallas eran las fiestas.

El vestido de esa noche tenía toda una hilera de botones en la espalda, pero en el frente descendía notablemente, para mostrar un generoso escote. Casi ninguno de los vestidos que le habían enviado cubría mucha carne, y Em no podía evitar pensar que la reina lo había hecho a propósito, para hacer sentir incómoda a una joven conservadora de Vallos.

Echó los hombros hacia atrás con una sonrisa. Menos mal que ella no era de Vallos.

Cas llegó a la puerta después de la puesta de sol. Llevaba pantalones negros, una camisa blanca y un saco negro con una hilera de botones plateados al centro. Traía el saco desabotonado. Iba un poco desaliñado, como si hubiera corrido algunas vueltas alrededor del castillo antes de ir a verla. Habría sido lindo si ella no hubiera estado decidida a odiarlo.

—Buenas noches —dijo cuando la vio salir. De pronto ella ya no supo qué hacer con las manos.

—Hola —le dijo esquivando su mirada. Él le ofreció el brazo sano. Ella lo tomó y dejó que la condujera por el pasillo.

—¿Te sientes bien? —le preguntó robándole una mirada. El color negro de su saco hacía que sus ojos destacaran todavía más. Era difícil no mirarlos.

—Sí, gracias. Todavía está un poco adolorido, pero está cicatrizando bien.

—Me alegra saberlo —mintió. ¿Qué tan *bien* estaría él? ¿Tanto como para recuperar la noche de bodas? Ella se estremeció y dejó que sus dedos rozaran los alzapaños al pasar junto a las cortinas.

—¿Ya te habló Jovita de los guerreros? —preguntó Cas.

—Sí. Me sorprendí. Pensaba que las relaciones entre Olso y Lera eran tensas.

—Por mucho tiempo así han sido, pero los guerreros hace poco nos buscaron para venir en persona a hablar de algunos tratados. Dijeron que querían mantener la paz.

—¡Qué maravilla! —dijo ella reprimiendo una sonrisa.

En el tono de Cas no había el menor dejo de sospecha. De verdad creía que los guerreros, como todos los demás, iban a postrarse ante Lera.

—¿Conoces a algún guerrero? —le preguntó él.

Sí. Y no sólo a aquéllos con los que había negociado recientemente. Muchos ciudadanos de Olso habían pasado por Ruina, pues a sus reyes y reinas los ruinos siempre parecían intrigarlos, más que asustarlos. La madre de Em había admirado la manera como los guerreros de Olso dedicaban sus vidas a entrenar para la batalla, y a muchos los había invitado a alojarse en el castillo.

Cas la miraba, esperando su respuesta. ¿Habría Mary conocido a algún guerrero? Parecía poco probable. Olso menospreciaba a Vallos.

—No que yo recuerde —dijo con cautela.

Caminaron hacia el comedor principal. El aire se llenó de risas y charlas cuando se acercaron a la puerta. Un empleado la abrió, y Cas y Em entraron.

Varias filas de mesas se extendían por el centro del salón, la mayoría repletas. En medio de cada mesa había grandes tazones de pan y fruta, y el personal corría de aquí hacia allá sirviendo vino.

Había por lo menos cien personas, quizá más. Casi todos los invitados a la boda iban a quedarse varias semanas en el castillo, tal como habían dicho los guerreros. Para derribar a Lera como era debido, Em necesitaba destruir a muchos de sus dirigentes, y un buen número de ellos estaba sentado en ese salón. Los gobernadores de las seis provincias recibían instrucciones directas del rey, y cinco estaban presentes. También había algunos capitanes responsables de la seguridad y de los soldados de sus zonas. La reina le había informado a Em que casi todos los jueces, el rango de menor jerarquía de Lera, se habían quedado en sus provincias para dirigirlas en ausencia del gobernador o capitán. De cualquier forma, no eran tan importantes.

—El príncipe Casimir y la princesa Mary —anunció una voz.

Todos en el salón se pusieron rápidamente en pie, y Em escudriñó la multitud en busca de los guerreros.

—Tomen asiento, por favor —dijo Cas. Todos obedecieron y se sentaron nuevamente.

Tres personas con uniformes blancos con rojo permanecieron en pie un rato más que los demás. Los guerreros. Dos hombres y una mujer. De hecho, Em conocía a la joven. Había pasado varios días en el castillo de Ruina tres años antes con su madre y su padre, una poderosa familia de Olso.

Iria. Así se llamaba.

Iria sonrió y Em reprimió un gesto de fastidio. Iria había pasado la mayor parte de su estancia en el castillo de Ruina retando a Em a *duelos (¡Un duelo a muerte!*, gritaba siempre, para enseguida estallar en risas), y el resto del tiempo haciendo enojar a Em y a Olivia.

Por supuesto, el rey Lucio había enviado a Iria. Tal vez ella había pedido acudir, pues sabía que irritaría a Em.

Respiró hondo y volteó hacia Cas, que la estaba mirando fijamente.

—¿Estás bien? —le preguntó con el ceño fruncido.

—Por supuesto —dijo y carraspeó—. ¿Nos sentamos?

Cas la condujo hacia la mesa del frente del comedor, donde Jovita y algunos gobernadores ya estaban sentados. Em se percató de que los guerreros no estaban sentados con la familia real, lo que parecía un desaire intencionado.

Cas y ella se sentaban a su mesa cuando un empleado llevó a los guerreros a saludarlos. Em se inclinó hacia adelante sobre su silla, con una sonrisa estampada en el semblante.

—Koldo Herrerro —dijo el empleado, y el joven guerrero de ojos vivarachos les sonrió.

—Benito Lodo —y el hombre de barba oscura saludó con la cabeza.

—Iria Ubino.

Iria dio un paso adelante. Su oscuro cabello largo y ondulado estaba recogido en una trenza que le cayó sobre el hombro cuando inclinó la cabeza en el saludo tradicional de Lera. Sus ojos oscuros se quedaron fijos en Em mientras se enderezaba, y Cas las observó.

—¿Ya se conocían? —preguntó en voz lo suficientemente alta para que los guerreros pudieran oír.

A Iria se le dibujó media sonrisa y Em esperaba que la guerrera supiera que estaba pensando en estrangularla.

—No creo —dijo Em.

Iria esperó mucho antes de hablar. Em deseó que Iria disimulara un poco el placer que sentía al torturarla.

—Me disculpo —dijo Iria finalmente—. Se parece mucho a alguien que conozco, su alteza.

Em esperaba que su rostro tuviera en ese momento alguna expresión agradable y no delatara que le estaba costando mucho contenerse para no darle una patada en el vientre.

Cas le tocó la mano muy suavemente y cerró los dedos alrededor de los suyos, con lo que Em dio un brinco de sorpresa. La diversión de Iria se intensificó mientras los observaba.

—Tomen asiento, por favor —dijo Cas.

Los guerreros caminaron de regreso a sus sillas e Iria le lanzó otra mirada a Em por encima del hombro. Cas se acercó a Em y le soltó la mano.

—Estaba tratando de desconcertarte —dijo con cierta perspicacia—. No se lo permitas.

Era un magnífico consejo, aunque completamente desacertado dadas las circunstancias.

Los sirvientes le llenaron el plato. En el comedor retumbaban las risas y las voces mezcladas. Em se obligó a comer para que Cas no se preocupara.

Cuando terminaron de cenar y los músicos empezaron a tocar, el rey y la reina finalmente entraron en el salón. Las celebraciones se detuvieron un momento, y Em vio cómo pasaban junto a los guerreros sin saludar. Los tres miraron con expresión dura a la reina. Fabiana debía ser la traidora más conocida en Olso, y era claro que ella no estaba haciendo nada por limar asperezas.

Em miró a Cas cuando se reanudó la música. Se apoyó en él hasta que sus labios estuvieron cerca de su oído.

—¿Por qué llegaron tarde?

—No lo sé —respondió él sacudiendo ligeramente la cabeza.

—Los guerreros se ofendieron —dijo ella—. Mira sus rostros.

Cas volteó a ver a los guerreros con aire despreocupado y luego miró de nuevo a Em.

—Creo que se ofenden con todo. Siempre están enojados por algo.

—Y tus padres se aseguraron de que se molestaran con esto.

Cas arqueó una ceja.

—¿Tú crees?

—Sí.

Típica estrategia de Lera. Siempre estaban más preocupados por asegurarse de que todo mundo supiera cuán superiores eran que por mostrar un poco de respeto.

—Iré a saludarlos —dijo ella—, que se sientan bienvenidos.

—Me dio la impresión de que les tenías miedo —dijo Cas—. Mirabas a Iria como si fuera a cruzar la mesa de un brinco para darte una estocada.

Em hizo una mueca que hizo reír a Cas.

—¡No me asustan!

—Probablemente sea sensato temerles un poco a los guerreros.

—No me asustan —repitió ella con firmeza—. ¿Qué va a hacer, apuñalarme frente a todos?

—Es poco probable.

—Eso no es mucho consuelo.

Los ojos de Cas brillaban divertidos.

—Pretendía ser honesto, no consolarte. A mí recientemente me apuñalaron en mi propia boda, no lo olvidemos.

—Es cierto.

Cas miró a los guerreros de Olso.

—Hagámoslos venir.

—No, se vería mejor si yo fuera adonde están. Es una señal de respeto.

Él hizo una pausa y a continuación dijo:

—De acuerdo, iré contigo.

Contra eso no podía poner objeciones, no sin delatar que quería hablar a solas con ellos. Se puso en pie. Cas hizo lo mismo y se inclinó para decirle algo a su padre. El rey frunció el ceño pero no se opuso.

El salón se fue quedando en silencio mientras caminaban. Los guerreros de Olso voltearon y al verlos acercarse se levantaron. Cuando Cas y Em caminaron alrededor de la mesa y se sentaron frente a ellos, los rostros de los hombres mostraron sorpresa. Iria seguía con su expresión petulante, y Em pretendió ignorarlo.

—¿Qué tal estuvo la comida? —preguntó Cas señalando los platos, ya limpios.

—Muy buena, su alteza, gracias —dijo Koldo.

—Ahora traerán más comida, por si todavía tienen hambre —dijo Cas—. Y pronto, el postre. Recomiendo las tartas de higo, son deliciosas.

Koldo se reanimó y oteó el salón en busca de esas delicias. A Benito no parecía haberle impresionado para nada la idea del postre.

—Me aseguraré de probar una —dijo Iria y fijó la mirada en Cas—. Felicidades por su casamiento.

—Gracias.

—Qué maravilla que Lera y Vallos finalmente pudieran unirse —al decir esto, Iria sonrió hacia Em.

—¿Han ido a Vallos? —preguntó Cas.

—Yo sí —dijo Iria—. Es un poco sombrío, pero mucho menos lúgubre que Ruina.

Em se esforzó en que su expresión permaneciera neutra y dijo:

—Yo nunca he ido a Ruina, pero estoy segura de que usted tiene razón.

—Su alteza —dijo Iria mirando a Cas—, ¿le importa si bailo con su esposa?

—Si ella así lo quiere —respondió él.

—Encantada —dijo Em, levantando el borde del vestido al ponerse en pie. Tomó a la joven del brazo y caminó con ella a la pista de baile.

Iria posó suavemente la mano en su espalda y Em decidió dejar que ella llevara. ¿Para qué hacerla enojar?

—¿Es completamente necesario que traigas esa cara? —preguntó Em entre dientes cuando empezaron a bailar.

—¿Qué cara?

—Como de que acabas de descubrir algo y estás encantada con eso. Estás aquí para ayudarme, ¿recuerdas?

Iria rio.

—Lo siento, es que estoy tan divertida… ¡Emelina Flores como la princesa de Lera! Es ridículo —volteó a ver a Cas, y también Em desvió la mirada. Estaba hablando con los dos guerreros, pero se mantenía atento a ellas—. Aunque él parece completamente convencido.

—¿Por qué no lo estaría? Les dije a los guerreros que yo podía hacerlo.

—Así es. Y yo aposté contra ti. De hecho, perdí una buena cantidad de dinero.

—Oh, qué pena —dijo Em con sequedad. Miró a Benito y a Koldo—. ¿Saben de mí?

—Por supuesto, puedes confiar en ellos.

—Eso lo decidiré yo. No dijiste a nadie más que estoy aquí, ¿cierto?

—No. Ni siquiera a tu propia gente. Es raro ocultarles este plan a los ruinos, si quieres saber mi opinión.

—Mientras menos gente lo sepa, mejor.

De cualquier manera, los ruinos no confiarían en Em ni en su plan. Tendrían mucho mejor cara cuando supieran que lo había logrado.

—Supe que salvaste a tu príncipe de la muerte el día de su boda. Fue un golpe de suerte, ¿no?

—Sí, lo fue —Em miró a Iria con sospecha—, ¿cierto?

—No tuvimos nada que ver con eso, pero ahora estamos buscando a esos cazadores para ver qué tan organizado está el movimiento. Pueden ser de ayuda.

—¿Tienes alguna noticia?

—Vi a Damian antes de irme de Olso. Está ayudando a los ruinos a cruzar la frontera. Logramos hacer pasar a varios, sanos y salvos. Cuando me fui, iban camino a ver al rey Lucio.

—¿Para qué tienen que ver al rey? —preguntó Em.

—Nuestro rey es muy amigable.

Sobre ese asunto no iba a darle una respuesta franca, así que Em tomó nota de preguntarle a Damian más adelante. No confiaba en el rey de Olso en lo absoluto. Él había accedido a ayudarla porque quería apoderarse de Lera, pero no había hecho nada para ayudar a los ruinos cuando empezaron a ser perseguidos y ejecutados.

—Damian me dio una nota para ti —dijo Iria.

—Ahora no —contestó, aunque estaba desesperada por leerla—. No quiero que sospechen.

—Está bien. ¿Puedes dejar de apretarme así la mano? —le pidió Iria—. Más tarde voy a necesitarla.

—Lo siento —farfulló Em, y la soltó un poco, aunque fracturarle la mano a Iria sería una bonita distracción. Em podría romperle la mano, colocarse a sus espaldas y hacerle una llave al cuello. Era más alta que la guerrera, así que tenía buenas probabilidades de inmovilizarla.

Em se contuvo. Los guerreros eran sus socios. No necesitaba matarlos para estar a salvo.

—No hay posibilidad de que hagas alguna cosa estúpida como matar al rey antes de tiempo, ¿verdad? —dijo Iria con expresión más seria—. Recuerdo que no tienes muy buen carácter.

—Estoy bien —dijo Em—. No deberíamos hablar de eso aquí. Ven a verme mañana temprano. Trae la nota. También le pediré a Aren que venga.

—Bueno, pero si voy a hacerlo tendrás que decirle a Cas que nos estamos llevando de maravilla. Dile que nos hicimos amigas de inmediato.

Em puso los ojos en blanco.

—¿Y sobre qué debo decir que hablamos que nos volvió tan amigas?

—Estábamos hablando de Vallos y de lo triste que te sientes de haberte ido.

—De acuerdo. Y diré que mencionaste cuánto quieres tu patria, y que estabas nerviosa por cómo saldría esta visita tomando en cuenta las tensas relaciones entre Lera y Olso.

—No estoy nerviosa —Iria tenía en la nariz un patrón de pecas que cambiaba cuando la fruncía.

—Pues ya está. Me agradas. Has decidido confiar en mí. Eso le diré.

—En realidad no me agradas. Sólo para que lo sepas.

—Estoy destrozada.

—Pero sí admiro esto —dijo Iria señalando a Em—. Honestamente no creía que tuvieras madera para hacerlo. Cuando te conocí parecías un poco quejumbrosa y malhumorada.

Terminó la pieza; Em dio un paso atrás y soltó la mano de Iria. La guerrera tenía razón, pero Em de ninguna manera iba a admitirlo. Tres años antes, cuando se conocieron, Em estaba un poco resentida de su falta de poder y celosa del de Olivia. *Quejumbrosa* probablemente era una manera amable de decirlo.

—Las cosas han cambiado —dijo Em.

Iria esbozó un ademán de algo parecido a la compasión y dijo en voz baja:

—Estaré pendiente por si hay noticias de Olivia.

—Gracias —Em se dio la vuelta. Lo que menos quería era compasión.

NUEVE

Cas miró a Mary con curiosidad mientras dejaba la pista de baile y se alejaba de Iria. La guerrera estaba sonriendo, como si Mary la hubiera tranquilizado. Era toda una hazaña.

Regresaron con sus padres y se sentaron junto a ellos por el resto de la velada. Cuando el rey y la reina se levantaron para retirarse, Cas hizo lo mismo y le extendió el brazo a Mary. Ella lo tomó. Salieron del salón. Cuando se cerró la puerta tras ellos, el ruido de la fiesta se amortiguó.

El rey les sonrió a Cas y a Mary.

—¿Vendrá por fin la noche de bodas, supongo?

Cas se puso rígido y su madre le dio un codazo a su esposo. El rey sólo rio y le dio a Cas una palmadita en el hombro. Cas tenía ganas de estrangularlo.

El príncipe vio a Mary, que había bajado la mirada, sonrojada. Cas no tenía idea de qué decir para hacer un poco menos incómodo el momento, así que guardó silencio. Dio la vuelta y caminó hacia los aposentos de Mary. Ella lo siguió en silencio.

Llegaron a la puerta, él la abrió y dio un paso atrás para dejar que ella entrara primero. La falda del vestido de Mary le rozó a Cas las piernas cuando pasó.

Él entró y cerró la puerta. Había un silencio sepulcral, y el piso de madera crujió al caminar Mary sobre él. Pasó la mano por la falda para alisarla; las manos le temblaban y el pecho le subía y bajaba a gran velocidad, como si estuviera al borde del pánico.

—¿Preferirías no hacer esto? —preguntó él en voz baja.

Sus miradas se encontraron brevemente. Las mejillas de Mary pasaron a un tono de rojo más oscuro.

—Yo...

Él esperó, pero ella no terminó la oración. Su tranquilidad se estaba derrumbando frente a él. Las manos le temblaron más y tragó saliva como si estuviera a punto de vomitar.

—Nunca te obligaría a hacer nada que no quisieras —dijo él finalmente—. Apenas nos conocemos, entiendo si prefieres esperar.

Un suspiro le recorrió a Mary todo el cuerpo, y asintió con tal entusiasmo que él casi rio. Él nunca había tenido relaciones sexuales con nadie, y hacerlo por primera vez con una joven que parecía querer vomitar sonaba deprimente.

—Pero ¿puedo pedirte un favor? —preguntó—. ¿No te importa si me quedo aquí un momento? Quisiera que mis padres pensaran que ya consumamos el matrimonio. De otro modo, no dejarán de fastidiar con eso.

Ya se imaginaba los comentarios de su padre. El rey nunca lo olvidaría.

—Por supuesto. Es muy buena idea, de hecho —dijo ella señalando la silla del rincón.

Él caminó hacia ahí. Se quitó el saco, lo puso en el respaldo y se sentó. Ella se sentó en la orilla de la cama y frotó con el pulgar el collar que siempre usaba.

—Pareces llevarte muy bien con esa guerrera, Iria —dijo Cas, y ella asintió con la cabeza—. ¿De qué estuvieron hablando?

—De Vallos. De su viaje hacia acá. Está nerviosa por cómo puedan marchar las negociaciones.

—No creo que los guerreros de Olso sientan nervios —dijo Cas riendo.

—Preocupada, pues. No todo mundo es tan fuerte como parece, ¿sabes?

—Y no todo mundo es tan débil como aparenta —dijo reclinándose y tronándose un nudillo.

—¿Te refieres a mí? —preguntó ella rápidamente.

—No en realidad. Es algo que mi madre siempre dice.

—Ah.

—¿Estabas aparentando ser débil? —preguntó Cas—. Porque entonces no quiero imaginar tu verdadera fuerza.

Mary rio a carcajadas, sin una pizca de vergüenza. Cuando reía liberaba algo que estaba muy adentro de ella.

—No —respondió—. Por supuesto que nunca he tenido que fingir debilidad. Pero tu madre tiene razón: que lo subestimen a uno tiene ventaja.

—Supongo que sí. Mi padre te subestimó previo a la Batalla de la Unión, no cabe duda. Ni siquiera supo disimular su sorpresa.

—Tu padre piensa que no hay nadie más grande que él —refunfuñó Em, y de inmediato pareció darse cuenta de lo que había dicho. Inhaló con fuerza y rápidamente lo miró—. Lo siento, no… No quise…

Él soltó una carcajada.

—¿No te cae bien mi padre? Todo mundo lo adora.

—Este… —parecía estar buscando la mentira más adecuada.

—Puedes decirme la verdad —dijo él, recargando los codos en los muslos e inclinándose hacia adelante—. Podemos tener nuestros secretos.

Ella vaciló y finalmente dijo:

—No —y su voz era casi un susurro—, no me simpatiza mucho.

—¿Por qué?

—Es como si siempre estuviera montando un espectáculo.

—¿A qué te refieres?

—Siempre está sonriendo y siendo amable —frunció la nariz y curvó los labios hacia abajo en la expresión más graciosa que él jamás hubiera visto. Era como si estuviera disgustada y contrariada a la vez.

Cas puso la barbilla en la mano, divertidísimo, y dijo:

—Detesto que la gente sea amable. Es terrible.

—No, es decir... —y rio—. No parece auténtico, parece actuado. Como si fuera difícil saber quién es en el fondo.

—¡Ah!

—¿Se entiende lo que digo?

—Perfectamente —contestó Cas sosteniéndole la mirada. Una sensación cálida le llenaba el pecho. Tal vez estaba mal deleitarse con que ella no venerara a su padre como el resto del mundo, pero no podía evitarlo.

—¿Y tus padres? —preguntó en voz baja.

Algo cambió en la expresión de ella.

—¿Qué hay de ellos?

—¿Cómo eran?

Ella tomó su collar y pensó un momento antes de responder.

—Mi padre era silencioso. Todo mundo escuchaba cuando hablaba, porque no lo hacía muy a menudo —sonrió, aunque la sonrisa no le llegó a los ojos—. Mi madre era todo lo contrario. Mi padre solía decir que ella necesitaba público y que por eso se había casado con él. Él siempre fue su público.

—Parece que tu madre y mi padre podrían haberse llevado bien.

Mary ladeó la cabeza y apretó los labios.

—Creo que sí, de alguna manera. Pero mi madre... había algo oscuro en ella. Podía pasar de alegre a furiosa con mucha rapidez. Tu padre parece manejar sus emociones mejor que ella.

A sus palabras les siguió un largo silencio.

—Siento mucho que ya no estén —dijo él finalmente.

—Gracias —dijo ella sin mucho sentimiento, como si hubiera dado esa respuesta miles de veces. Estuvo callada varios segundos, viéndolo fijamente, como si estuviera reuniendo valor para preguntar algo, y finalmente lo hizo—: ¿Por qué querías hablar de los ruinos?

—Me da curiosidad. Aquí la gente no habla mucho de ellos.

—Tu padre está en guerra con ellos.

—En Lera no hay ruinos. Es fácil hacer como si no existieran.

—¿Ni siquiera Olivia Flores? —preguntó—. Tu padre la tomó prisionera, ¿no es así?

—No creo que esté en Lera. Si acaso, será muy lejos.

—¿No sabes dónde?

Él sacudió la cabeza.

—La movieron hace poco.

Mary torció los labios de un lado al otro viendo la pared a las espaldas de Cas.

—¿No estás de acuerdo con que esté presa? —preguntó él.

Ella lo miró con dureza.

—No dije eso.

Su tono mostraba más ardor del que él esperaba.

—Entonces, ¿estás de acuerdo?

—No.

Él esperó, y cuando ella ya no dijo más, rio.

—¿Hay otra opción?

—Pudo simplemente no haberla tomado prisionera.

Cas arqueó las cejas.

—Mi padre no ha hablado mucho de ella, pero tengo la impresión de que, más que prisionera, es una huésped.

Mary soltó una fuerte risa.

—¡Una huésped!

—Este... Es la impresión que tengo. Que está ayudando.

—¡Una ruina ayudándolos! —echó atrás la cabeza como si fuera lo más cómico que jamás hubiera oído—. Después de que mataron a su madre y le declararon la guerra a su gente.

—Dicho así, suena estúpido.

—Claro que suena estúpido, Cas.

Su voz tenía un tono de condescendencia, y él rio a pesar de sentir vergüenza.

—Tal vez no lo pensé detenidamente.

—Tal vez no. Olivia Flores es una prisionera, no una huésped —su diversión se había desvanecido. Mirándolo a los ojos agregó—: Deberías preguntarle a tu padre por ella. Averigua la verdad.

—Lo haré —de pronto se sentía avergonzado por no haber preguntado nunca por Olivia. ¿Cuántos años tenía? ¿Catorce? ¿Quince? ¿Exactamente qué estaba haciendo su padre con ella?

No parecía haber mucho qué decir después de eso, así que permanecieron sentados en silencio largos minutos, hasta que él decidió que probablemente ya había estado ahí el tiempo suficiente. Se puso en pie y se dirigió a la puerta.

—Es hora de irme. Te veo mañana.

—Cas...

Él se detuvo un momento. Tenía la mano en el pomo de la puerta y el corazón le brincó en el pecho. ¿Habría cambiado de opinión? ¿Quería que se quedara? Volteó hacia ella.

Estaba en pie señalando su vestido rosa.

—No puedo quitarmelo yo sola: tengo que llamar a mis doncellas para ayudarme a desabotonarlo, y si quieres que crean que hemos consumado...

Guardó silencio y juntó las manos frente a ella.

—Ah, claro —él ni siquiera había pensado en eso.

Ella se dio la vuelta y dejó ver una hilera larguísima de botoncitos que bajaban por la espalda del vestido. Él se acercó y tomó el de más arriba, en la nuca.

—¿En verdad son necesarios todos estos botones?

—No lo sé. Tu madre envió el vestido y me dijo que lo usara esta noche.

—Mi madre, por supuesto —dijo, y pasó al segundo botón.

Mary suavemente tomó el extremo de la falda. Cuando la movía, sonaba el frufrú de la tela.

—Es precioso. Tu madre tiene muy buen gusto.

—Supongo que eso lo dijo ella.

Em rio discretamente y Cas pudo sentir cómo su torso subía y bajaba entre sus dedos.

—Así es.

Bajó por la hilera de botones, liberando delicadamente uno por uno. Mientras la tela se separaba, se iba revelando la piel desnuda de la espalda y a Cas se le dificultaba no mirar. Su suave piel aceitunada casi brillaba, y se sentía tentado de recorrer su columna vertebral con los dedos.

El hombro izquierdo del vestido resbaló y para mantenerlo en su lugar ella rápidamente cruzó los brazos sobre el pecho.

Los botones terminaban abajo de la cintura. Él tragó saliva mientras soltaba los últimos. Tenía las palmas sudorosas y sus entrañas habían comenzado a bailar de una manera que no le gustaba especialmente.

—Gracias —dijo ella en voz baja sin voltear.

—No hay de qué —se obligó a desviar la mirada del vestido abierto que revelaba una parte del cuerpo femenino a la que nunca le había dado mayor importancia. Ahora pensaba que quizá le gustaría verlo todos los días.

Alcanzó la puerta de una zancada y tomó su saco de la silla. No miró a Mary por temor de que su semblante delatara sus sentimientos.

—Buenas noches.

DIEZ

A la mañana siguiente, Em encontró a Aren esperando en el pasillo y le hizo un gesto para que la siguiera a su sala. Él se asomó desde la esquina como si esperara que hubiera alguien más. Cuando vio que no había nadie, entró.

—¿Todo… bien? —preguntó despacio.

—Bien, sí. ¿Tú cómo estás?

En respuesta, levantó un hombro.

—Anoche le pregunté a Cas sobre Olivia. Él no sabe dónde está, pero creo que lo convencí de averiguarlo.

—¿No sospechó? —preguntó Aren.

—Al parecer no.

Sonó un golpe en la puerta y Em abrió. Era Iria. La guerrera vestía de negro y el cabello ondulado le caía sobre los hombros.

—Aren —dijo Iria saludándolo con la cabeza al entrar—. Qué gusto volver a verte.

Em cerró la puerta.

—Apresurémonos. No tenemos mucho tiempo antes de nuestra reunión con el rey —Iria metió la mano al bolsillo y sacó un sobre arrugado que ofreció a Em—. Es para ti.

El sobre estaba en blanco, pero Damian no era tan tonto como para escribir su nombre en una carta y enviarla al castillo. Estaba cerrado apresuradamente con unas gotas de cera. Em lo abrió y les dio la espalda a Aren e Iria. En el interior tampoco estaba su nombre.

Volví sano y salvo. Los pasajeros ya no están. Aquí todo mundo está muy motivado por el siguiente paso. Me gustaría poder decirles dónde estás y qué estás haciendo, pero entiendo la necesidad de mantenerlo en secreto. Gracias por confiar en mí. Sé que, después de todo, probablemente no fue fácil.

Estoy preparándome para un viaje, Varios ya partieron sin percance.

Pienso en ti todos los días. Espero que estén siendo amables contigo.

Sé que puedes con esto. Nunca dudé de ti, ni por un instante.

Em contuvo las lágrimas antes de voltear hacia Iria y Aren.

—Se deshizo de los cuerpos. Dice que varios ruinos ya consiguieron cruzar a Olso a salvo.

Iria apoyó las manos en el respaldo de una silla.

—Así es. Hemos enviado a una buena cantidad de guerreros a la frontera para ayudarlos a cruzar a Olso, como lo prometimos. Del lado de Ruina hay una cantidad respetable de cazadores, pero con suerte no serán problema. Te lo haré saber en cuanto conozca el informe.

—¿Y luego verán a tu rey? —preguntó Em para provocarla.

—¿Por qué? —preguntó Aren con el ceño fruncido.

Iria alzó las manos y dijo:

—Ustedes dos, desconfiando todo el tiempo. Él sólo quiere conocer a todos en persona. Ver qué pueden hacer. Los vamos a llevar a Olso para que se unan a nuestro ejército. Necesitamos entender lo que tenemos a nuestra disposición.

—A *su* disposición —repitió Aren con un gesto de fastidio.

—¡Los ruinos nunca se habían asociado con nadie! Debemos encontrar la manera de integrarlos en nuestro plan de combate —dijo Iria—. ¿Me permiten recordarles que somos nosotros los que estamos ayudándoles?

—Sí, por favor, recuérdamelo —la voz de Aren sonaba fría—. Recuérdame cómo todos ustedes se quedaron de brazos cruzados mientras a nosotros nos rodeaban y nos mataban. Y recuérdame cómo debo estar agradecido ahora que decidieron intervenir sin una sola disculpa ni explicación, sin *entender* por qué Em y yo podríamos desconfiar un poco de ustedes. Recuérdame por qué debo olvidarme de eso y seguir adelante porque ahora decidieron que somos útiles.

Iria se sonrojó. Em, solidaria, sonrió a Aren y él levantó un hombro como diciendo *perdón*. Ella se encogió de hombros, en un gesto de *conmigo no te disculpes*. No necesitaban palabras, no necesitaban lamentar haberse dejado llevar por el enojo por un momento. Antes habían sido amigos, pero ahora estaban además vinculados por una furia que ni siquiera Damian entendía. Él había reaccionado con tristeza; Em y Aren se habían abierto camino entre la ira para salir juntos de ella.

—¿Qué va a pasar después de que vean al rey? —preguntó Em, resistiendo el impulso de dejar que Iria sufriera unos cuantos segundos más.

Ella carraspeó, evidentemente incómoda.

—Los llevarán a un barco. Tenemos varios que serán dirigidos hacia acá en preparación del ataque —y volteando hacia Em añadió—: Necesitamos que averigües qué defensas tienen en la costa cerca del castillo. Si puedes decirnos en dónde tienen a los vigilantes, podremos encomendar un ruino por cada uno. Ofuscarlos, para que no vean los barcos acercarse hasta que sea demasiado tarde.

—Me gusta el plan —dijo Em—. Yo me encargo.

—Y si vamos a ser socios, necesitamos conocer las debilidades de los ruinos. Nos hemos enterado de que hay una flor llamada debilita, y al parecer algunos cazadores la usan…

Em y Aren intercambiaron miradas. La debilita, llamada así porque debilitaba a los ruinos (o los mataba, si se exponían a ella lo suficiente) había sido un secreto guardado con celo por generaciones. Esa flor azul crecía en Ruina. La madre de Em las había llevado una vez a Olivia y a ella a una pequeña parcela donde había debilitas. Em todavía recordaba la decepción en el rostro de su madre cuando ella metió la nariz entre los pétalos, respiró hondo y no sintió nada. Su madre dijo que la inmunidad de Em era una fortaleza, pero en realidad no lo creía. Su inmunidad significaba que estaba condenada a la inutilidad.

Su madre había pasado mucho tiempo quemando todos los campos donde crecía la debilita, al igual que todos los reyes y reinas que la habían antecedido. Pero siempre volvía a crecer: era una plaga constante que nunca podía desterrarse del todo.

—Los cazadores dicen que un ruino no puede usar su magia contra ellos si portan la flor en sus cuerpos —prosiguió Iria—. ¿Es cierto eso?

Aren se frotó la nuca.

—De alguna manera. Depende de qué tan poderoso sea el ruino. Y puede no proteger todo el cuerpo de alguien como yo.

Si la tienes en el pecho, es posible que yo siga controlando tus piernas.

—Interesante —susurró Iria—. ¿Y te hace daño?

—Cierra la garganta, así que no podemos respirar. Y si entra en contacto con la piel, puede hacer que se abra en las marcas ruinas —Aren se revisó los brazos en busca de sus marcas ruinas. Había tenido muchas, prueba del poder imponente que le corría por las venas.

No había más que carne quemada. Su rostro no denotó expresión alguna.

—¿Seguiría teniendo ese efecto sobre ti? —preguntó Iria en voz baja.

—Las marcas siguen allí, aunque no se vean. Y con el tiempo aparecerán más. Con suerte no muy pronto —endureció la mirada—. Pero sé que los cazadores han estado experimentando con la debilita en algunos ruinos, lo que me hace sospechar que ya estabas enterada de sus efectos.

—Sólo queríamos saber para protegerlos —dijo Iria.

Tenía razón, por supuesto. La cantidad de ruinos había disminuido tanto que asociarse con los guerreros era su única posibilidad. Necesitaban su ayuda y su protección.

—En todo caso —Iria carraspeó—, averigua adónde va la familia real en caso de emergencia. Si alguno escapa, queremos saber hacia dónde huye.

—Ya lo sé —Em atravesó la sala y abrió un cajón del tocador. Hizo a un lado una daga y sacó un mapa. Se lo ofreció a Iria.

—Al día siguiente de que atacaron a Cas, Jovita me dio esto. Dijo que hay una pequeña fortaleza en las montañas de Vallos… Aquí les dicen Montañas del Sur… Y que en caso de emergencia siempre puedo ir hacia allá. Se llama el Fuerte Victorra.

—Conozco ese lugar —susurró Iria enredando un mechón de cabello en el dedo mientras estudiaba el mapa.

—No creo que la ubicación sea un gran secreto, pero nadie debe verte con ese mapa —Em extendió el brazo; Iria le echó un último vistazo antes de devolvérselo. Em lo guardó en el cajón y también puso el cuchillo en su lugar.

—Mis padres apoyaron la acción inmediata. Querían entrar y ayudar en cuanto nos enteramos de que el rey había matado a Wenda y se había llevado a Olivia —Iria bajó la voz—. Por si sirve de algo.

—Ahora mismo no mucho, tomando en cuenta que no sucedió y que la mayoría de los ruinos están muertos —dijo Aren caminando hacia la puerta—. Tengo que ir al entrenamiento. Cuidado con ese guardia, Galo. Es amigo del príncipe y se rumora que le cuenta todo.

—¿El capitán de la guardia del príncipe?

—No, ése es Julio. Pero Galo es el que lo sabe todo.

—Es bueno saberlo —comentó Em.

—Pronto te traeré los horarios y turnos de los guardias. Sigo averiguándolos.

—Gracias —dijo Iria.

Aren salió y cerró la puerta. Iria se quedó viendo el sitio donde había estado.

—No es el mismo de antes —dijo Em.

—Yo prácticamente no lo conocía. Cuando visité el castillo sólo me hablaba para molestarme.

Probablemente había estado coqueteando con ella (Aren antes era muy coqueto), pero Em decidió no hablar de eso.

Le hizo un gesto a Iria para que la siguiera y salieron al pasillo.

—Te mantendré informada —le dijo en voz baja.

Iria señaló con la cabeza algo detrás de Em.

—Su alteza.

Em volteó y vio que Cas venía por el pasillo. Llevaba pantalones oscuros y una camisa gris con varios botones desabrochados, y al acercarse sacudió la cabeza para quitarse el cabello del rostro.

Ella de verdad habría preferido que no hiciera ese gesto.

—Hola, Iria —dijo Cas.

—Los dejo solos —dijo la guerrera—. Tengo que encontrarme con Koldo y Benito antes de la reunión.

Cas vio a Iria alejarse y volteó hacia Em.

—Buenos días.

Estaba sonriendo. Definitivamente debía dejar de sonreír.

—Buenos días.

—Pensé que podríamos caminar juntos a la reunión. Mi padre siempre llega tarde, así que podemos entretener a los guerreros mientras tanto —Cas le ofreció el brazo y ella lo tomó.

—¿Este atuendo es apropiado para la ocasión? —preguntó Em señalando su vestido negro suelto. Era de mangas cortas e informal, con una falda larga y sencilla que se movía alrededor de sus piernas al caminar—. No sabía si había algún tipo de vestimenta para sus reuniones. Tu madre no me dio indicaciones.

—No, no lo hay. Las reuniones son informales —guardó silencio un momento y carraspeó—. Te ves muy bien.

—Gracias.

Em lo miró rápidamente de soslayo. No sabía qué pensar de la noche anterior. Él ni siquiera parecía molesto con el hecho de que ella no hubiera querido consumar el matrimonio. A lo mejor tampoco él quería que tuvieran relaciones sexuales.

Esa idea tendría que haber sido más reconfortante de lo que fue.

Caminaron hacia el Salón Océano. Cuando Cas abrió la puerta, Em entendió por qué tenía allí el rey sus reuniones. El espacio era enorme, más grande que todas las habitaciones juntas. Las ventanas de piso a techo de la pared del lado este realzaban la imponente vista del océano a la distancia, y todas las cortinas azul oscuro estaban abiertas.

Varias sillas y sofás rodeaban la chimenea, y una alfombra blanca inmaculada se extendía por todo el salón. En medio del salón había una larga mesa de madera con sillas en los dos lados, y un generoso festín de fruta y pastelillos en el centro.

Además de dos empleados, ellos eran los primeros en llegar. Em se sentó a un lado de Cas. Los sirvientes les ofrecieron una taza de té y colmaron sus platos de comida. Em se estiró para tomar un pastelillo cubierto de azúcar y observó que no había cuchillos en la mesa. Pero su silla era de madera y sería fácil de romper. Probablemente el rey se sentaría en el extremo y ella podría estrellarle la silla a uno de sus consejeros en la cabeza, para después usar algún borde afilado para cortarle la garganta al rey, o quizá clavárselo en el pecho.

—Siéntete libre de hablar, si lo deseas —le dijo Cas—. Cuando yo empecé a asistir a las reuniones, no hablé ni pregunté lo suficiente, y todo mundo lo interpretó como falta de interés.

Ella se pasó una servilleta por la boca y preguntó:

—¿Así era?

—No. Yo sólo pensé que era mejor escuchar primero. Conocer todos los hechos antes de formarse una opinión —rio—. En cambio, mi padre es de los que primero se forman una opinión y más tarde hacen caso omiso de los hechos, así que no creo que me entendiera muy bien.

Ella apenas pudo reprimir un gesto de fastidio cuando él mencionó a su padre. En vez de eso, comió el resto del pastelillo.

Los guerreros entraron y ocuparon los asientos frente a Cas y Em. Los empleados también les sirvieron té y comida, pero los guerreros permanecieron sentados, mirando los platos con desconfianza.

Las mejillas rojo intenso de Koldo lo hacían parecer más joven que los otros dos y miró a Iria y a Benito como solicitando permiso para comer. Benito frunció el ceño.

—No está envenenado —dijo Cas riendo y luego bebió un sorbo de té—. Si quisiéramos matarlos, idearíamos algo mucho mejor que veneno.

Los guerreros rieron.

—Tal vez simplemente no nos gusta la comida de aquí, su alteza —dijo Iria.

—Seguro es eso —dijo Cas con una sonrisa burlona mientras se servía un gran trozo de pastel de carne. No había manera de negar que en Lera tenían comida deliciosa.

—En Olso no acostumbramos comer en las reuniones —dijo Benito, pero alcanzó su té y envolvió la taza con su mano enorme. Los ojos de Koldo brillaron y tomó un pastelillo.

La reina y Jovita entraron al salón, seguidas de cuatro consejeros del rey. Todos tomaron asiento. Jovita se deslizó en la silla a un costado de Iria. Los consejeros se sentaron junto a Em, frente a los guerreros.

Em se inclinó hacia Cas y le preguntó en un susurro:

—¿Jovita suele asistir a estas reuniones?

Él asintió.

—La están preparando para que asuma el lugar de consejera que ocupaba su difunta madre. Empezó a acudir apenas el año pasado, me parece.

El rey entró tranquilamente al salón, con su habitual sonrisa en el rostro. Los guerreros de Olso se incorporaron y Em a regañadientes se levantó junto con Cas.

—Buenos días —dijo mientras jalaba su silla y se sentaba. Las sillas chirriaron contra el suelo cuando todos los demás se sentaron—. ¿Qué tal estuvo su primera noche en el castillo?

—Muy agradable, su majestad —dijo Benito.

—Antes de partir deberían visitar la costa —dijo el rey señalando la ventana con un amplio movimiento del brazo, por si no habían reparado en la vista—. Es preciosa, ¿saben?

Los guerreros asintieron sin decir palabra. Em sospechaba que preferirían clavarse un puñal en los ojos antes que retozar en las playas de Lera. No podía culparlos.

—Empecemos enseguida —dijo el rey—. Están aquí porque sus acuerdos comerciales con Vallos ya no son válidos, pues ahora nosotros controlamos el territorio. Entonces, díganme qué desean.

Iria deslizó una hoja de papel sobre la mesa.

—Ésas eran nuestras condiciones con Vallos. Pediríamos lo mismo de ustedes.

El rey, con el ceño fruncido, miró el papel unos instantes y luego lo hizo a un lado. Cas se lo acercó suavemente y Em observó que lo miraba de soslayo. Lo más probable era que las condiciones fueran resueltamente malas, pues los guerreros no tenían ninguna intención de firmar nuevos acuerdos comerciales. No era más que una distracción para permanecer en Lera y tramar el ataque.

—No —dijo el rey.

—¿Tiene usted las condiciones que preferiría? —preguntó Koldo.

—No. Eso es trabajo de ustedes. Preséntenme algo mejor.

—Mandaremos un mensaje a nuestro rey y haremos un borrador con nuevas condiciones —dijo Iria—. ¿Podríamos avanzar? Quisiéramos hablar del puerto de Olso.

El rey juntó las manos, las apoyó en el vientre y se reclinó en el asiento.

—¿Sí?

—La cláusula del tratado de paz que les daba acceso al puerto expiró hace cinco años —dijo Iria—. Sin embargo, todavía hay barcos de Lera allí.

—La cláusula expiraba sólo si Lera se convencía de que Olso no representaba una amenaza para ninguno de los otros reinos —dijo el rey.

—No la representamos —dijo Koldo.

—¿No? —preguntó el rey—. Mis cazadores acaban de informarme que ruinos fueron vistos a las puertas de Olso.

A Em se le atoró el aire en la garganta y miró a Iria, tratando de que su semblante permaneciera neutro. El de la guerrera mostró una auténtica sorpresa. Las expresiones de Koldo y Benito eran equiparables.

—¿Cuándo escuchó eso, su majestad? —preguntó Iria.

—Apenas ayer.

—Lo desconozco, pero de ser así, no podemos controlar lo que traten de hacer los ruinos, su majestad —dijo.

—Tengo informes de que también se han visto guerreros en Vallos. ¿Qué tendrían que hacer guerreros allí?

—¿Disfrutar la campiña? —propuso Iria enredándose un mechón de cabello en el dedo. Em apretó los labios para no reír.

El rey entrecerró los ojos.

—Muchos de los ruinos están actualmente en Vallos.

—Lo mismo que toda la población de Vallos. Tenemos permiso de visitar Vallos, su majestad —dijo Iria—. Sus leyes de acceso son mucho más relajadas que las de ustedes.

—Eso va a cambiar.

—Estoy segura —dijo Iria.

—Asociarse con los ruinos es un acto de guerra —dijo el rey.

—Entiendo. Pero, como le decía, desconozco lo que me indica. Y, en todo caso, esa cláusula expiró hace cinco años. Hemos sido pacientes y pedimos que cumplan sus acuerdos.

—Eso no va a pasar.

—¿Por qué no? —preguntó Cas.

Todas las cabezas se volvieron hacia él, con las mismas expresiones de sorpresa en los rostros de todos los consejeros. La reina abrió mucho los ojos y puso una mano en el brazo de Jovita, como si temiera que la joven lanzara sus propias preguntas. Jovita se limitó a arquear una ceja.

—¡Casimir! —exclamó su padre.

—No estaba mostrándome de acuerdo con ellos, sólo hice una pregunta —dijo—. ¿Por qué seguimos controlando ese puerto?

—Por la cláusula del tratado —dijo el rey.

—¿Es cierto que el tratado decía que les devolveríamos el puerto hace cinco años si no mostraban violencia contra otros reinos?

El rey permaneció en silencio unos momentos.

—Tendría que ver una copia para estar seguro.

Em apenas contuvo un resoplido. Era listo de parte del rey no reconocer eso, aunque fuera cierto.

—Me gustaría creer que honramos nuestra palabra —dijo Cas.

Su padre se levantó bruscamente y le lanzó a su hijo una mirada tan cargada de veneno que hasta Em se sintió tentada a esconderse abajo de la mesa. Dicho sea en honor de Cas, él le sostuvo la mirada.

—Seguiremos con esta discusión en otro momento —dijo el rey. Miró a los guerreros—: He dado órdenes de que cualquier ruino que intente entrar a Olso a hurtadillas sea apresado y presentado ante mí. Si están mintiendo y los están ayudando, lo sabré.

Em apretó las manos con tanta fuerza que casi dolió. Era de esperarse que los cazadores supieran de los ruinos que entraban a Olso. Ella habría deseado tener más tiempo antes de que el rey comenzara a sospechar, pero eso era todo lo que él tenía: sospechas.

El rey abandonó el salón y los consejeros siguieron su ejemplo. La reina y Jovita se quedaron en pie tras la silla de Cas hasta que él se dio cuenta y también se levantó.

La reina se inclinó hacia adelante y le dijo algo a Cas mientras Em salía del salón detrás de ellos. Cas se encogió de hombros, lo cual no parecía ser la respuesta que su madre quería. Ella se alejó con paso firme y la falda ondulándole entre los pies.

Jovita permaneció allí y Cas le hizo a Em una señal para que los siguiera. Em obedientemente los siguió por el pasillo y entró con ellos a la biblioteca. Jovita cerró la puerta.

—¿Qué estás haciendo? —Jovita tenía una manera de hablar que sonaba a un tiempo furiosa y calmada.

—¿A qué te refieres? —preguntó Cas dejándose caer en un sillón y estirando sus largas piernas.

Jovita miró a Em, que seguía junto a la puerta, como si apenas se percatara que estaba con ellos. Luego vaciló, pero Cas la miraba expectante.

—Desafiar a tu padre frente a los guerreros es poco apropiado. Y nada útil.

—No lo estaba desafiando, sólo hice una pregunta.

—Una pregunta inapropiada —dijo Jovita con los brazos en las caderas.

Em se acercó, rodeó a Jovita, y se sentó en un sillón frente a Cas.

—No es así —dijo Cas—. ¿Qué sentido tiene hacer tratados si no vas a cumplirlos?

Jovita suspiró como si Cas fuera idiota.

—No entiendes nada, Cas.

Cas imitó su suspiro.

—Tú tampoco, Jovita.

Em contuvo una carcajada y se pasó los dedos por la boca. Cas percibió su sonrisa y también sus labios se curvaron.

Jovita hizo un gesto de fastidio.

—Qué asco. ¿Qué necesidad tengo de ver su incipiente romance?

—Jovita —dijo Cas en tono de advertencia.

—Tu padre te echará de las reuniones si no estas de acuerdo con él.

—Llevo más tiempo que tú asistiendo a esas reuniones. Tengo permitido hacer preguntas.

Jovita caminó a la puerta.

—Podrás llevar más tiempo acudiendo a ellas, pero yo por lo menos sé cuándo mantener mi boca cerrada y obedecer.

Cas tronó sus nudillos y se apartó de Jovita. Ella salió de la biblioteca y dejó que la puerta se cerrara tras ella.

Un largo silencio se instaló en el lugar después de que Jovita se marchó. Em observaba a Cas mientras éste mantenía la mirada en el piso.

—Fue una pregunta justa —dijo ella finalmente.

—No tienes que estar de acuerdo conmigo sólo porque estamos casados —dijo él, un tanto divertido.

—De eso no hay riesgo, créeme.

Él ladeó la cabeza y se quedó estudiándola por unos momentos.

—¿Qué te parecería una pequeña aventura?

—Cuenta conmigo.

—Es un poco peligroso, y si mis padres se enteran se pondrán furiosos.

—Entonces, con mayor razón cuenta conmigo.

Cas se puso en pie de un brinco.

—Muy bien. Ponte unos pantalones. Algo discreto.

ONCE

Em esperó a Cas frente a la puerta de la cocina de empleados, tal como él le dijo. Se había vestido con unos pantalones negros y una blusa verde holgada. Se la arremangó
mientras esperaba.

Cas dio vuelta a la esquina con un guardia, el joven de
cabello oscuro que siempre estaba con él. El guardia le sonrió
a Em y dejó ver un pequeño espacio entre sus dientes incisi-
vos. Su mandíbula cuadrada, su amplia nariz y sus ojos verdes colaboraban para dar lugar a un rostro inesperadamente
atractivo.

—Mary, ¿ya conociste oficialmente a Galo? —preguntó
Cas.

—Me parece que no. Encantada de conocerte, Galo.

Él inclinó la cabeza hacia adelante.

—El gusto es mío, su alteza.

Cas abrió la puerta detrás de Em y ella lo siguió a la cocina, seguida de Galo. La primera habitación era el lugar donde
comían los empleados, y tenía una puerta lateral que llevaba
a un área bulliciosa donde preparaban la comida. Había unas
cuantas mesitas desperdigadas por el cuarto. En una, un niño
sacaba brillo a una pila de tenedores.

El niño tenía una cicatriz sobre la ceja izquierda; no tendría más de trece o catorce años, aunque ya era bastante alto y robusto. La madre de Em no permitía que niños de menos de dieciséis trabajaran en las cocinas, ni en ningún lugar remotamente peligroso del castillo.

Cas los condujo fuera, al sol. Siguieron por los jardines. Cas observó el castillo, como para asegurarse de que nadie los seguía. A Em le dio la impresión de que se estaban escabullendo. Y estaba ansiosa de ver cómo lo hacía Cas. Si había una manera de salir desapercibidos, tenía que haber una manera de entrar.

Llegaron a la muralla trasera. Cas caminó al árbol que ya Em había ubicado como una buena ruta de escape. Él se colgó de una rama baja y gruesa, y se impulsó hacia arriba. Trepó hasta que pudo subirse a la muralla.

—Cuando seas rey, quizá puedas usar el portón —le gritó Galo, que seguía junto con Em.

—No, si mi madre sigue viva —dijo Cas. Miró a Em y la invitó—: ¿Subes?

—Con mucho gusto le ayudo —ofreció Galo.

—Gracias, no hace falta —dijo Em con un bufido. Se sostuvo de la rama y trepó. Con facilidad se impulsó hacia la muralla. Cas estaba mirando hacia el otro lado y ella siguió su mirada. Un guardia levantó la mano.

—Hola, Roberto —dijo Cas.

—Su alteza —saludó el guardia con una sonrisa que le curvó el bigote. Levantó la cuerda que tenía cerca de los pies y se la lanzó a Cas.

Cas le pasó la cuerda a Galo, que acababa de trepar el árbol. Él la amarró al tronco e hizo una señal con la mano para indicar que estaba listo.

Cas se aferró a la cuerda con ambas manos. Bajó apoyando los pies firmemente en la muralla. Em observó que mantenía una mueca de dolor mientras descendía, y que usaba más el lado derecho: el hombro izquierdo seguía adolorido por el ataque. Em guardó el dato en la memoria por si más adelante necesitaba usarlo contra él.

Cuando Cas llegó al suelo, Em tomó la cuerda y empezó su propio descenso. Galo le siguió, y sus botas hicieron un ruido sordo cuando cayó en tierra. Se enderezó y le sonrió al guardia, mayor que él, en pie junto a la muralla.

—La advertencia de siempre —le dijo Roberto a Galo.

—Lo sé —respondió éste—. Vergüenza infinita y una vida de sufrimiento si algo lastima al príncipe Casimir —y echando una rápida mirada a Em añadió—: o a la princesa Mary.

—Te recuerdo que acaban de atentar contra la vida del príncipe Casimir —añadió Roberto.

—No me va a pasar nada —dijo Cas, y señaló a Em—: la traje conmigo.

A Em le costó trabajo contener la risa. Eso era ella ahora: la protectora del príncipe de Lera.

Roberto señaló la ciudad.

—Vayan. Si al ponerse el sol no han vuelto, daré aviso al rey.

Cuando Cas dio la vuelta, Roberto tomó a Galo del brazo y le dijo algo que Em no alcanzó a escuchar. Galo asintió. Cuando el guardia lo soltó, su rostro lucía más serio.

Em bajó la colina detrás de Cas. El día estaba soleado y despejado. Las hojas de los árboles cercanos crujían con la brisa del mar. Se extendía la hierba frente a ellos, con algunos árboles aquí y allá. Cas se dirigió a un estrecho sendero de tierra.

—¿Viste la Ciudad Real al llegar? —preguntó Cas a Em aminorando el paso para caminar al lado de ella. Galo caminaba del otro lado de Cas e iba estudiando la zona. Em nunca había visto a ese guardia en acción, pero le gustaba que no mantuviera la mano preparada para desenfundar la espada. Fácilmente podría quitársela si lo tomaba desprevenido.

—No —le respondió—. Los escoltas reales nos llevaron bordeando la ciudad.

El sendero dobló una esquina y el aire se llenó de murmullos de gente y pisadas de cascos de caballo. De pronto ya estaban en el centro de la Ciudad Real, con torrentes de gente que entraba y salía de las tiendas o se abría paso por las calles.

Em vio a un padre con su hija cruzar la calle con bolsas llenas de comida en sus brazos. En la zona más cercana había un mercado, una tienda de ropa y un comercio de comida para animales. Había filas de carretillas en la calle, con hombres y mujeres vendiendo joyas, chucherías y pan que olía rico.

En Ruina no existía nada parecido. Sus ciudades no habían sido así ni siquiera antes de que el rey Salomir las destruyera. Una ciudad estaba compuesta acaso por tres tiendas, y no era raro que el mercado se hubiera quedado sin insumos, salvo frijoles. Nunca se había planteado salir a hurtadillas a visitar ciudades de Ruina ella sola.

Cas inclinó la cabeza para indicarle a Em que lo siguiera. Tenía las manos en los bolsillos; el viento hacía que su camisa blanca se batiera contra su pecho. En ese momento su apariencia no era muy principesca, pero la gente de la Ciudad Real debía conocerlo.

—¿Te reconocen cuando vas por la calle? —le preguntó observando a la gente que pasaba junto a ellos.

—No. A veces algunos me miran, pero nadie espera que su príncipe deambule sin escolta por la ciudad, así que no me reconocen —se detuvo en una carreta tapada por una sombrilla—. Tres, por favor.

El hombre metió unas pinzas a la carreta y sacó tres panecillos humeantes. Puso cada uno en una bolsa de papel y le extendió la mano a Cas prácticamente sin verlo. Cas le soltó unas monedas en la mano y tomó las bolsas.

—Pan de queso —le dijo a Em extendiendo una bolsa a ella y otra a Galo—. Cada vez que vengas a la ciudad debes comprar uno. Es una regla.

Em abrió la bolsa y percibió el olor a pan recién horneado. Sacó el panecillo y probó un bocado. Era suave y un poco correoso, con un ligero sabor a queso. Le dio un segundo mordisco, más grande.

—Delicioso —dijo.

—Me alegra que te haya gustado. De otro modo, el matrimonio podría no funcionar —dijo Cas, y las comisuras de los labios se le crisparon.

—Qué tragedia: la unión de Lera y Vallos destruida por el pan de queso.

Cas rio y dejó ver el hoyuelo de su mejilla izquierda. Sus ojos brillaban bajo el sol. A Em no le costó trabajo olvidar por unos momentos que se trataba del príncipe de Lera. Nunca lo había visto tan relajado; era como si el castillo succionara la mitad de su energía.

—Para Cas la comida es algo serio —dijo Galo. El príncipe ni pestañeó porque un guardia le dijera Cas.

—Muy comprensible —dijo ella dándole otra mordida a su bollo.

Comieron el resto del pan y Cas los condujo por la calle. Mientras más se acercaban a la costa, más gente y tiendas había, y Em se dio cuenta de que ni siquiera habían llegado a la zona más concurrida de la ciudad. Algo debió poner nervioso a Galo, porque le dijo algo a Cas y tomaron un atajo para llegar a una calle con menos gente, flanqueada por casitas y pequeñas construcciones.

Apareció el océano ante su vista. Cas miró a ambos lados antes de atravesar la amplia calle que separaba la ciudad de la playa. Em, detrás de él, colocó una bota en la arena y después la otra.

Las playas de Vallos y Ruina eran rocosas y casi siempre frías. Ella nunca antes había visto una de arena blanca que se extendiera más allá de donde alcanzaba la vista. El mar destellaba bajo el sol. A lo lejos varios barcos atracaban en el puerto. Sus velas se agitaban al viento.

Había grupos de gente salpicados en la playa aquí y allá, muchos de ellos con atuendos extraños. Los hombres llevaban amplios pantalones cortos y camisas sin mangas. Las mujeres llevaban una especie de vestido muy corto, de faldas que apenas llegaban a la mitad del muslo, y los brazos completamente desnudos. La madre de Em era entusiasta de la moda que dejaba la piel al descubierto (Em recordaba un vestido de escote que llegaba hasta el ombligo), pero ante esto, incluso Wenda Flores habría arqueado la ceja... y enseguida habría pedido uno para ella.

Cas se quitó los zapatos y los calcetines y los dejó en la arena, como si no le importara que alguien pudiera llevárselos, así que ella hizo lo mismo. Galo se quedó con los suyos puestos y retrocedió un poco. Cas y Em se acercaron al mar y caminaron hasta que el agua fría les llegó a los tobillos, y Em metió los dedos de los pies en la arena.

—¿Puedo hacerte una pregunta? —dijo Cas.

—Claro.

—¿Por qué no trajiste a nadie contigo? Amigos, doncellas, guardias... Si yo me fuera de casa, querría llevar conmigo a toda la gente posible.

—No quedan tantos —dijo ella con la mirada hacia el océano—. Mis padres ya no están. A mucha gente a la que conocía la mataron después de que empezaron los ataques a los ruinos.

—Y tus padres no tuvieron más hijos aparte de ti, ¿verdad?

—No —mintió, y un dolor agudo le atravesó el pecho al pensar en Olivia—. Mi madre quería tener más, pero no pudo. Si por ella hubiera sido, yo habría tenido diez hermanos.

—¿Te sentías sola? —preguntó Cas.

—A veces. Era difícil no tener alrededor a nadie que de verdad entendiera cómo era mi vida. ¿Sabes a qué me refiero? —lo miró para confirmar, y él asintió con la cabeza—. Pero mi madre traía al castillo a otros niños de mi edad, así que siempre había con quién jugar. Dos niños se hicieron muy buenos amigos míos. Aren es uno, de hecho.

—¿Sólo amigos?

Ella lo miró. La voz de Cas sonaba intencionalmente indiferente, y Em se preguntó si estaría celoso de Aren.

—Sí, sólo amigos —respondió con honestidad—. Es como mi hermano.

—Ah.

—No vas a creer que traería a un chico del que estuviera enamorada para que viera cómo me caso con alguien más, ¿o sí? —preguntó riendo.

Él se alzó de hombros, con una expresión un poco avergonzada.

—Supongo que no.

—Una vez intentamos besarnos. Teníamos trece años... ninguno de los dos pudo dejar de reír el tiempo suficiente para concretar un beso genuino.

—¿Y hay alguien a quien hayas dejado atrás? Alguien a quien ames, quiero decir.

Ella arqueó las cejas.

—¿Estás seguro de que quieres saberlo?

—Claro. Puedes decirme la verdad.

—La verdad es que no —el rostro de Damian apareció fugazmente frente a sus ojos—. Tuve un amigo que habría querido ser algo más, pero no pasó. Mi madre estaba decepcionada, creo.

—¿Por qué? ¿A ella le agradaba?

—Él agradaba a todos. Pertenecía a una familia poderosa, era el mejor amigo de todo mundo. De los que nunca olvidan un nombre. A todos los hacía sentir especiales. Habríamos sido buena pareja, pero mi madre no se pronunció.

Em no sabía por qué había compartido esa historia de Damian, pero la expresión de Cas se iluminó cuando ella la contó. Si él iba a mirarla de esa manera, podría incluso contarle todas sus anécdotas.

Se alejó un poco. Era más fácil pensar cuando él no estaba tan cerca, y necesitaba aprovechar esta oportunidad para obtener información sobre las defensas de Lera.

Señaló una torre alta y redonda a la distancia, por el borde del litoral.

—¿Ésa es su defensa costera?

Cas asintió.

—Hay de esas torres desperdigadas por toda la costa, aunque en esta zona sólo existen tres.

—¿Han recibido amenazas desde la última guerra con Olso? —preguntó ella.

—No. Hace varios años divisaron un barco de Olso, pero cuando se comunicaron con la tripulación, alegaron que se había desviado de su rumbo. Viró cuando el guardia de la torre disparó una advertencia. Cuando eso pasa, las tropas bajan inmediatamente desde el castillo y las zonas aledañas. Para cuando el navío desembarca, un ejército ya lo espera.

—¿Ésos de dónde provienen? —preguntó ella señalando los barcos atracados en el puerto.

—De Vallos y Ruina.

—¿Llegan muchos barcos de Ruina?

—Tenemos gente trabajando en las minas de carbón. Los delincuentes que no tienen madera de cazador son enviados allá.

—¿Los cazadores son delincuentes? —preguntó ella.

—Sí. No teníamos suficientes voluntarios, así que mi padre envió a la mayor parte de los prisioneros.

—¿Se les dio a elegir?

—No. Y mi padre usó a todos los reclusos, incluso a ladronzuelos y gente con sentencias de pocos meses. A todos les ha prometido indulto, pero sin darles una fecha para que termine su servicio. Les ofrece dinero por cada ruino muerto.

Em no podía albergar compasión por los cazadores, pero era posible que por primera vez comprendiera sus motivos. Quizás estaban tan atrapados por las circunstancias como ella.

—Con razón quieren matarte —dijo echando un vistazo por encima del hombro. No había nadie más que Galo, a unos pasos de ellos—. Ahora que lo pienso, debí haber traído mi espada. Probablemente haya aquí cerca unas cuantas personas que deseen eliminarte.

—Oh, ¿al menos unas cuantas? —dijo Cas. Parecía que intentaba no sonreír.

—Estoy segura. Podrían intentar matarme a mí sólo por estar parada a tu lado. ¿Me haces favor de alejarte un poco más? —dijo apartándose un poco, con una gran sonrisa de oreja a oreja, casi contra su voluntad.

—De hecho, creo que te preferiría más cerca —dijo él riendo. Le extendió la mano, y a Em se le atoró el aire en la garganta cuando se dio cuenta de que quería alcanzarla.

—¿Caminamos? —preguntó él.

Em deslizó su mano entre la suya, y cuando entrelazaron los dedos, todo su cuerpo traidor enrojeció. Bajó la cabeza, pretendiendo ignorar los arranques de felicidad que le explotaban en el pecho.

DOCE

Cas se despertó con alguien empujando su hombro. Se dio la vuelta y la súbita luz lo obligó a entrecerrar los ojos. Su padre estaba allí junto a su cama, cargando un farol, en medio de la oscura habitación.

—Levántate —dijo el rey—. Quiero que veas esto.

La luz titiló sobre su rostro y Cas pudo ver la expresión adusta de su padre.

Se puso unos pantalones, se calzó las botas y salió del dormitorio detrás del rey. El castillo permanecía en silencio mientras avanzaban rápidamente por el pasillo hacia las escaleras.

Varios guardias los esperaban en la puerta principal, Galo entre ellos. Formaron un círculo alrededor del rey y el príncipe, y salieron hacia el fresco aire nocturno.

Cas miró el tenso semblante de su padre. No habían hablado desde la reunión con los guerreros la semana anterior, pero presentía que ese gesto no tenía mucho que ver con él.

Caminaron tan rápido que iban prácticamente corriendo. Pasaron frente al portón delantero, donde unos caballos los esperaban, y Cas montó en uno. Siguió a su padre hacia el este. Se alejaron de la Ciudad Real con los caballos a trote.

Al cabo de unos minutos, el brillo de varias antorchas iluminó el cielo nocturno. El rey disminuyó la velocidad, luego se detuvo y se bajó del caballo. Cas y los guardias hicieron lo mismo.

A un gesto del rey, Cas se acercó y acomodó su paso al suyo mientras se dirigían a las antorchas. Un gran grupo de guardias rodeó algo que Cas todavía no podía ver. Cuatro hombres con los uniformes negro y gris de los cazadores estaban con los guardias.

—Atrapamos a uno —dijo el rey—: un ruino que intentaba entrar a Olso a hurtadillas.

Cas inhaló bruscamente y volvió a dirigir su atención al círculo de guardias, con la esperanza de vislumbrar al ruino. Nunca antes había visto a uno.

—Vamos a llevarlo al castillo para interrogarlo, pero sólo una vez que hayan disminuido sus fuerzas. No es seguro. Quiero que veas de lo que son capaces.

—¿Cómo vas a debilitarlo? —preguntó Cas.

—Un ruino sólo puede emplear una parte de su energía antes de que ésta empiece a decaer. Mientras más energía utilizan, más débiles se vuelven.

Cas de repente deseó haber llevado su espada. Había sido estúpido de su parte salir corriendo de su habitación sin tomarla. Su padre llevaba una colgada en el cinto.

El círculo de guardias se abrió cuando Cas y su padre se acercaron, y les dejaron ver a un joven en el centro. Estaba sentado en la tierra, con las manos atadas detrás de su espalda. Iba vestido de negro, con manchas de polvo en los pantalones y la camisa. Salvo por una pequeña cortada en un ojo, lucía ileso. Sus brazos estaban cubiertos por una intrincada red de marcas, y Cas entrecerró los ojos para verlas mejor. Él siempre había supuesto que las marcas ruinas serían feas, pero las de este ruino eran de un tono un poco más claro que su piel aceitunada: una serie de líneas delgadas que le envolvían la carne como una complicada enredadera. Eran artísticas, más que feas.

—No ha hablado, su majestad —le dijo un guardia al rey.

El ruino se enderezó. Miró al rey y luego al príncipe. Centró su atención en Cas. Lo miraba consternado, como si estuviera pensando en la mejor manera de asesinarlo. Cas verdaderamente deseó tener una espada en ese momento.

—Ya hablará —dijo el rey—. Pero no es eso lo que me preocupa ahora —miró a Cas con el ceño fruncido y le ordenó—: Planta los pies en el suelo. Mira los árboles.

Una mezcla de expectativa y miedo revoloteaba en el pecho de Cas. Asintió solemnemente. El ruino seguía mirándolo; él pretendió no darse cuenta. Galo se acercó con la espada desenvainada.

—Arriba —le dijo un guardia al ruino mientras lo pateaba en un costado. El ruino lo fulminó con la mirada y lentamente se puso en pie. Era joven, tendría tal vez la misma edad que Cas.

El guardia golpeó al ruino en el vientre y el grito de éste resonó entre los árboles. Cas retiró el cabello que el viento había soplado sobre sus ojos mientras el guardia golpeaba al hombre en el rostro.

—¿Qué está haciendo? —le preguntó Cas a su padre en voz baja.

—Enojándolo.

El ruino tropezó y cayó al suelo con un golpe sordo. Otro guardia lo levantó de un jalón y lo empujó de regreso al centro del círculo.

Otra ráfaga de viento, más intensa que la anterior, golpeó a Cas en el rostro. Un cazador dio un paso adelante mientras sacaba una daga de su cinto. Levantó la mano para indicarle al guardia que se detuviera.

—Con éste tienes que empeñarte más. Se sabe dominar muy bien.

El cazador tomó al ruino del brazo, cortó sus cuerdas con un rápido movimiento del cuchillo, le acercó una mano a su espalda y le amputó un dedo.

Un grito desgarró la noche. A Cas se le enfrió todo el cuerpo. De la mano del ruino escurría sangre y su rostro se retorcía de dolor.

El suelo comenzó a temblar.

Cas se tropezó y extendió los brazos para recobrar el equilibrio. Una larga grieta comenzó a abrirse en la tierra, justo entre sus piernas, y rápidamente brincó a un lado. Un guardia lo tomó del brazo y lo mantuvo firme mientras el suelo retumbaba.

—¡Cuidado! —gritó alguien. Cas giró para ver cómo el árbol junto al ruino se inclinaba peligrosamente hacia la izquierda. Algunos cazadores se movieron de ahí como pudieron mientras las raíces salían de cuajo de la tierra. El tronco cayó de golpe y estuvo a punto de aplastar a un guardia. Le siguieron otros dos árboles.

El ruino intentó escapar, pero un guardia lo sujetó por la espalda y otro le dio un puñetazo en la cara. La tierra se despegó del suelo como si estuviera atrapada por un viento invisible. El ruino, resplandeciente, intentaba lanzarlo a los rostros de los guardias.

Cas se dio la vuelta y se zafó del guardia que lo sostenía del brazo. Su padre se paró frente a él. Cas oyó un fuerte manotazo, y luego un gruñido del ruino. La tierra volvió a retumbar, aunque con menos fuerza que la primera vez.

—Imagina estar solo frente a él —dijo el rey y señaló a un árbol caído—. Mira de lo que es capaz.

Un pensamiento arremetió a Cas con tal fuerza que sintió náuseas: *Mira de lo que es capaz, porque lo torturaste.*

—¿Quién es él? —preguntó Cas en voz baja. Quería que su padre le dijera que era uno de los peores ruinos. Que le explicara que mató a gente inocente. Tal vez había estado con el grupo que asesinó a los padres de Mary.

—Ya los oíste —dijo el rey señalando a los guardias—. No ha dicho nada. Pero muy pronto averiguaremos quién es y por qué estaba cruzando a Olso.

Cas se sintió aterrorizado y apartó la mirada de la de su padre.

¿Era eso lo que los cazadores hacían en Ruina y Vallos? ¿Daban caza a los ruinos y los torturaban? ¿Los mataban?

Por supuesto que sí, Cas lo sabía. Lo sabía desde que su padre había dado la orden. Pero verlo en acción no se sentía igual.

Su padre se le acercó.

—Si Olso se asociara con los ruinos sería devastador para nosotros. ¿Lo entiendes, Casimir? La combinación de la capacidad militar de Olso con los poderes de los ruinos podría destruirnos.

—Dijeron que no sabían que los ruinos se dirigían a Olso. ¿Crees que estaban mintiendo? —preguntó Cas.

—Sí —respondió el rey acariciándose la barba—. Siempre da por sentado que todos mienten. No confíes en nadie, salvo los más cercanos a ti. Tienes tendencia a ver lo bueno de las personas, y admiro eso, pero será tu perdición. Te lo juro.

La cabeza de Cas comenzaba a martillarle y los gritos del ruino no hacían más que empeorarlo. Las ráfagas de viento contra su rostro se iban suavizando conforme le extraían al hombre su poder.

—¿Qué vas a hacer si reconoce que trabaja con los guerreros? —preguntó Cas.

—Planearemos un ataque. Ya hemos derrotado a Olso en el pasado y podemos hacerlo otra vez, lo que no podemos permitir es que nos sorprendan desprevenidos.

Cas miró al ruino. Estaba en el suelo, sosteniendo contra su pecho la mano herida. Sus ojos revoloteaban y un gemido se escapó de sus labios.

—Lo entiendo, pero ¿ésta es la mejor manera? —y bajó la voz, incapaz de contener las preguntas que a lo largo del último año a menudo había querido hacer—. ¿Exterminar a los ruinos es la única manera?

—Cuando te parezca que tienes un mejor plan, por favor dímelo. Estaré encantado de escucharlo —el rey regresó a su caballo y les hizo a los guardias una señal para que lo siguieran.

Cas escuchó una risa a sus espaldas y al voltear se topó con un cazador que tenía la daga colocada sobre la otra mano del ruino. Éste mantenía los ojos fuertemente cerrados a la espera de perder otro dedo.

—¡Detente! —gritó Cas. El cazador se alejó de un brinco y estuvo a punto de soltar la daga—. Ya tuvo suficiente.

Todos los guardias fijaron la atención en algo detrás de Cas, y cuando él se volteó miró a su padre montado a caballo.

—Lo quieres vivo, ¿no es cierto? —preguntó Cas.

—Sí, por ahora. Ocúpate de su transporte a la celda con los guardias, si confías en que está lo bastante débil.

—Con gusto —dijo Cas.

Su padre lo miró no precisamente con reprobación, pero tal vez tampoco era una mirada de apoyo. Giró a su caballo para dirigirse al castillo. Tres guardias lo siguieron.

—¿Cómo lo trajeron a Lera? —le preguntó Cas al cazador más cercano.

—En carro —dijo el cazador señalando hacia la oscuridad—. No está lejos por ese camino.

—Súbanlo y tráiganlo al castillo. ¿Supongo que lo encerrarán a las celdas del prado sur? —dudaba que su padre permitiera que un ruino pusiera un pie adentro del castillo.

Un guardia asintió y dijo:

—Ésas son nuestras órdenes.

—Los veo allá.

Cas montó su caballo y Galo y algunos otros guardias regresaron con él a los terrenos del castillo. Dejó el caballo en el portón y caminó en la oscuridad hacia el prado sur. Allí a menudo se llevaban a cabo pruebas deportivas y fiestas al aire libre, pero en el extremo de la propiedad había un pequeño calabozo subterráneo. Se utilizaba para alojar a los prisioneros más peligrosos, los que no se deseaban cerca del castillo.

Los cazadores llevaron el carro al prado sur, y uno prácticamente tuvo que sostener al ruino mientras lo sacaban.

Galo tomó la manija de la puerta que estaba en el suelo y la abrió. Saltó dentro y Cas lo siguió por las escaleras que llevaban a las celdas subterráneas. Estaba completamente oscuro, pero el estrecho lugar se llenó de luz cuando Galo encendió el primer farol.

A la izquierda de Cas había cinco celdas en fila, todas vacías. Había un pasillo entre las celdas y la pared, y a cada lado había dos sillas, para los guardias.

Varios guardias bajaron por las escaleras y Cas se movió al extremo del área mientras los cazadores bajaban al ruino a rastras por los escalones. Lo empujaron dentro de la primera celda, sin el mínimo cuidado. Cayó al suelo de manos y rodillas. Cas examinó su sucia mano izquierda, a la que le faltaba el dedo meñique.

—Por favor, ¿alguien puede traer algo para limpiarle la herida? —pidió Cas—. Y vendas.

Un cazador lo miró confundido.

—No sé cuánto tiempo quiera mi padre que viva —explicó—. ¿Quieren que muera de una infección?

—Claro, su alteza —dijo un guardia dándose la media vuelta.

—Pueden retirarse —les dijo Cas a los cuatro cazadores aglomerados en la celda—. Gracias.

Subieron por la escalera y desaparecieron, dejando solo a Galo y otros tres guardias. Cas se acercó a la puerta abierta de la celda y se recargó en ella.

—Tal vez deberíamos cerrar la puerta, su alteza —dijo un guardia.

—Cuando esté limpia su herida —dijo, y extendió la mano—. ¿Pueden darme una espada?

Un guardia sacó la suya de su cinto y se la ofreció a Cas. La tomó y volteó hacia el ruino. Éste se enderezó y se arrastró hacia atrás, para terminar recargado en el extremo de una pequeña cama en el rincón. Un ojo estaba empezando a hinchársele. Levantó la cabeza para mirar de frente a Cas.

—¿Cómo te llamas? —preguntó éste.

El ruino no respondió.

—Yo soy Casimir, príncipe de Lera.

Esperó a que el ruino dijera su nombre, pero éste permaneció en silencio.

—¿Cuántos años tienes?

—Ciento dos —sonrió el ruino—. He aprendido a vivir para siempre y conservar mi atractivo.

—¿En verdad? —preguntó Cas fingiendo sorpresa—. A mi padre le encantaría hablar contigo sobre eso.

Un guardia bufó detrás, y el ruino miró a Cas como si no estuviera seguro de si se trataba de una broma.

—¿Tu nombre? —volvió a preguntar Cas—. Dime sólo tu nombre de pila, para saber cómo referirme a ti.

—Puedes llamarme ruino —dijo reclinando la cabeza contra la cama—. No me avergüenza.

Sonaron pasos en la escalera y el guardia que se había ido reapareció con un cubo de agua, un trapo limpio, vendas y una pequeña lata plateada. El guardia vaciló, como si no quisiera entrar en la celda, y Galo extendió las manos para tomar las cosas.

—Yo lo hago —le quitó todo al guardia y pasó frente a Cas para entrar en la celda. Dejó en el piso el cubo y la lata, y sumergió el trapo en el agua.

—Tiende la mano.

El ruino vaciló, con la mirada fija en sus dedos ensangrentados.

—Dolerá, pero no te lastimaré a propósito —dijo Galo.

El ruino lentamente puso la mano frente a él. Hizo una mueca de dolor cuando Galo empezó a limpiarlo.

—Es raíz de berol —explicó Galo mientras sacaba un poco de pasta negra de la lata con el trapo—. Ayudará a que la herida cierre sin infectarse —y suavemente la aplicó sobre el muñón donde había estado el meñique del ruino.

—No queremos que sufra una infección antes de morir —masculló el ruino.

—Si le dices a mi padre lo que necesita saber, quizás encontraremos una forma de perdonarte la vida —dijo Cas.

El ruino soltó una risa apagada.

—¿Tenerme prisionero por el resto de mi vida, por ejemplo? No, gracias.

Tenía razón. Cas guardó silencio. Su padre nunca soltaría a un ruino sin más, aunque no hubiera hecho nada malo. Se frotó la mano en la frente, asimilando todo el peso de ese pensamiento. *Aunque no hubiera hecho nada malo.*

Galo vendó la mano del ruino. Luego se puso en pie y levantó los suministros restantes. Cas dio un paso atrás y un guardia cerró la puerta de la celda.

—Deberán quedarse dos guardias —dijo Cas—. Denle agua y tres comidas al día.

—Sí, su alteza —susurraron los guardias.

Cas miró al ruino y lo encontró con la mirada fija y el ceño fruncido.

—Bajaré a menudo para ver cómo estás —dijo Cas—. En Lera no maltratamos a nuestros prisioneros, sean ruinos o no —miró a los guardias—: Por favor, recuérdenselo a los otros guardias.

—Me hace ilusión comer y dormir hasta que me cortes la cabeza, Casimir —dijo el ruino acercándose las rodillas al pecho y envolviéndolas con su brazo sano.

Cas quería preguntar cómo era la vida del ruino. A quién había matado. Si habría terminado con todos en esa habitación de haber tenido la oportunidad. Si odiaba a todos los que no eran ruinos, y si siempre se había sentido así. O si su padre lo había provocado.

Sin embargo, era probable que cualquier cosa que le dijera al ruino en ese momento terminara siendo repetida por los guardias por todo el castillo.

—A mí la gente me dice Cas y preferiría no dirigirme a ti como ruino. Preferiría usar tu nombre.

Los ojos del ruino destellaron con enojo y un pequeño toque de interés. Le sostuvo la mirada a Cas hasta que casi resultó incómodo, como si estuviera poniendo a prueba al príncipe para ver qué tanto quería conocer su nombre.

—Damian —dijo finalmente—. Mi nombre es Damian.

TRECE

E m salió de su habitación y la puerta se cerró de golpe tras ella. Una doncella se sobresaltó al verla por el corredor. Em pasó a toda prisa a su lado, hacia las escaleras.

Habían capturado a un ruino. Esa mañana las noticias corrían por todo el castillo, de acuerdo con Davina. Lo tenían detenido en una celda del prado sur y lo mantendrían con vida sólo el tiempo necesario para que diera información al rey.

Su corazón latía con fuerza cuando llegó al final de las escaleras. Era muy probable que conociera al hombre que habían capturado, dado que ya no quedaban muchos. ¿Filtraría el secreto sobre su pacto con Olso? Y si no hablaba, ¿tendría ella que mantenerse al margen y verlo morir, o arriesgarse a delatar su verdadera identidad?

El castillo comenzaba a despertar. Em dobló la esquina con cautela para rehuir a la reina y a varias damas que cruzaban el vestíbulo. Se dirigió a la parte trasera del castillo y abrió una puerta que conducía al ala oeste. Las habitaciones de los guardias estaban allí. Dos guardias se enderezaron cuando la vieron atravesar la puerta.

—¿Han visto a Aren? —preguntó.

—Voy a buscarlo, su alteza —dijo uno, y se marchó corriendo por el pasillo. Golpeó una puerta y unos momentos después Aren asomó la cabeza. Salió de la habitación y se abotonó la camisa azul mientras caminaba. En su expresión se adivinaba que estaba enterado.

Em hizo un gesto con la cabeza para indicarle que la siguiera. Recorrieron el castillo, salieron a los jardines y caminaron entre las flores hasta el centro de los altos setos, lejos de oídos indiscretos.

Ella dio un rápido vistazo alrededor antes de ponerse frente a Aren y bajó la voz hasta apenas un susurro.

—¿Has oído algún nombre? —preguntó—. ¿Dijo algo?

—Los guardias a los que les pregunté no lo saben, y no quieren que bajemos a menos que nos asignen un turno. Puedo proponerme, pero pensé que sería mejor buscar el momento más oportuno.

Ella se tragó una oleada de pánico.

—Si les dice que los ruinos están asociándose con los guerreros…

—No lo hará —interrumpió Aren.

—Ni siquiera sabemos a quién tienen.

—Eso no significa que nos vaya a traicionar. Nada que pueda hacer o decir el rey lo haría hablar. ¿Tú hablarías si te capturaran?

Ella se pasó las manos por el cabello con un suspiro.

—Por supuesto que no. Me matarían en cuanto obtuvieran la información.

—Exactamente. Quienquiera que sea, también lo sabe. Pero, por si acaso, no bajes. No queremos que te reconozca y pretenda aprovechar tu influencia.

—¿Qué probabilidades crees que tengamos de poder rescatarlo?

—Pocas —dijo Aren frotándose la nuca—, pero quizá puedas convencerlos de que no lo ejecuten, por un tiempo. Si logras detenerlos, podría tener una oportunidad.

—Puedo intentarlo.

—Dicen que Cas estuvo allí anoche.

—¡Bien! Iré a buscarlo. Te aviso si descubro quién es.

—Ten cuidado —le advirtió Aren—, no vayas a delatarte. Si tenemos que dejar que muera un ruino... —se alzó de hombros— dejaremos que muera. Es una desgracia, pero hay cosas más importantes en juego.

Aren fijó la vista detrás de Em, y cuando ella volteó se encontró a Iria atravesando los jardines con expresión adusta.

—Se suponía que ustedes los protegerían —le dijo Em entre dientes a Iria en cuanto estuvo cerca—. ¿Por qué hay un ruino en esa celda?

Iria se jaló un mechón de cabello y se lo enredó en el dedo.

—Es Damian —dijo.

El corazón de Em dejó de latir. Todos los sonidos del jardín se desvanecieron y fueron reemplazados por un fuerte zumbido en sus oídos, como si un millón de insectos hubieran descendido y volaran alrededor de su cabeza al mismo tiempo.

Damian nunca hablaría. Aun cuando conocía el mayor secreto, el secreto de Em, no le daría al enemigo ninguna información.

Pero moriría.

—¿Cómo lo sabes? —preguntó Aren.

—Cas estuvo con él y consiguió que le dijera su nombre. Koldo se lo oyó decir a uno de los guardias.

—¿Qué? —Em prácticamente gritó.

La habitual expresión petulante de Iria se convirtió en irritación.

—¿Puedes bajar la voz? ¿O quieres que te arrojen en esa celda con él?

Sí. Eso quería. Ése era el lugar que le correspondía, no al lado del príncipe que había puesto a Damian en esa celda.

—¿Y cómo consiguió Cas que se lo dijera? —preguntó Em bajando la voz—. ¿Le hicieron daño?

—Sí. Anoche el rey y Cas lo torturaron para debilitarlo, según entiendo.

Le hervía la sangre de enojo. Cas era exactamente igual a su padre. Ella lo sabía, pero por un instante se sintió decepcionada.

—Hemos estado protegiendo a los ruinos, pero... —dijo Iria.

—¿Entonces por qué están a punto de ejecutar a Damian? —preguntó Aren.

—Estamos ayudando a cientos de ruinos en Olso. El hecho de que sólo hayan capturado a uno es en realidad muy impresionante.

Em cerró la mano y consideró seriamente golpear a Iria en el rostro.

—Lamento que al que capturaron fuera tu amigo —añadió Iria levantando las manos como si supiera lo que Em estaba pensando—, pero ustedes necesitan aunar esfuerzos. Te ves devastada. Mary no lo estaría porque hubieran capturado a un ruino.

—No sólo es nuestro amigo: es el líder de los ruinos —dijo Aren—. ¿Qué van a hacer sin él?

—Van a seguir cruzando a Olso, como les fue ordenado —dijo Iria—. No se vendrá todo abajo sólo porque él no esté allá. Saben qué hacer. Ahora mismo es más importante que ustedes dos se tranquilicen y eviten delatarse.

Aren miró a Em con expresión afligida, como si físicamente le doliera estar de acuerdo con Iria. Ella tenía razón, desde luego. A Mary no le importaría en lo absoluto que capturaran a un ruino. De hecho, probablemente bajaría a eliminarlo con sus propias manos.

—Los ruinos mataron a los padres de Mary. Estaría por lo menos un poco disgustada de tener a uno en el castillo —dijo Em—. Quizá pueda usar eso como excusa para hablar con Damian. Puedo decir que quiero saber si fue él quien los asesinó.

—O yo puedo intentar bajar —dijo Aren consternado y pensativo—. Tal vez encuentre una manera de ayudarlo a escapar.

—Tal vez —dijo Iria—, pero no a expensas de nuestro plan.

Es una desgracia, pero hay cosas más importantes en juego. Las palabras que Aren había pronunciado unos minutos atrás le daban vueltas en la cabeza, y supo que también él estaba pensando en ellas. Había sido diferente cuando no sabían quién era. Cuando no era su mejor amigo.

—Algo se nos ocurrirá —dijo ella con firmeza—. No vamos a dejar que muera.

Ni por la mañana ni por la tarde pudo encontrar a Cas. Nadie lo había visto y, al parecer, también Galo estaba desaparecido. Seguramente habían vuelto a escabullirse fuera del castillo.

Em pasó la tarde dando vueltas por el recinto con la esperanza de toparse con Jovita o el rey y la reina, pero mantuvieron todo el día reuniones a puerta cerrada. De cualquier manera, no estaba segura de querer pedirles a ellos audiencia con Damian. Tenía más probabilidades con Cas.

Los empleados la dejaron quedarse en su despacho tras encontrarla caminando frente a la puerta por quinta vez. Se instaló en un sillón del rincón y se quedó viendo las filas de libros.

Finalmente Cas entró por la puerta, mientras el sol se ocultaba en la ventana atrás de ella. Iba sin zapatos y con un libro en la mano; una expresión de sorpresa cruzó su rostro cuando la vio.

Em se puso en pie de un brinco y observó los nudillos de Cas. No tenían moretones, por supuesto. Para hacer lo que le hubieran hecho a Damian estaban los guardias.

Apenas contuvo una mueca de desprecio.

—Espero que no te moleste que te esperara aquí —le dijo.

—De ninguna manera. Estaba arriba, leyendo. Necesitaba tiempo para pensar —dejó el libro en la mesa y se metió las manos a los bolsillos.

—Vaya. Te busqué por todas partes.

—Es un lugar oculto allá arriba. Te lo mostraré algún día —sonrió—. ¿Necesitabas algo?

—Supe que capturaron a un ruino. ¿Ya lo viste?

Él asintió lentamente con la cabeza y su rostro mostró fugazmente una emoción que ella no supo identificar.

—¿Pero qué pasó? ¿Por qué está aquí?

—Mi padre quiere información.

Ella cerró las manos. Tenía el estómago revuelto. ¿Qué clase de tortura estarían ahora infligiéndole a Damian?

—No te preocupes, estás a salvo —dijo Cas—. Hemos estado debilitándolo.

—¿Vas a verlo? —le preguntó. Quizá podría acompañarlo.

—No, hoy daremos una cena.

—¿Cena?

—Mi padre quería festejar a los cazadores antes de enviarlos de regreso —y señalando su hombro, donde Em apenas logró distinguir una venda debajo de su camisa blanca, añadió—: Para tratar de apaciguarlos y que no intenten matarme.

Había olvidado por completo esa estúpida cena. Dejó escapar un largo suspiro.

—Creo que debo alistarme.

—¿Te veo afuera de tu habitación en media hora? —dijo Cas y se le dibujó una sonrisa.

Ella se dio media vuelta y se preguntó si conseguiría evitar mirarlo por el resto de su estancia en el castillo. No era justo que una persona tan mala tuviera esa sonrisa.

—En media hora —dijo saliendo de la estancia.

Davina la ayudó a ponerse un vestido rojo con abertura en una pierna que llegaba casi a la cadera, luego le hizo algunas finas trenzas y dejó suelto el resto del cabello. La doncella le polveó las mejillas y le aplicó una crema rojo brillante en los labios.

—¡Listo! —dio un paso atrás para admirar su obra—. Se ve hermosa. La reina estará contentísima.

Em suspiró. Era *cierto*, se veía hermosa, pero le dieron ganas de untarse tierra en el rostro sólo para fastidiar a la reina.

Cas apareció en su puerta justo a tiempo, y sus ojos la recorrieron cuando salió de sus aposentos. El roce de sus dedos en su muñeca le provocó a Em una descarga eléctrica en el brazo y estuvo a punto de sacudírselo.

—Te ves preciosa —dijo Cas. Parecía como si quisiera tomarla de la mano, así que ella rápidamente cruzó los brazos y empezó a caminar por el corredor.

Llegaron al salón de baile, donde la cena ya estaba muy animada. Los cazadores estaban sentados con el rey, la reina y Jovita en la larga mesa del frente, y la pista de baile era un hervidero de risas y energía, con gente girando y danzando.

Em observó atentamente a los cazadores mientras caminaba con Cas hacia la mesa. Rara vez se había cruzado con uno al que no le estuviera apuntando con la espada, pero algunos se le habían escapado. No reconoció a ninguno, y era poco probable que ellos fueran a reconocerla a ella. No con ese vestido, los labios pintados y un príncipe del brazo.

Jovita presentó a los cuatro hombres. A Em le tocó sentarse entre Cas y Roland, un joven cazador. Él sólo tenía dos prendedores en el saco, y por suerte parecía más interesado en vaciar su copa de vino lo más pronto posible que en hablar con ella.

Em tomó unos sorbos de su vino, permitiendo que el líquido le entibiara las venas y encendiera un fuego en su estómago. Aren estaba en el otro extremo del salón, vestido con su uniforme de guardia de Lera. Su rostro carecía de expresión, pero Em sabía que sólo era porque estaba esforzándose en dominar sus emociones. Él podía romperles el cuello a la mayoría de los miembros de la familia real con tan sólo mirarlos, y ella se sintió tentada a pedirle que lo hiciera.

—Anímate, Roland —dijo uno de los cazadores (ella supuso que Willem) y le dio una palmada al joven en la espalda.

Roland apuró su copa de vino y se limpió la boca con el dorso de la mano.

—Por dentro estoy animado —respondió.

Em se tragó su desagrado por todos ellos y estampó una sonrisa en su rostro.

—¿Cómo van las cosas? ¿El rey dijo que los ruinos intentan cruzar a Olso? —era lo último de lo que quería hablar, pero podía ser útil conocer el punto de vista de los cazadores, descubrir de qué tamaño eran los problemas de los ruinos.

—Últimamente los vemos cerca de la frontera. Maté a un par antes de saber que el rey quería a uno para interrogarlo.

—Casi todos consiguen evadirnos —dijo Roland entre dientes.

Willem lo fulminó con la mirada.

—Tarde o temprano los encontraremos, su alteza.

—¿Y ustedes regresarán pronto? —preguntó con la esperanza de que la respuesta fuera sí.

—Partimos mañana a primera hora —dijo Willem. Tomó una pierna de pollo en cuanto un sirviente puso un plato frente a él y prosiguió—: Los guardias van a tener que hacerse cargo del interrogatorio del ruino que capturamos.

—Mejor ellos que nosotros —refunfuñó Roland.

—Ya te acostumbrarás —rio Willem, y Em bajó la mirada a sus filas de prendedores. Once… no, doce—. Les hice algunas sugerencias a los guardias. Les dije que la próxima vez le corten toda la mano, y no otro dedo. Luego ellos calculan con cuántos dedos pueden arreglárselas, y cortarles algunos no tiene mayores consecuencias. En cambio, quitar toda la mano —levantó el puño y rápidamente lo bajó, imitando el cercenamiento de una mano—: eso sí los toma por sorpresa. Causa un verdadero pánico. Seguro que habla.

Em estaba a punto de perder la calma.

No, no a punto: ya la había perdido.

—Es encantador que puedan hablar con tal naturalidad sobre torturar a un hombre —dijo bruscamente—. Deben estar sumamente orgullosos de la estela de cadáveres que han dejado a su paso.

Por el rabillo del ojo vio la cabeza de Cas girar repentinamente hacia ella. A Willem se le desdibujó la sonrisa y Roland, levantando su copa, farfulló algo que Em no entendió.

Se levantó, mientras la bilis le subía por la garganta, y se alejó de la mesa tan aprisa que casi tropezó con su vestido. Tuvo que apartarse la tela de los pies mientras empujaba las puertas del salón de baile.

—¡Mary! —gritó Cas detrás de ella. Se oían pisadas golpeando el suelo, y enseguida estuvo a su lado, tomándola suavemente del brazo—. Espera, por favor.

Los ojos se le llenaron de lágrimas, pero se detuvo y volteó hacia él. La expresión de Cas se suavizó.

—¿Estás bien? —le preguntó—. ¿Qué te dijeron?

Ella sacudió la cabeza tratando de contener las lágrimas y zafó el brazo. Los dedos de Cas dejaron un tibio rastro en su piel, y la cólera se le desbordó, clamando por ser liberada.

—Aquí hablan de la muerte como si fuera todo un logro —le espetó—. Como si fuera algo para *celebrar*.

—¿Cómo? —dijo Cas frunciendo el ceño.

—Tu padre empezó todo esto —las palabras le salían de la boca en estampida, casi contra su voluntad—. Él llegó a Ruina para asesinar a la reina y a todo el que estuviera por ahí. Solicitó ayuda del rey y la reina de Vallos, pero no les envió soldados de Lera para protegerlos de las inevitables represalias de los ruinos. Actúan como si las cosas fueran tan bellas, pacíficas y maravillosas, con su pan de queso y su ropa elegante y sus playas, pero todo a costa de la gente a la que han asesinado.

Ella dejó entrar una inhalación lenta y débil. Quería tomar las palabras y metérselas de nuevo a la boca.

—Es un poco hipócrita, ¿no te parece? —le preguntó con el ceño fruncido.

—¿Hipócrita por qué?

146

—Mataste al rey de los ruinos para poder casarte conmigo. ¿Eso no te hace igual?

Ella estuvo a punto de gritarle que no había matado a nadie para casarse con él, pero era mentira. Había matado a Mary.

—No es lo mismo —dijo, y él soltó una risita de incredulidad—. ¡No lo es! Los ruinos estaban invadiendo Vallos, y tu padre dijo que ayudarían si yo los ayudaba. Hice lo que debía para sobrevivir.

—Quizá mi padre también —dijo Cas, alzando la voz—. ¿Por qué para ti es diferente?

—Porque sí —dijo ella, alzando las manos en un gesto exasperado.

—Discúlpame si ese argumento no me convence —dijo Cas poniendo los ojos en blanco.

—¿En verdad estás comparando a tu padre, que ha asesinado a miles de personas, conmigo…?

—¿Y por qué te toca a ti fijar las reglas de lo que está justificado y lo que…?

—¡Yo no estoy fijando las reglas! —gritó—. Lo que estoy diciendo es que…

—Que lo que tú hiciste es aceptable —la interrumpió Cas—. Pero si se trata de mi padre, es un asesino despreciable.

—¡Bien! —dijo ella extendiendo los brazos—. Soy un monstruo. ¿Eso es lo que deseas escuchar? He asesinado gente y, si quieres saber la verdad, no lo lamento en lo absoluto. Se lo merecían.

Cas estaba con la boca abierta, como si fuera a gritar otra vez, pero la cerró tras vacilar un momento.

—Yo no dije que fueras un monstruo —añadió en un tono más tranquilo.

Ella se pasó las manos por el cabello; una sensación de náuseas empezaba a abrirse paso. Tal vez mentía al decir que no lo lamentaba. A veces pensaba en Mary, en ese mechón de cabello arrastrándose en la tierra mientras su cadáver desaparecía en la noche. No lamentaba que Mary estuviera muerta, pero no se sentía cómoda de haber sido ella quien la había matado.

Se abrió la puerta y el rey entró. Miró a Cas y luego a Em.

—¿Qué tanto gritan ustedes dos? Un empleado me dijo que estaban hablando a voces.

—No es nada —respondió Cas enseguida.

—Espero que estés enseñándole a tu nueva esposa cómo tratamos en Lera a nuestros invitados —y, señalándola con el dedo, le dijo a Em—: Espero que seas por lo menos *amable*.

—¿Amable? —se burló—. Usted me ordenó que matara a alguien a cambio de casarme con su hijo. En cuanto llegué me puso en una batalla, y entre cazadores asesinos y guerreros de Olso que *podrían* estar tramando algo. Desde que estoy en este castillo casi nunca me he sentido a salvo. Ser *amable* no es ahora mismo una de mis prioridades.

El rey se puso tan rojo que se veía casi morado, pero parecía incapaz de proferir palabra. Farfulló, señaló a Cas con el dedo sin motivo aparente, y regresó al salón de baile pisando fuerte.

Un sonido parecido a una risa salió de Cas.

—No creo haber visto antes a mi padre enmudecer.

—Entonces debo gritarle más a menudo —dijo ella entre dientes—. No le haría mal guardar silencio de vez en cuando.

Cas rio y carraspeó como para ocultar la risa. Puso una expresión más seria.

—Siento que mi padre te haya pedido matar al rey ruino para casarte conmigo. Yo me opuse, si sirve de algo que lo sepas.

—Sí sirve. Pero no estoy de acuerdo con lo que tu padre hizo en Ruina. Nunca me convencerás de que en eso tenía razón.

—Yo no disiento —dijo, y ella se sobresaltó. Cas se quedó viendo el suelo y restregó algo con la punta del zapato—. Anoche me sacó de la cama para llevarme a ver al ruino cuando lo trajeron. Nunca antes había visto uno.

—¿Y? —dijo ella para que él siguiera hablando. Esperaba una nueva oleada de enojo, pero la manera como se curvaron sus hombros y mudó el semblante a un ceño fruncido la hicieron vacilar y quiso oír lo que él tenía por decir.

—Y... fue impresionante. Y terrorífico —añadió mirándola—. Cuando matabas a ruinos, ¿primero los orillabas a usar sus poderes para que se debilitaran? ¿Así mataste al rey ruino? ¿Cuál era su poder?

—Él arruinaba el alma. Podía hacerte ver visiones y creer cosas que no eran ciertas —tragó saliva cuando la imagen de su padre muerto acudió fugaz su recuerdo—. Y no, no lo hice. Sólo lo ataqué antes de que pudiera reaccionar.

—¿Viste a su otra hija, Emelina? ¿Ella sigue viva?

—No vi a Emelina —sonaba raro su propio nombre dicho a Cas en voz alta.

—Mi padre también la quería muerta —Cas tragó saliva—, pero desapareció después de que mataron a su familia. ¿Y por qué debía importarle una ruina inútil? Si no tiene poderes, no es peligrosa —más que decírselo a ella, parecía estar hablando para sus adentros.

—Es cierto —dijo Em con un dejo de amargura.

149

—Siempre he pensado que es un poco cruel decirles *inútiles*.

—Es la descripción más acertada —dijo ella.

—Si quieren, pueden resistir al poder de un ruino, ¿no? Eso ya es algo. No me importaría tener esa capacidad.

—Los ruinos no se atacan entre sí —dijo ella—, así que esa capacidad es tal como la describen: inútil.

Él volvió a mirar el suelo. Se veía demacrado. Parecía que no le molestaban los largos silencios, o que ni siquiera se daba cuenta de que tenían lugar. Ella esperó unos momentos y él comenzó a hablar de nuevo.

—No es mucho mayor que yo —dijo Cas en voz baja—. He estado pensando en cómo me sentiría si las cosas fueran al revés. Si hubiera sido yo capturado por los ruinos y aguardara mi muerte. Creo que estaría aterrorizado, y muy enojado.

—Enojado —repitió ella.

—Porque, ¿él qué hizo? —su voz era casi un susurro—. Para ser completamente franco, por eso me molesté contigo cuando dijiste eso de mi padre. Creo que tienes razón. Estamos exterminando a toda esa gente por un crimen que creemos *podrían* cometer. Pensamos que *podrían* ser malvados. Trajeron a Damian porque estaba intentando cruzar a Olso, que técnicamente no tiene nada que ver con nosotros. ¿Qué más ha hecho? ¿Por qué merece lo que le hicieron anoche? —y le hizo una seña—: Si él fuera uno de los ruinos que mataron a tus padres, ¿no deberías ser tú quien decidiera su castigo?

—Sí —casi todo su enojo se había evaporado y en su lugar tenía una sensación pesada en el pecho y un súbito deseo de estrechar a Cas entre sus brazos—. Y si de mí dependiera, no haría nada como tu padre.

Él asintió con la cabeza, con expresión triste. Debía ser doloroso darte cuenta de que tu padre es un monstruo.

Ella carraspeó y añadió:

—¿Vas a decirle a tu padre algo de lo que me dijiste a mí, o soy yo la única que tiene el coraje suficiente para hablarle con franqueza?

Él inclinó la cabeza y se quedó examinándola. Dio varios pasos rápidos hacia adelante hasta quedar frente a ella y colocó sus manos en sus mejillas. Cuando la tocó, todo su cuerpo se aflojó y ella no pudo evitar tomar su brazo. La piel de Cas se encendía y crepitaba bajo sus dedos. Era fuego que podía tocar. Se sostuvo con fuerza.

—Mi padre estaba equivocado —dijo Cas grabando a fuego sus ojos en los de ella—. No tienes que ser amable.

En ese instante su mirada bajó a sus labios y ella pensó por un momento que podría besarla, pero Cas vio algo detrás de ellos y retrocedió mientras pasaba un empleado a su lado.

Ella, aún abrasada por el contacto, le rozó suavemente la mejilla.

—Me aseguraré de no ser amable contigo de ahora en adelante —le dijo.

Se dibujó una sonrisa en los labios de Cas.

—Muy bien —le dijo y le extendió la mano. Ella deslizó lentamente los dedos entre los suyos—. ¿Estás lista para volver? Podemos ir a no ser amables, lejos de esos cazadores.

Ella rozó delicadamente su mano con el pulgar.

—Sí, vamos.

Em pasó la velada evitando a los cazadores, sin despegarse de Cas mientras se desplazaban por el salón para saludar a gobernadores, amigos y consejeros del rey. Cas la sostuvo de la mano casi toda la noche, con lo que garantizaba que a ella se le olvidara el nombre de todos en cuanto lo pronunciaban. Apenas tenía recuerdos de la velada, salvo por la sensación de la piel de Cas junto a la suya. De eso recordaba todos los detalles.

—Tengo que ir a hablar con Jovita —dijo Cas cuando la cena llegaba a su fin—. Lleva una hora mirándome de esa manera.

Jovita estaba con el ceño fruncido sacudiendo la cabeza para indicarle a Cas que quería hablar con él.

—Probablemente quiera quejarse de mí —dijo Em cuando Cas les soltó la mano—, y decirte que me mantengas a raya.

—¿Me dejarías mantenerte a raya? —preguntó Cas riendo.

—De ninguna manera.

—Eso pensé —dijo sonriéndole por encima del hombro mientras se alejaba. Ella no pudo quitarle los ojos de encima hasta que estuvo a mitad de camino. Una parte de la camisa se le había salido del pantalón y ella quería tirar de ella y traerlo de regreso.

Carraspeó y ahuyentó el pensamiento. Era ridículo. Tenía cosas más importantes de qué preocuparse que de Cas y su ropa adorablemente arrugada.

Volteó hacia la mesa de los cazadores. Roland ya se había marchado, pero Willem seguía ahí, con las mejillas sonrojadas por el vino. Con el ceño fruncido, observaba algo del otro lado del salón.

Estaba mirando fijamente a Aren.

Un puño helado le oprimió a Em el corazón. Willem veía a Aren como si lo reconociera.

Aren ya había percibido su mirada, pero era evidente que intentaba fingir que no se daba cuenta. Se giró a la derecha para comentar algo con el guardia que estaba a su lado. Por medio segundo le sostuvo a Em la mirada y ella pudo ver el miedo en su expresión. Él también reconocía a Willem.

Aren se apartó de la fila de guardias y salió del salón rascándose un flanco del rostro. Era claro que intentaba actuar con naturalidad, pero Em notó que tenía los hombros rígidos.

Willem se puso en pie y lo siguió.

Em instintivamente buscó su espada pero en su cadera no encontró más que tela. De repente odió ese estúpido vestido.

Cas seguía hablando con Jovita y el rey había atravesado el salón para coquetear con una mujer bonita. Em vio al cazador abrir las puertas y salir.

Ella caminó tan rápido como se atrevió y llegó a la puerta varios segundos después. La abrió lentamente y se asomó. Willem estaba doblando la esquina a su derecha para ir hacia la parte trasera del castillo.

Em dio un paso adelante. Sus zapatos taconeaban contra la piedra.

—Eh, Mary —oyó la suave voz de Aren detrás de ella y se giró. Él se asomó por un rincón.

Em corrió por el oscuro pasillo hacia él. Los ruidos de la cena se dispersaron. Las cortinas estaban cerradas y el farol de enfrente no estaba encendido. Conociendo a Aren, era claro que él lo había apagado.

—¿Conoces a ese cazador? —susurró ella.

—Me topé con él hace unos meses. Maté a sus dos amigos, él escapó.

—Ha estado bebiendo y no parecía estar seguro. Tal vez desista si no te encuentra.

—O le cuenta a alguien de sus sospechas.

Unas pisadas golpearon el suelo y de pronto apareció una figura oscura en la esquina. La figura se acercó a Em y Aren, y ella pudo ver el rostro furioso de Willem.

—Te conozco —alargó la mano para desenfundar la daga en su cinto—. Te *conoz*...

Em lo tomó de los brazos y se los torció en la espalda antes de que pudiera encontrar su arma. Aren tomó la daga y la presionó contra el cuello de Willem.

—Tiene que parecer un accidente —dijo rápidamente Em—. Un asesinato pondrá al castillo sobre alerta.

Willem enfurecía mientras intentaba quitarse las manos de Aren de la garganta.

—Vete de aquí —dijo Aren inclinando la cabeza hacia Em—. No pueden encontrarte con nosotros.

Em abrió la boca para protestar, aunque sabía que él tenía razón.

—Todavía me falta una ronda antes de poder... —resonó una risa por el corredor; las cabezas de Aren y Em se levantaron rápidamente para ubicar de dónde provenía aquella voz masculina.

Willem abrió la boca y se le escapó un chillido. Em se la tapó con la mano. Aren golpeó a Willem en el pecho y lo empujó contra la pared con la daga en la garganta. Willem le pateó la pierna resistiéndose salvajemente. Aren entrecerró los ojos y miró las piernas del hombre, usando su magia ruina para que se le relajaran los músculos.

Willem intentó gritar, pero la mano de Em amortiguó el ruido. Ella presionó con fuerza.

—Em, vete de aquí —musitó Aren.

—Detente. Llegaré en unos minutos —dijo la voz masculina, ahora más cerca.

Aparecieron dos guardias al final del pasillo. Em se quedó quieta, sin atreverse ni a respirar. Reconoció a uno.

Galo era el que acababa de hablar, y le sonrió al guardia frente a él, ajeno a las tres personas que estaban a unos pasos a su derecha.

El otro guardia sonrió y se inclinó hacia adelante para plantarle un beso en los labios a Galo. Dijo algo que Em no alcanzó a oír y se dio la media vuelta, sonriéndole a Galo por encima del hombro.

Galo sonrió e inclinó la cabeza mientras metía las manos en los bolsillos. Empezó a girar a la derecha, en dirección del corredor oscuro.

Em tomó aire.

—¿Nos toca estar en pie o hacer rondas? —preguntó una voz áspera.

Rápidamente Galo miró al frente.

—Lo siento, Julio.

Avanzó a largos pasos y desapareció de su vista.

Las piernas de Em estuvieron a punto de desplomarse de alivio.

—Una ronda significa que va a darle una vuelta al castillo —susurró Aren—. Regresará en unos minutos.

—Ciérrale la tráquea —dijo Em tapándole a Willem la nariz con la otra mano.

—Deberías salir de aquí…

—Si escapa después de que me vaya será todavía peor. Hazlo.

Aren fijó la mirada en la garganta de Willem. Las piernas del cazador empezaron a moverse. Para cerrar una tráquea hacía falta una gran concentración, y Aren no podía dominarle las piernas al mismo tiempo. Em recargó todo su cuerpo en Willem en un intento por mantenerlo quieto.

—Se suponía que yo ya había terminado con esto —dijo Aren apretando los dientes—. Se suponía que ya no iba a tener que matar a los cazadores antes de que ellos intentaran matarme.

—Lo sé —dijo ella en voz baja. El cuerpo de Willem se relajó y la cabeza se fue de lado.

—Se suponía que Damian iba a conducir a los ruinos a Olso, no que se iba a pudrir en alguna celda de Lera mientras yo monto guardia para la gente que lo está torturando —dijo con voz ahogada pero que empezaba a sonar demasiado sonora.

Em echó un vistazo por encima del hombro, con un nudo en la garganta. Seguían solos, por el momento.

—Todavía no puedo soltarlo —dijo Aren en voz aún más baja—, todavía no muere.

Em asintió con la cabeza y siguió tapándole la boca y la nariz a Willem durante casi un minuto más. Cuando Aren finalmente dio un paso atrás, los ojos del cazador estaban abiertos, con la mirada perdida.

Ella tomó a Willem de los hombros para mantenerlo erguido.

—Ayúdame a llevarlo a esa mesa. Vamos a aporrearle la cabeza en la esquina. Apesta a alcohol, no será difícil creer que se cayó.

Aren tomó el lado izquierdo del cuerpo, resoplando por el esfuerzo.

—¿Estás bien? —preguntó ella.

—Sí —respondió, pero le temblaban las piernas y empezaban a aparecerle gotas de sudor en la frente. Usar su magia lo había debilitado.

—¿Sigues llevando la cuenta? Yo solía contar a los que había matado —dijo Aren cuando se detuvieron junto a la mesa.

—No. Dejé de hacerlo hace varios meses. Voltéalo un poco —dijo jadeando, agobiada por el peso de Willem.

—¿Allí? —preguntó Aren señalando el filo de la mesa.

—Sí. Del lado que está más cerca de mí. Lánzalo con mucha fuerza para que quede una marca. ¿Listo?

Le dieron un empellón a Willem y el lado derecho de su cráneo golpeó contra la madera. Em se estremeció con el ruido y miró si alguien había alrededor. Nada.

Willem cayó al suelo. Le salía sangre de la cabeza y se formó un charco en el piso de piedra.

—Bueno, pues le quedó una marca —Aren miró al cazador y señaló los prendedores que llevaba en el pecho—. Eso sí, yo he matado a menos cazadores que ruinos él —esto último lo susurró casi para sus adentros.

—Devuelve la daga a su cinto —dijo Em en voz baja.

Aren obedeció y luego se quedó inmóvil mirando al cazador muerto.

—Tengo que… —empezó Em.

—No, yo primero —interrumpió Aren—. Nadie debe verte en esta zona —caminó rápidamente hasta el final del pasillo. El farol le iluminaba el rostro. Sacudió la cabeza—. Está despejado.

Ella salió del pasillo a toda prisa y empezó a correr hacia el sonido de risas y copas entrechocando. De repente volvió sobre sus pasos, tomó el brazo de Aren y le dio un suave apretón.

—Gracias, Aren. Sé que no es fácil para ti estar aquí, y para mí es muy importante que hayas decidido venir.

Él se encogió de hombros y se frotó la nuca.

—Por supuesto que vine. Nunca consideré otra alternativa.

Era cierto. La noche que ella propuso la idea, él inmediatamente se ofreció a acompañarla. Después, con una piedra caliente se quitó la única marca ruina visible que le quedaba. No titubeó ni por un momento.

—Ve —le dijo.

Ella quería quedarse con él, sentarse a su lado frente a una fogata como solían hacer después de matar cazadores. Aren siempre se retraía después de haber tenido que matar, pero nunca parecía importarle que ella se sentara en silencio junto a él.

—Cuídate —le dijo ella soltándole el brazo—. Avísame si alguien empieza a sospechar.

Él le dijo adiós con la mano sin mirarla a los ojos. Ella le echó un último vistazo por encima del hombro, abrió la puerta y se perdió entre la multitud.

CATORCE

Cas vio cómo el carro rodaba hacia el prado sur. Los guardias y el rey llevaban mucho tiempo con Damian. El sol había descendido y proyectaba sobre el césped un brillo entre naranja y amarillo.

Su padre bajó de su caballo y de dos pasos atravesó el prado en dirección a Cas. Había pasado un día completo desde que Mary lo había enfrentado. El rey escudriñó la zona y pareció complacerle ver que el príncipe estaba solo.

—¿Obtuviste alguna información de Damian? —preguntó Cas.

El rey sacudió la cabeza.

—No. Creo que es poco probable que éste hable. No responde bien a la tortura.

¿Había alguien que respondiera *bien* a la tortura? Cas abrió la boca para preguntar, pero lo distrajeron los guardias que sacaban del carro a un Damian sin fuerzas.

—No está muerto, ¿o sí? —preguntó viendo a su padre con dureza.

—Todavía no.

Cas estaba decidido a guardar la calma. No iba a temblarle la voz.

—Voy a bajar para hablar con él —dijo.

—Si quieres —respondió el rey encogiéndose de hombros.

—Quisiera ofrecerle dejarlo con vida si nos da información.

—Puedes hacerlo, pero sería mentira.

—¿Por qué? Ya has dejado a otros ruinos con vida. Olivia Flores sigue viva.

—Olivia Flores es útil, y todavía lo bastante joven para dominarla.

Dominarla no sonaba a lo que su padre había dicho antes de Olivia. Tal vez Mary tenía razón en que Olivia era una prisionera, no una invitada.

—¿Dónde está ella? —preguntó.

—En el Fuerte Victorra. No lo difundas. Poca gente sabe dónde está.

La fortaleza de las Montañas del Sur era el lugar de encuentro de emergencia por si alguien tomaba el castillo, y tenía una buena cantidad de celdas en las mazmorras. Por lo que Cas recordaba, no eran agradables.

—¿Está en alguna de las celdas? —preguntó.

—Por supuesto. No puede deambular libremente por ahí.

Cas intentó ahuyentar la imagen de una joven encadenada en esas celdas deprimentes. Necesitaba concentrarse en el problema que tenía por delante. Señaló adonde estaban llevando a Damian a rastras por las escaleras y preguntó:

—¿Cuáles son sus delitos?

El rey frunció el ceño, confundido.

—¿A qué te refieres?

—Las leyes de Lera estipulan que a todos los acusados debe informárseles de sus delitos y permitírseles un juicio ante el juez de su provincia. ¿Cuáles son sus delitos?

—Es un ruino. Ése es su delito.

—Ser un ruino es una condición, no un delito.

Su padre cruzó los brazos sobre su amplio pecho.

—¿Qué dijiste?

—En realidad no ha cometido un delito. ¿Quién puede saber si alguna vez habría usado esos poderes si lo hubiéramos dejado en paz? ¿Si los hubiéramos dejado a todos ellos en paz?

—Sí. Estoy seguro de que toda la gente a la que Wenda Flores torturó sentiría lo mismo —dijo su padre con displicencia—. Las personas a las que capturó para dejar que los ruinos practicaran con ellas. La gente de Vallos a la que masacró cuando intentó invadirlos.

—Damian no es Wenda Flores. Wenda Flores era una persona, y ya no está en este mundo. Estamos castigando a toda una raza por los crímenes de unos cuantos.

—Los ruinos no son individuos. Siempre actúan como una unidad. Éste es el único al que has conocido —dijo señalando adonde Damian había desaparecido bajo tierra—. Tú no entiendes.

—Que no esté de acuerdo contigo no significa que no entienda.

Al rey le tembló la mandíbula.

—¿De qué se trata todo esto? ¿Esto es lo que Mary piensa?

—Esto es lo que yo pienso.

—Qué coincidencia que lo declares unas semanas después de haberte casado con esa joven —dijo esa joven como si fuera una mala palabra.

—La joven con la que me ordenaste que me casara —le recordó Cas.

El rey gruñó.

—No se parece en nada a sus padres. Posiblemente se olvidó de ellos por completo después de su muerte, porque ellos aborrecían a los ruinos —suspiró profundamente—. Me equivoqué en hacer que te casaras con ella antes de conocerla. De haber sabido...

—¿Qué? —Cas empezó a encolerizarse—. ¿Que podía pensar por sí misma? ¿Que nos cuestionaría en lugar de estar de acuerdo con todo lo que dijéramos?

El rey se quedó pensando, con el ceño fruncido y acariciándose la barba.

—Quizás haya una manera de liberarte.

Cas se echó atrás. Las palabras fueron como una bofetada. Le entró un pánico inesperado de sólo pensar en perder a Mary.

—Tú no tienes permiso de opinar sobre mi matrimonio —dijo Cas con voz gélida—. Ahora ese contrato es algo entre Mary y yo, ¿entiendes?

Su padre estaba estupefacto y parecía no saber cómo contestar a eso.

—Voy abajo a hablar con Damian —dijo Cas—. Tal vez me diga si en verdad ha cometido algún delito. Si lo ha hecho, entonces hablaremos del castigo apropiado, pero si no, estamos reteniendo y torturando a un hombre que no ha hecho nada malo. No sé qué es más espeluznante: nuestras acciones, o el hecho de que no parezcas preocupado en lo absoluto por ellas.

Se alejó del rostro sobresaltado de su padre y bajó por los escalones hacia las mazmorras. Exhaló lentamente, deseando que su corazón dejara de latir a ese ritmo frenético. Estaba tembloroso, pero se sentía un poco más ligero: finalmente se había ido el peso de las palabras que por tanto tiempo se habían estado formando en su interior.

—No… No puedo volver a hacerlo. Yo no… —la voz masculina venía de abajo. Cas aminoró su descenso para escuchar.

—Los guardias van a turnarse —dijo Galo—. Nadie tendrá que hacer esto más de una vez —hizo una pausa—. Ric, no te atrevas a vomitar aquí abajo.

Cas bajó el último escalón. Había dos guardias en pie junto a la pared del otro extremo, y Cas supo de inmediato cuál era Ric. Era joven, estaba pálido y las manos le temblaban. Cuando vio a Cas, rápidamente se las llevó a la espalda.

—No hace falta que ustedes dos estén aquí abajo —dijo Cas—. ¿Pueden esperar arriba?

Los guardias asintieron y salieron deprisa.

Galo estaba frente a la celda de Damian, y Cas se detuvo a su lado. Damian estaba desplomado en el suelo, con el rostro inflamado y cubierto de sangre. También su camisa estaba manchada de sangre.

—Los cazadores se fueron, ¿verdad? —preguntó Cas en voz baja.

—Sí. Esta mañana. Excepto el que se abrió la cabeza.

—¿No lo reanimaron?

—No, cuando llegué ya estaba muerto.

—Entonces mi padre hizo que ahora los guardias tomaran el relevo para torturar a Damian.

—Sí.

Cas se pasó los dedos por el cabello.

—La tortura no forma parte de la descripción de su puesto.

—No, es cierto. Pidieron voluntarios pero…

—Nadie se ofreció —de repente Cas se sintió orgulloso de los guardias—. Bien hecho.

La cabeza de Damian se sacudió cuando abrió un ojo. El otro estaba cerrado por la inflamación. Se giró a un costado y pareció tomarle unos momentos enfocar y reconocer a Cas, que estaba en pie junto a la puerta de su celda.

Rio con un sonido triste y apagado que resonó en las mazmorras. Se colocó boca arriba y se llevó una mano al vientre con un gesto de dolor.

—Ya morí, ¿verdad? —dijo con un dejo divertido—. Siempre supuse que me esperaba un castigo después de la muerte. Tu rostro es mi castigo, ¿no es así?

—No estás muerto —dijo Cas.

—Oh, qué mal —Damian movía la mandíbula de un lado a otro, como si revisara si seguía funcionando.

—¿Cuántos años tienes? —preguntó Cas.

La frente de Damian se arrugó. Tardó varios segundos en responder.

—Diecisiete. O dieciocho, ya perdí la cuenta.

—¿Tienes familia?

—Sí. A todos los que tenían algún lazo sanguíneo conmigo han muerto —bajó la voz—, pero sí, tengo familia.

—¿Por eso te dirigías a Olso? ¿Están allá?

Damian rio con fuerza y hasta el pecho se le agitó.

—No.

Cas hizo una pausa y miró en dirección a Galo. El guardia estaba a unos cuantos pasos, observándolos. Cas dudaba si pedirle a Galo que se marchara, pero tal vez necesitaba que escuchara esta conversación. Necesitaba saber si Galo sentía lo mismo que él, o si su pensamiento era más afín al del rey.

—Los cazadores mataron a tu familia —dijo Cas. No era una pregunta.

Damian tensó la mandíbula.

—Sus cazadores mataron a mi familia, sí.

—Nuestros cazadores mataron a tu familia —repitió Cas, porque era cierto—. ¿Qué hacías antes de la invasión de Lera?

—¿A qué te refieres?

—Tenías como dieciséis años cuando invadimos, ¿cierto? ¿Estabas en la escuela? ¿Había escuelas en Ruina?

—No. Los padres educaban a sus hijos en casa —dijo vacilante—, pero a mí me educaron en el castillo con Em y Olivia.

—¿Em es Emelina? —preguntó Cas.

—Sí.

—¿Eras amigo de las hermanas Flores? ¿O pariente?

—Amigo.

—Entonces tus padres deben haber conocido a Wenda Flores.

—Todo mundo conocía a Wenda —dijo Damian poniéndose un brazo sobre la frente—. No es como aquí, donde tú te aíslas de tu gente como si le temieras.

—¿Tuviste adiestramiento? —preguntó Cas—. ¿Adiestramiento militar?

Damian se encogió ligeramente de hombros. Esa pregunta no iba a responderla.

—¿Estuviste involucrado en el asalto al castillo de Vallos? —preguntó Cas, pensando en la expresión atribulada de Mary el día anterior cuando preguntó por Damian.

Una vez más, Damian sólo se encogió de hombros.

—¿Te criaron para odiar a todos los que no fueran ruinos?

Damian retiró su brazo de la frente y volteó la cabeza para mirar a Cas.

—No.

Cas le lanzó una mirada a Galo. El guardia tenía los brazos cruzados y una expresión seria en el semblante. Le dedicó a

Cas un gesto casi imperceptible con la cabeza, como para indicarle que prosiguiera.

—¿Llegaste a matar a alguien antes de que Lera invadiera?

—Los ruinos no se matan entre sí. No tenía mucho contacto con nadie más —dio un resoplido—. No podría decir que ustedes hayan causado muy buena impresión.

—No, supongo que no —dijo Cas en voz baja.

Se formó un pliegue entre las cejas de Damian mientras examinaba a Cas. Abrió la boca como si fuera a decir algo, pero enseguida la cerró y frunció más el ceño. Cas dio un paso atrás, adonde estaba Galo recargado en la pared. Agachó la cabeza y le dijo al guardia algo que Damian no alcanzó a escuchar.

—¿Alguna vez te has preguntado si somos nosotros el verdadero peligro? —dijo mirando al suelo.

Galo hizo una pausa antes de responder:

—Todo el tiempo.

QUINCE

—Plan número uno —Em elevó un dedo mientras daba vueltas por su dormitorio—: simplemente tratamos de mantenerlo vivo hasta que estemos listos para lanzar el ataque. Después, el castillo será nuestro y Damian podrá salir libre.

Aren asintió con la cabeza, recargado en la pared y mirando por la ventana. El sol entraba a raudales y le iluminaba el semblante y la camisa azul de guardia.

—Tendrá que aguantar la tortura por un tiempo —dijo en voz baja.

—Lo sé —Em tragó saliva—. Plan número dos: te ofreces para hacer un turno allá abajo, matas al otro guardia, y Damian y tú escapan.

—Si es que está en condiciones de correr, por no mencionar que el hecho de que si yo liberara a Damian y desapareciera arrojaría sospechas sobre ti.

Ella gimió y se pasó las manos por el cabello.

—Olvídate del plan número dos… ¡o ajústalo! Haz que parezca que Damian mató al otro guardia, usó su magia ruina para salir de la celda y escapó.

—Aun así, tendría dificultades para sortear la muralla del castillo y evadir al resto de guardias.

—¿Tienes alguna idea mejor? —dijo Em, exasperada.

—No. ¿Hay un plan número tres?

—Yo descubro lo más pronto posible dónde está Olivia, y nos vamos todos de aquí.

—Ése es el peor hasta ahora. Si se descubre tu identidad antes de que estemos listos para emprender el ataque, todo habrá sido en vano. Aumentarán sus defensas.

—Nunca dije que fueran buenos planes. Y no te oigo proponer alguno.

Él se volteó para quedar de espalda a la pared, con la mirada hacia el techo.

—Plan número cuatro: dejar que Damian muera.

Em se aferró a una columna de la cama y la apretó hasta casi romperla.

—No me veas así —dijo Aren. Parpadeó varias veces cuando descubrió las lágrimas en los ojos de Em—. Necesito toda mi fuerza de voluntad para no correr hacia allá y matar incluso a los que estén más o menos en los alrededores de su celda. Pero todo esto es más grande que él. Lo sabes.

—Sí, lo sé —dijo ella soltando la columna.

—Plan número uno. Es la única opción. Haz que lo aplacen todo lo que puedas.

—Quizás él pueda darles un poco de información y simular que es útil, para que así tengan menos interés en matarlo —dijo Em—. Quiero hablar con él. ¿Puedes ofrecerte para un turno en las mazmorras?

—Sí, claro. Todavía no asignan a los guardias para el turno de la noche.

—¿Pasa allí la noche más de uno?

—Dos. Pero puedo usar mi magia ruina para torcerle el estómago. Se sentirá tan mal que no podrá quedarse.

—Bien. Dime cuando estés listo.

Em atravesó el prado sur esa noche y por cuarta vez miró por encima del hombro. No le había dicho a Cas que visitaría a Damian, y no quería que la viera y la siguiera. Cas y sus padres descubrirían que lo había visitado, pero era mejor explicarlo más adelante que pedir permiso en ese momento.

Levantó un poco la falda de su vestido violeta para descender a las mazmorras. El mundo se iba oscureciendo mientras bajaba; no había más luz que la de los faroles que flanqueaban los muros cada ciertos pasos. Los muros grises estaban desnudos, sin relación alguna con los brillantes colores del castillo. Estaba frío y silencioso, y de pronto recordó su hogar. Nada que hubiera visto se parecía tanto a Ruina como las mazmorras de Lera.

Primero vio a Aren recargado en la pared, vigilando en las escaleras. Había otro guardia a unos pasos, que se enderezó cuando la vio, sonrojado por la sorpresa.

Em bajó el último escalón e inhaló hondo para obligar a cada músculo de su cuerpo a relajarse y a su rostro a adoptar una expresión tranquila.

Damian estaba tumbado en el suelo con la cabeza girada hacia ella. Sus brazos y cuello estaban cubiertos de tierra, su rostro horriblemente inflamado, y llevaba la mano vendada. ¿Habían cuidado la herida después de que le cortaron el dedo?

—¿Puedo ayudarle en algo, su alteza? —preguntó Aren, pero su atención estaba en el otro guardia. El hombre frunció el ceño y se tocó el vientre.

—Quisiera hablar con el prisionero —dijo—. ¿Es seguro?

169

—Es seguro, su alteza, pero… —el guardia hizo un ruido como de arcadas y se tapó la boca con la mano.

—Salga —dijo Em alejándose de las escaleras—, vaya a tomar un poco de aire fresco.

El guardia asintió y subió corriendo las escaleras. La risa de Damian resonó en las mazmorras.

—Aren —dijo Damian sacudiendo la cabeza—: le hiciste un poco más de lo estrictamente necesario.

—Si no puedo usar el puño para golpearlo, por lo menos usaré mi magia.

Aren se acercó a las escaleras y se inclinó hacia adelante para hacer guardia.

Em corrió a los barrotes de la celda de Damian. Él se sentó lentamente, con un gesto de dolor. Retiró el cabello de sus ojos y esbozó una sonrisa torcida. Estaba más relajado de lo que ella habría supuesto.

—Qué bonito vestido.

—¿Qué pasó? —preguntó Em.

—En serio. Hace más de un año que no te veía usar uno, te sienta bien.

—Damian, basta. ¿Qué pasó?

Su sonrisa se volvió vacilante y se pasó una mano por el rostro.

—Los cazadores saben que estamos cruzando a Olso. Están por toda la frontera. Todavía estamos consiguiendo pasar, pero liquidaron a algunos de los nuestros. A mí me capturaron y tengo el privilegio de que me torturen antes de morir.

—Piensa en información que puedas darles —dijo Em—, algo de poca importancia. Si logramos mantenerte vivo lo suficiente, podremos liberarte después de que los guerreros tomen el castillo.

Damian se levantó del suelo y se puso en pie con un gruñido.

—No sé si podré soportar tanto.

—Por eso es necesario darles algo. Aunque sean mentiras: les tomará tiempo confirmarlas. Síguelos el juego.

—Síguelos el juego —rio y se llevó la mano al vientre con una mueca—. ¡Urg!

Ella tragó saliva y examinó la ropa sucia de Damian.

—¿Estás bien?

—Mejor que nunca —recargó la frente en los barrotes—. ¿Te trata bien el príncipe Casimir?

—Sí.

Damian levantó la mano vendada.

—Cas viene y pretende ser amable después de que su padre me tortura. Deben pensar que les funcionará la estrategia.

Em tomó su collar. Tenía las palabras en la punta de la lengua: *No está fingiendo*. Damian levantó las cejas, su expresión denotaba muchas interrogantes.

—Cas no tiene estómago para torturar y matar como su padre —dijo al fin Aren, ante el silencio de Em—. Pero ya aprenderá.

O no: estará muerto en unas semanas. Em tampoco pudo decirlo, las palabras se quedaron en la boca de su estómago. La expresión perpleja de Damian no ayudó a que se sintiera mejor.

—Me alegra que por lo menos a ti te trate bien —dijo Damian en voz baja para que sólo ella pudiera escucharlo.

—Dale la información a Cas, no a su padre —dijo Em—. Que vean que respondes mejor si tratan de razonar contigo.

—De todas formas van a matarme, Em. El rey no va a mantener a un ruino más que unos cuantos días.

—Te sacaré de esto —dijo ella con vehemencia—. No dejaré que te ejecuten.

Él sacudió la cabeza y su expresión se tornó seria.

—No puedes detenerlo sin que empiecen a sospechar.

—Los ruinos no pueden perder a otro líder. Ellos te admiran.

—También a ti te admiran, sólo que aún no lo saben. Cuando se den cuenta de lo que hiciste para salvar a Olivia te venerarán tanto como a ella —Damian levantó la cabeza de los barrotes—. ¿Ya descubriste dónde está?

—Todavía no, pero me he ganado la confianza de Cas y…

—Creo que te has ganado algo más que su confianza —dijo Damian esbozando una sonrisa—, pero a decir verdad, no me sorprende.

Em se sonrojó y disimuladamente buscó a Aren por encima del hombro. Había desaparecido por las escaleras para dejarlos solos.

—Estás aquí para salvar a miles, no para ayudarme a escapar de un calabozo de Lera —dijo Damian.

Em se quedó mirando al piso y asintió intentando contener las lágrimas.

—Si se me ocurre algo que decirle a Cas, lo haré. La vieja ubicación de algún campamento, tal vez. Pero de todas formas van a matarme, Em —a través de los barrotes entrelazó sus dedos con los de ella—. Sabíamos que con este plan arriesgábamos la vida. La verdad es que no esperaba salir vivo de esta guerra.

—Yo sí esperaba que salieras vivo —dijo Em con la respiración entrecortada—. Pensaba que estarías con nosotros cuando volviéramos a Ruina. Pensaba que tú y yo… —creía necesitar más tiempo para saber qué era lo que había entre ellos. Necesitaba más tiempo. Necesitaba a su amigo a su lado.

—Te agradezco ese optimismo —le apretó más fuerte los dedos y sacudió la cabeza—. Ahora vete. No quiero que ese guardia le diga al rey que estuviste aquí una eternidad.

Em se secó una lágrima en la mejilla y se obligó a sonreír antes de dirigirse a las escaleras. Aren caminó hasta la celda y se inclinó para hablar con Damian.

A Em no le importaban los riesgos. Costara lo que costara, encontraría la manera de salvarlo.

DIECISÉIS

Cuando Cas levantó la mano para tocar la puerta de Mary, sintió un revoloteo de mariposas en el estómago. Se tronó los nudillos mientras esperaba.

Nadie respondía. Dio un paso atrás. Una doncella, que venía del otro extremo del pasillo con una pila de ropa blanca, se detuvo al verlo.

—¿Has visto a Mary? —le preguntó Cas.

—Me parece que está en el salón de entrenamiento, su alteza.

Cas susurró un *gracias* y se dirigió a las escaleras que llevaban a la parte trasera del castillo. Unas risas resonaron en el corredor.

Se detuvo frente a la puerta abierta del salón de entrenamiento y vio a Iria, con una espada sin filo en la mano, y a Mary, frente a ella.

Mary, con expresión decidida, dio un paso a un lado con la espada extendida hacia adelante. Rulo, el entrenador, las miraba desde un rincón.

Iria fue la primera en embestir, y Mary levantó la espada para detener el ataque. Cas se recargó en el marco de la puerta y se quedó observando cómo las competidoras daban vueltas por la sala, golpeando ruidosamente sus espadas.

Una guerrera de Olso no era una adversaria fácil, pero la destreza de Mary con la espada no tenía parangón.

—Oí que anoche fue a visitar a Damian.

Cas pegó un brinco al escuchar la voz. Era su madre, recargada en la pared del otro lado de la puerta. Las mujeres no podían verla desde adentro, lo cual no era casualidad.

—¿Mary? —preguntó Cas.

—Sí. ¿Te preguntó si podía hacerlo?

—Eh... En realidad no solicita mi permiso para hacer lo que desea —dijo viendo cómo Mary esquivaba la espada de Iria.

—Debería.

—¿En serio? ¿Tú sueles pedirlo a mi padre?

—Veo lo que quieres decirme —dijo la reina frunciendo los labios y se asomó detrás de la puerta—. Es muy buena. Raro para una chica de Vallos.

—Es talento, supongo.

—Eso no es talento. Es trabajo arduo y entrenamiento. La clase de entrenamiento que no suelen tener en Vallos.

—¿Por qué suenas desconfiada?

—Desconfiada no, impresionada. ¿Alguna vez ha hablado de su entrenamiento?

—No, pero nunca le he preguntado.

—¿Sabes qué me parece triste? —preguntó la reina lentamente, como hacía cuando decía una cosa pero quería decir otra—. No trajo consigo retratos de su familia.

—Creo que todos se quemaron en las llamas cuando atacaron los ruinos.

—Eso supuse. Se me ocurrió intentar localizar alguno y darle la sorpresa. Mandé a alguien a que se encargue de eso. Pero no le digas, no quiero que se haga ilusiones y al final no encontremos uno que sirva.

—Qué amable de tu parte.

—No te sorprendas tanto, Cas —le apretó el brazo antes de retirarse—. Está a punto de ganarle a esa guerrera. Y sospecho que el rey Lucio dispuso a los mejores.

Cas miró la batalla. Mary eludió el ataque de Iria y le empujó el brazo al tiempo que clavaba la punta en el pecho de la guerrera.

—Gané —dijo Mary sin aliento.

Cas volteó hacia su madre y sólo encontró un pasillo vacío. Alcanzó a ver su falda cuando daba vuelta a la esquina.

—Yo te ganaré a la próxima —dijo Iria riendo. La atención de Cas volvió a ellas.

—Podrías ganarme ahora mismo, si quieres intentarlo otra vez —dijo Mary extendiendo los brazos a manera de invitación.

—Yo quiero —dijo Cas. Las mujeres giraron. La sonrisa de Mary se desdibujó cuando Cas y ella se vieron a los ojos.

—Su alteza, no vi que estaba ahí —dijo el entrenador enderezándose y acomodando el cuello de su camisa—. ¿Quiere que le traiga su equipo?

—No, gracias —dijo Cas entrando al salón. Mary no le quitó la vista de encima mientras se acercaba.

—Personal del castillo me ha dicho que usted no deja que lo vean entrenar —dijo Iria con los puños en las caderas y la espada colgándole de la mano—. Dicen que es para que nadie conozca sus trucos y secretos —añadió levantando una ceja—. Yo les dije que tal vez era porque es muy malo en esto y no quiere que nadie lo sepa.

Cas rio y extendió la mano para que Iria le diera su espada.

—Veamos —dijo mirando a Mary mientras Iria le entregaba el arma—. Si quieres.

—Si me prometes no dejarme ganar.

—¿Por qué te dejaría ganar?

En el rostro de Mary volvió a esbozarse una sonrisa y él decidió que nunca jamás dejaría que le ganara en nada si iba a mirarlo así.

—Y no le digamos a mi padre que te dejé quedarte —le dijo a Iria arremangándose.

—¿Es tu padre el que no quiere que la gente vea? —preguntó Mary.

—Él piensa que es mejor que la destreza en la batalla de un miembro de la familia real se mantenga en secreto.

—Puede que tenga razón.

Cas cruzó el salón hasta quedar frente a ella.

—Nunca imaginé que te oiría decir que mi padre tuviera razón en algo.

—No le cuentes que lo dije.

—Jamás.

Ella empezó a levantar la espada y se detuvo, inclinando la cabeza.

—¿Para qué batalla te está preparando? No necesitas una espada para luchar con los ruinos.

—Él usó una contra Wenda Flores.

—Me imagino —dijo ella levantando una ceja—. ¿Habías visto a un ruino antes de que capturaran a Damian?

—No.

—¿Ni siquiera a Olivia Flores?

—No, ni siquiera a Olivia —respondió observando a Iria, incómodo de tener esa conversación frente a una guerrera. Extendió la espada y agregó—: ¿vamos a pelear o seguiremos charlando?

Em levantó la espada y entrecerró los ojos.

Iria hizo un conteo y Mary dio el primer paso. Él la bloqueó sin dificultad.

Ella al principio fue lenta y cautelosa, para evaluar cómo se desenvolvía Cas. Él se dio cuenta por la manera como lo miraba. Era interesante, tomando en cuenta que en otras situaciones el carácter la traicionaba.

Él embistió y ella retrocedió. Cuando sus espadas se tocaron, el sonido rebotó en las paredes. Él trató de acorralarla, pero ella súbitamente lo esquivó y a gran velocidad se colocó a sus espaldas.

Cuando las espadas volvieron a enfrentarse, sus ojos estaban rojos por algo que Cas no entendía del todo. Era más que enojo, y él no sabía si estaba dirigido a él. Esperaba que no, porque si Mary tuviera una espada de verdad en la mano podría haberlo matado.

Cas avanzó, evidentemente más rápido de lo que ella habría esperado, porque se tropezó y él le dio un golpecito en el brazo izquierdo.

—Uno —dijo Iria.

Su contrincante retrocedió jadeando. Dieron vueltas una alrededor del otro y él esperó a que ella embistiera primero. Cuando ella se le acercó, él hizo frente al golpe, moviéndose adelante y atrás en respuesta a los ataques.

Él sólo había peleado con sus entrenadores y con Galo. Con Mary era diferente. Lo distraía la manera como se le soltaba un mechón de cabello y le caía por la mejilla. Su sonrojo. El sonido de su respiración.

Ella dio un giro cuando él estaba a punto de tocarla con la espada en el pecho y él enarcó las cejas, impresionado. Ella sonrió.

Cas alcanzó a agacharse cuando ella volvió a embestirlo; la cuchilla casi le dio en la cabeza. Él se movió al otro lado como flecha, le tomó la mano e hizo girar a Mary hacia su pecho. Le sostuvo el brazo y le puso la espada en la garganta. Ella emitió un grito ahogado moviendo la cabeza a la derecha. Él la sentía inhalar y exhalar pegada a él, y su brazo, tibio y suave, bajo sus dedos. Sus oscuros ojos de fuego lo miraban ardientes. Él se sorprendió mirándole los labios fijamente y deseando saber cómo se sentiría juntarlos con los suyos.

—¿Nos deberíamos ir?

La voz de Iria lo sacó del trance y rápidamente soltó a Mary. Ella, mirando al suelo, se frotaba el punto del brazo donde él la había tocado.

—Una disculpa, su alteza —dijo Iria. Siempre se las arreglaba para que *su alteza* sonara a insulto—. Está claro que no tiene nada de qué avergonzarse. Si se trata de justas con espada, quiero decir.

Él la miró divertido.

—Gracias. Creo...

—Creo que me gustaría luchar contigo más a menudo —dijo Mary—. Eres mejor que Iria.

—Aquí estoy todavía, no me he ido —dijo Iria.

—Sabes que es mejor que tú —dijo Mary riendo. Volvió a centrarse en él, con un dejo desafiante en la expresión—. Creo que está acostumbrado a ser mejor que nadie.

—Galo también se esfuerza —dijo sin poder dejar de sonreír—. ¿Otra?

—¡Por supuesto!

DIECISIETE

Em cerró la puerta al salir de sus aposentos; el ruido resonó por el pasillo. El vestido se atoró en su tacón y para liberarlo tiró de él con más fuerza de la necesaria.

Iria apareció por una esquina y bajó la mirada para ver cómo se había rasgado el dobladillo.

—¿Qué te hizo ese vestido? —preguntó un poco divertida.

Em no estaba de humor para bromas. Habían pasado varios días desde su visita a Damian, y no había podido hablar con el rey. Cada vez que se acercaba, él la ignoraba.

—Ya partieron de Olso casi todos los barcos —dijo Iria entre dientes mientras caminaban por el pasillo—. Los ruinos están a bordo.

A Em le dio un vuelco el corazón.

—¿Cuánto tiempo me queda?

Seguía sin averiguar dónde estaba Olivia. Era difícil buscar la manera de sacarla a colación sin despertar sospechas.

—Todavía tienes algunos días. Tal vez una semana.

Aun si no encontrara la manera de conseguir la información a hurtadillas, podría torturar al rey o a la reina para sacársela durante el ataque. Después de lo que le estaban haciendo a Damian, lo tenían bien merecido.

Doblaron la esquina. Koldo y Benito se encontraban afuera del Salón Océano. Koldo hablaba animadamente y le sonreía a Benito como si esperara que se impresionara con su historia. Benito consiguió arquear una ceja.

Em se detuvo junto a ellos y se asomó por la puerta abierta. Todavía no llegaba nadie a la reunión.

Cas dobló la esquina y Em rápidamente entró al salón para que él no la viera cerca de los guerreros.

Se sentó y miró por encima del hombro cuando él entró. Cuando sus miradas se encontraron, a él se le dibujó una sonrisa.

Unos días antes, Iria le había dicho: *Le gustas. Y no sólo eso: te mira como si estuviera enamorándose de ti.*

Em reprimió una oleada de culpa. Probablemente Cas no la amaba. Ella le gustaba, tal vez, sí, pero ¿amor? No, de ninguna manera.

La culpa se abrió camino por el pecho hacia la garganta y le dificultó la respiración. No sabía qué era peor: que ella le gustara, o estar tan segura de que a ella le pasaba lo mismo con él.

Los guerreros entraron al salón, y un poco después también la reina y Jovita. El rey entró unos minutos después y le arrebató a Iria el acuerdo comercial sin decir siquiera buenos días.

—Lo seguiré analizando con mis consejeros —dijo al cabo de unos momentos.

—¿No vendrán esta mañana? —preguntó Iria.

—No —y no le dio explicación—. Pueden irse. Eso es todo por hoy.

Los guerreros no podían ocultar su sorpresa, pero todos permanecieron en pie sin decir palabra. Iria miró a Em al salir, con cierta preocupación en los ojos.

El rey miró fijamente a Em y ella hizo como si no lo notara. Si hubieran descubierto algo, la habrían apresado inmediatamente y no la dejarían deambular en una reunión con la familia real, ¿cierto?

—Me han informado que visitaste al prisionero ruino —dijo el rey.

Ella tragó saliva intentando disimular los nervios.

—Así es.

—¿Por qué?

—Quería saber si estuvo involucrado en el ataque en el que murieron mis padres.

Jovita y la reina se miraron. La reina se inclinó hacia adelante y puso los brazos en la mesa.

—¿Y qué dijo?

—Nada.

—Eso es básicamente lo que obtuvimos de él —dijo el rey—: nada. Creo que ya es hora de rendirnos.

Em se sostuvo de la orilla de la silla, el alma se le había ido a los pies.

—Pero hace unos días me confesó la ubicación de un campamento ruino —dijo Cas antes de que ella pudiera hablar.

—Y ya se lo transmití a mis soldados, pero los campamentos ruinos se mueven todo el tiempo. Él sabía que no estaba revelándonos nada importante —añadió el rey. Se levantó y tomó el acuerdo comercial que estaba sobre la mesa—. Estoy perdiendo la paciencia. No acostumbro tener prisioneros ruinos.

—No. Acostumbras liquidarlos de inmediato.

Las palabras de Cas quedaron suspendidas en el aire como si se hubieran gritado y no pronunciado tranquilamente.

—¿Hay algo que quisieras decir, Casimir? —el rey enderezó los hombros y miró a su hijo fijamente hasta que éste apartó la vista.

Em se puso la mano suavemente en la cintura, en donde había metido una daga, adentro del vestido. La funda de cuero se sentía tibia en su costado izquierdo. Podría alcanzar el arma en aproximadamente tres segundos, arrojarla al pecho del rey, tomar a Cas de la mano y correr mientras...

Borró la idea de su cabeza, dobló los dedos para formar un puño e intentó hacer como si no estuviera imaginándose la mano de Cas en la suya mientras salían huyendo del castillo.

—Creo que deberíamos reconsiderar nuestra política hacia los ruinos —dijo Cas—. Ya no puedo apoyar que se asesine a gente que no ha cometido crimen alguno.

La barba del rey tembló, como si estuviera a punto de perder la calma.

—Afortunadamente no necesito tu apoyo. Y nadie en sus cabales discrepa de la política de Lera hacia los ruinos.

—Yo sí —dijo Em.

El rey apenas la miro, como si no importara. Se alejó de la mesa pisando fuerte.

—Tengo cosas más importantes que hacer —dijo.

—Damian sí habla conmigo —dijo Cas, mirando a su padre por encima del hombro—. Por lo menos, no deberías ejecutarlo mientras siga haciéndolo.

El rostro del rey se crispó, como si odiara reconocer que Cas tenía razón.

—Y hay otro ruino a quien mantiene tras las rejas —dijo Em enseguida—. Si tiene encerrada a Olivia, ¿por qué no a Damian?

—Es distinto —dijo la reina desdeñosamente.

—¿Y por qué? ¿Está en algún lugar muy bien vigilado? —intentó no dar demasiado peso a la pregunta, pero sintió una opresión en el pecho con la expectativa.

—Eso no te concierne —dijo el rey, y dirigiendo la atención a su sobrina, le pidió—: Jovita, ¿me acompañas?

Los ojos de Jovita se iluminaron y ella salió disparada detrás de él.

—Por lo menos deja de torturar a Damian —dijo Cas mientras se dirigían a la puerta—. Nunca ha hablado bajo tortura.

—Está bien.

El rey abrió la puerta de golpe, y desapareció junto con Jovita. La reina los siguió, dedicándole a su hijo un ceño fruncido al pasar. Em suspiró.

—Eso salió tan bien como podía esperarse —dijo Cas con una risa nerviosa.

—Fuiste valiente —repuso Em.

—Gracias.

Quería agradecerle por haber detenido la tortura de Damian, pero no se le ocurría ninguna manera de hacerlo sin despertar sospechas. Además no podía dejar pasar la oportunidad de preguntar por Olivia.

—¿Es secreto? —preguntó con cautela—. ¿La ubicación de Olivia?

—Un poco. La familia la conoce. Y algunos de los consejeros. Mi padre sólo se está comportando como un necio. Olivia está en las Montañas del Sur, en el Fuerte Victorra. Allí donde nos reunimos en caso de emergencia, ¿recuerdas?

A ella se le entumió todo el cuerpo, pero se las arregló para asentir con la cabeza ligeramente. *Olivia. Victorra. Montañas del Sur.* Un año de preguntarse desesperada dónde estaba su hermana, y Cas se lo soltaba tras una simple pregunta. Quería echarle los brazos al cuello y abrazarlo.

Casi inmediatamente, la culpa despidió a la felicidad. Su expresión era tan abierta y honesta que quería gritar la verdad y pedir perdón. Se preguntó qué pasaría si confesara y le pidiera que soltara a Olivia.

De hecho, podía adivinar lo que ocurriría: la misma escena que acababa de representarse frente a ella momentos antes. Cas se mostraría justo, mientras que su padre estaría en desacuerdo y haría lo que quisiera.

O Cas explotaría, tomaría una espada y se la clavaría en el corazón. Si Iria estaba en lo cierto y ella realmente le gustaba a Cas, eso sólo empeoraría su enojo y podría perder la razón.

Decir la verdad no era una opción viable. Debía continuar con su plan sin importar cómo la mirara.

DIECIOCHO

Em se despertó con el rechinido de su puerta.

Abrió los ojos de golpe y rodó afuera de las sábanas y hacia el piso. Se puso en pie de un brinco y se fue directo al tocador donde guardaba su cuchillo.

—Soy yo —escuchó la voz baja de Iria.

Entrecerrando los ojos en la oscuridad, Em vio a la guerrera, que estaba junto a la puerta.

—¿Qué haces? ¿Qué hora es? —sintió una descarga de miedo en el pecho y sujetó la manija del cajón del tocador, lista para tomar el cuchillo—. ¿Qué pasa?

—Ejecutarán a Damian.

—¿Ahora? —había querido gritar, pero la palabra salió como un susurro sofocado.

—El rey ordenó despertar a algunos guardias. Aren ya está afuera.

Em se apresuró a través de la habitación y se calzó las botas. Al abrir la puerta, golpeó a Iria en el brazo.

—¡No hagas eso! —siseó Iria detrás—. Si te ven…

Em, que salió corriendo de sus aposentos, no alcanzó a escuchar las últimas palabras de Iria. El pasillo estaba oscuro y silencioso. Las cortinas seguían completamente cerradas sobre las ventanas. La mayoría de los faroles que flanqueaban el corredor estaban apagados.

Llegó de inmediato a la escalera principal, pero una vocecita interior le dijo que no corriera a la entrada delantera del castillo a la vista de los guardias. Dio la vuelta y corrió por el pasillo hacia las escaleras traseras que llevaban a la cocina.

Los pasos de Iria golpeaban detrás de Em mientras atravesaba corriendo el comedor del personal y salía por la puerta. No llevaba más que un camisón blanco, y el aire frío de la mañana la golpeaba en los brazos y piernas descubiertos. En el cielo, azul oscuro, empezaba a vislumbrarse un ligero rastro anaranjado a lo lejos.

Los jardines estaban desiertos y Em miró a Iria.

—¿El prado sur?

Por única respuesta, Iria intentó tomarla del brazo. Ella se sacudió a la guerrera y corrió para rodear el castillo por el costado, con Iria a sus espaldas.

En cuanto dobló la esquina, vio a Aren. Estaba sentado, abrazándose las rodillas, recargado en la pared. Sus labios se movían en una silenciosa plegaria. A lo largo de su vida, muchas veces Em había sorprendido a Aren rezando, pero ya no más después de que se incendiara el castillo con sus padres dentro.

Em inhaló hondo, aunque tenía la respiración entrecortada, y Aren levantó la cabeza, con los ojos húmedos y muy abiertos.

—No puedes estar aquí.

—¿Está muerto? —preguntó Em en un susurro.

Aren se puso las dos manos en la nuca y hundió la cabeza en el pecho.

—No lo sé. No puedo mirar.

Ella avanzó unos pasos. No quería ver, pero sus pies seguían caminando. Iban lento, pesados, con la zozobra de saber que no había algo que en ese momento pudiera hacer por Damian.

Con la mano en una esquina del castillo se asomó al prado sur.

Damian estaba arrodillado cerca de las escaleras que llevaban a las mazmorras. Tenía los tobillos atados uno con otro, las muñecas amarradas frente a él. Detrás estaba un guardia con una navaja. El rey y la reina estaban cerca, junto con Jovita y algunos guardias más. Cas no estaba con ellos.

No parecía que el rey y la reina, que le daban la espalda, hubieran notado su presencia, pero Damian la miró fijamente. Estaba lleno de mugre y sangre y tenía un ojo inflamado, casi cerrado.

Em no podía moverse. Los ojos se le llenaron de lágrimas, mientras que los de Damian estaban secos y su expresión era adusta, pero tranquila. En los labios se le formó la sonrisa más triste que hubiera visto jamás.

—Em, pueden verte —Iria la jaló del brazo, pero Em se zafó. Iria volvió a sujetarla—. Si ven que...

—Suéltala —la voz de Aren fue un gruñido, y el cuerpo de Iria salió volando hacia atrás, como si una fuerza invisible la hubiera lanzado súbitamente al otro lado del prado. Aren emitió un grito ahogado cuando Iria cayó al suelo.

Aren corrió por la hierba hacia su cuerpo desplomado.

—Lo siento. No tenía la intención de...

—Estoy bien —dijo Iria, alejándolo con su brazo.

Em volteó de nuevo hacia el prado. El rey hizo un gesto para que los guardias continuaran.

—Aren —la voz de Em salió como un susurro ahogado—, no puedo dejarlo morir.

De pronto, él estaba detrás de ella, buscando sujetar su mano.

—Tú no morirás con él —le dijo con voz temblorosa.

Damian seguía mirando hacia donde ella estaba y lo vio llevar sus manos atadas hacia el corazón. Se golpeó el pecho con el puño, haciendo el saludo oficial de Ruina a la reina.

El guardia levantó su espada.

—No quiero ver —susurró Aren recargando la frente en el hombro de Em. Ella apenas lo oyó, los oídos le zumbaban, pero alcanzó a escuchar la sentencia del rey:

—Por los delitos de asesinato y traición, el reino de Lera te condena a muerte. Que los ancestros busquen en ti lo que nosotros no vimos.

El rey hizo un gesto con la cabeza al guardia que sostenía la espada. La levantó en el aire y vaciló por unos momentos, mientras encontraba su marca.

La espada cayó.

DIECINUEVE

—Sería un magnífico líder, Emelina.

Em levantó la mirada hacia su madre y enseguida la dirigió a la ventana abierta, afuera, donde estaba Damian. Él se inclinó de pronto y apenas logró esquivar la pelota que Olivia arrojó peligrosamente cerca de su cabeza.

—¡Auch! —dijo Olivia con una risita. Su cabello, largo y oscuro, estaba recogido en una cola de caballo y se movía de un lado a otro mientras brincaba impaciente y estiraba el brazo en espera de que la pelota volviera.

—Supongo —le dijo Em a su madre, regresando la mirada a su libro—. Si a Olivia le gusta.

—Yo decía para ti.

Em levantó la mirada, sorprendida. Wenda Flores estaba en pie, de espaldas a los libreros; los lomos rojos, verdes y negros se extendían muy por encima de su cabeza y llegaban casi al techo.

Levantó una delgada ceja y miró a su hija.

—Tú le gustas. Estoy segura de que lo sabes.

—Es demasiado poderoso para casarse con alguien inútil —dijo Em con un dejo de amargura.

—Que tu poder ruino nunca se haya manifestado no significa que no esté dentro de ti, y pueda transmitirse a tus hijos. Sigues perteneciendo a la familia real. Liderarás a los ruinos, y a él le corresponde estar contigo en esa posición.

—Olivia los liderará, no yo.

—Serás la consejera más importante de tu hermana. Tendrás casi tanta influencia como ella sobre Ruina.

Em se encogió de hombros y nuevamente observó a Damian. Él se percató de su mirada y sonrió. No era la peor elección. Pero ella no lo veía de la manera en que su madre veía a su padre: como si el mundo fuera a arder en llamas si algo le ocurriera.

—¡Em! —gritó Olivia corriendo a la ventana. Apoyó una mano en cada lado, con los ojos muy abiertos por la agitación—: Atraparon a otro espía de Lera. ¡Ya lo están trayendo! —señaló detrás de Damian, por donde unos caballos tiraban de un carro hacia el castillo.

—¡Qué rápido! —dijo Wenda caminando hacia la puerta. Las faldas de su vestido rojo se arrastraban por el piso—. ¿Has estado practicando, Olivia?

—Todos los días —dijo Olivia seriamente.

—Muy bien —Wenda le sonrió a Em y le anunció—: Tu hermana va a cortarle la cabeza a ese hombre. ¿Quieres ir a ver?

El recuerdo le llegó a Em de golpe en el momento de despertar. Sintió náuseas y se levantó de la cama en busca de aire.

Había olvidado ese día. Había ocurrido poco antes del ataque de Lera, y el recuerdo se había desvanecido frente a los acontecimientos, más importantes y horrorosos, que ocurrieron a continuación.

Em lo había visto. Olivia no consiguió cortarle la cabeza al hombre (aunque sí le abrió la piel del cuello), así que al final intervino un guardia con una espada. Em miró hacia otro lado.

Pero no se había preguntado quién era. Y ahora ni siquiera lograba recordar su rostro, o si era joven, delgado o tenía barba. Recordaba cómo la sangre le escurría por el cuello. Recordaba los gritos.

En aquel momento no se le había ocurrido que podría haber sido el Damian de alguien. El amigo, marido o padre de alguien.

Con los ojos llenos de lágrimas, se pasó las manos por el cabello. Su habitación estaba muy oscura (la única luz era la de la luna que entraba por la ventana) y la negrura le llevaba imágenes que no quería ver. Damian arrodillado. La sonrisa de su madre.

A toda prisa se puso unos pantalones y una blusa blanca holgada. Atravesó sus habitaciones y salió al pasillo, eludiendo la mirada curiosa de una doncella al pasar. No estaba segura de qué hora era, pero en el castillo seguían oyéndose murmullos.

Los pies la condujeron a los aposentos de Cas. Pensó en acudir a Aren, pero le pareció que no era lo mejor. Aren no entendería ese dolor en el pecho.

Cas abrió unos momentos después de que ella tocara la puerta. Tenía la camisa arrugada y medio desabotonada, pero no se veía como si hubiera estado dormido. Cas lanzó su libro al sofá y terminó de abrir la puerta.

—Entra. ¿Te sientes bien? Pasé a verte temprano, pero tu doncella dijo que estabas indispuesta.

—Estoy bien —dijo ella entrando a la oscura biblioteca. De su dormitorio salía luz, y él la condujo en esa dirección.

—¿Supiste que ejecutaron a Damian esta mañana? —le preguntó Cas. Cerca de su cama, dos velas resplandecían.

—Sí —se detuvo de brazos cruzados en medio de la habitación.

—Mi padre lo hizo para demostrar que no tiene por qué escucharnos —Cas volteó para mirarla de frente—. Yo no habría manejado así la situación, si de mí hubiera dependido. Si mi padre no logra matar a todos los ruinos existentes, tú y yo deberíamos buscar la manera de hacer las paces con ellos algún día.

—Hacer las paces —repitió ella. Las palabras le incendiaban la garganta. Ella nunca había pensado en la paz ni por un instante.

—¿Suena estúpido? —de repente Cas pareció indeciso.

Ella sacudió la cabeza.

—No, no es estúpido. Jovita y tu padre te tratan como si tus ideas fueran estúpidas porque no les gusta lo que tus preguntas les hacen sentir. Recuerda eso, ¿de acuerdo? No eres tonto, no eres ingenuo, no eres nada de lo que quieren hacerte creer.

Una lenta sonrisa fue dibujándose sobre el semblante de Cas.

—Gracias, Mary.

Ella tragó saliva al oír el nombre de la joven a la que había matado y bajó la mirada.

Cas la tomó de la mano, y con un tono más suave le preguntó:

—¿Estás bien?

—Sí, sí —mintió—. Sólo me siento un poco sola, creo —esa confesión le resultó vergonzosa en el instante en que salió de su boca, pero Cas le estrechó más la mano.

—Me alegra que hayas venido —dijo en voz baja.

Ella se frotó el collar con el pulgar. El continuo sentimiento de culpa que le oprimía el pecho empezaba a cederle el paso a un dolor abrasador. Era físicamente doloroso imaginar cuánto la odiaría cuando conociera la verdad.

Él dio un pequeño paso para reducir la distancia entre ellos. Estaba demasiado cerca, o no lo suficiente, y ella le puso una mano en el pecho.

La habitación estaba tan silenciosa que podía oír la respiración de Cas mientras sentía cómo el aire llenaba su pecho. Sus dedos le rozaron el cuello, y Em supo que si en ese momento levantaba la vista, él la besaría. Lo dejaría hacerlo. Haría algo más que *dejarlo,* de hecho: lo arrastraría hacia ella y sentiría cada centímetro de su cuerpo junto al suyo.

Sus miradas se encontraron. Cas le levantó la barbilla suavemente con el pulgar.

Ella comenzó a llorar.

El rostro de Cas mostró cierta sorpresa cuando la abrazó. Ella lo tomó de la camisa. Sentía que si no se aferraba a él, podría empezar a perderlo.

—Dime qué pasa —dijo él en voz baja, estrechando los brazos en su cintura.

—La muerte de Damian me dejó pensando... —inhaló entrecortadamente y dejó que salieran de su boca palabras honestas—. Muchas veces he visto a gente morir y nunca pensaba en ello. Yo he matado. Y he planeado seguir haciéndolo.

No sólo había planeado matar a Cas: se había imaginado con una sonrisa mientras le hundía una espada en el pecho.

—No creo que ésta sea quien quiero ser —agregó con voz temblorosa.

—Hiciste lo que tenías que hacer —dijo Cas.

—Hice lo que decidí hacer —respondió ella. Las lágrimas le escurrían por las mejillas y humedecían su blusa.

—Entonces la próxima vez toma mejores decisiones.

Era una afirmación tan simple que ella estuvo a punto de decirle que ya era demasiado tarde, pero cuando levantó la cabeza y lo vio a los ojos, él la miró con tal franqueza que era imposible no estar de acuerdo.

—Tú no eres quien pensé que serías, Cas.

—¿No?

—Eres muchísimo mejor.

Cas sonrió y con el pulgar le quitó una lágrima de la mejilla.

—¿Quieres quedarte esta noche conmigo?

Ella asintió sin dudarlo. Él la tomó de la mano y la condujo a la cama. Las sábanas eran suaves. Él se recostó junto a ella y los cubrió con las mantas, aún vestidos de pies a cabeza. Volvió a acurrucarla entre sus brazos. Enredó los dedos en su cabello y le rozó la frente con los labios.

—¿Te puedo decir un secreto? —le preguntó Cas. Su aliento le hizo cosquillas en la frente.

Ella asintió.

—No quería casarme —agregó él—. Me enojaba no haber podido escoger, pero… Prométeme que no les dirás a mis padres que dije esto… —y agregó con un dejo de humor—: no habría podido escoger a nadie mejor que a ti.

Le pasó un mechón de cabello detrás de la oreja y ella tomó su mano, la enlazó con la suya, las acercó a su pecho y le dio un beso en los nudillos.

—Eres muchísimo mejor de lo que esperaba —susurró él con los labios rozándole la oreja.

Sus piernas se entrelazaron. Ella supo que en la mañana se arrepentiría de haber dejado que la abrazara así. Pensaría en cómo se sentían los contornos de su cuerpo contra el suyo, cómo podía sentirlo sonreír cuando él le besaba la frente. Al día siguiente lo recordaría, y al siguiente, y al siguiente también, y ya sentía el dolor que acompañaría la evocación. Recordar cómo se sentía Cas cuando la quería iba a ser lo más doloroso cuando hubiera empezado a odiarla.

VEINTE

—**M**e voy esta noche.

Iria levantó la cabeza, el rostro confundido, cuando escuchó a Em.

—¿Qué?

Em volteó hacia Aren, que estaba sentado en la orilla de una silla. Estaban en la biblioteca, en el extremo de la sala, por si alguien tenía la tentación de escuchar tras la puerta. Lucía sorprendido, pero quizá también aliviado.

—Tengo todo lo que necesito —dijo Em—. Es hora de buscar a Olivia.

—No tienes todo lo que necesitamos —dijo Iria—. Necesitamos que te quedes para no levantar sospechas.

Iria tenía razón. Si Em desaparecía de repente, habría muchas preguntas.

Pero no podía seguir mintiéndole a Cas. Le había dicho que esa noche volvería a su habitación, y deseaba tan desesperadamente hacerlo que hasta el pecho le dolía.

Pero no podía mirarlo a los ojos y mentir. Ya no. Ni siquiera una vez más.

—Estamos planeando atacar dentro de una semana, quizá menos —dijo Iria—. Puedes esperar unos días.

—Necesito tiempo para llegar adonde está Olivia —dijo Em—. ¿Y si la llevan a otro lado tras el ataque?

Iria jaló un mechón de su trenza y se lo enredó en el dedo.

—Te propongo esto: te damos dos días de ventaja. Confirmaré cuándo será el ataque, y tú podrás marcharte dos días antes. Para entonces será demasiado tarde para que preparen algún tipo de defensa efectiva, aun si tu desaparición despierta sospechas. Seguirán tratando de averiguar adónde fuiste y por qué.

Em vaciló. Eso significaba dos o tres días más en el castillo. Dos o tres días más con Cas.

¿Y si aprovechaba ese tiempo para advertírselo? Cuando Olso atacara, no podía dejarlo morir y ya. ¿Era tonto creer que podría intentar hacerlo entender?

—De acuerdo —dijo Em en voz baja.

—Muy bien —dijo Iria—. Mandaré decir a algunos guerreros que bajen a las montañas de Vallos para ayudarte.

—Hay algo más —dijo Em pasando el dedo por su collar—. Quisiera que le perdonaran la vida a Cas.

Tras sus palabras sólo hubo silencio: no se oía más que el tictac del reloj del otro lado de la sala. Aren tenía el gesto tan desencajado que Em pensó que debía dolerle.

—¿Cómo? —dijo finalmente Iria.

—Em… —la voz de Aren se fue apagando y sacudió la cabeza como si intentara encontrar las palabras adecuadas—. ¿Por qué?

—Cas no es como su padre. A él no debería…

—Debes estar bromeando —dijo Aren—. Em, por favor, dime que no te enamoraste.

—Eres el único que no se había dado cuenta, Aren —resopló Iria.

—No estoy enamorada de él...

—No, claro que no —dijo Iria.

—Lo *conozco* —dijo Em—. Está en desacuerdo con todas las políticas de su padre, y él va a cambiar las cosas. Si le dan una...

—No puedo —la risa de Aren casi sonaba desquiciada—. Yo no... —sacudió las manos exasperado—. Ni siquiera tengo palabras...

Em apretó los labios, conteniendo las súbitas ganas de llorar. Aren la miraba decepcionado.

—Tenemos la orden de matar a toda la familia real —dijo Iria.

—No a Cas —dijo Em en voz baja. Aren, hundido todavía más en la silla, gemía con las manos en el rostro.

—Sí, Cas sí —dijo Iria—. Y el rey y la reina y Jovita. Todo el linaje real debe ser eliminado. Ése, si me permites recordártelo, ha sido el plan desde un principio.

—Lo sé. Pero si permiten que Cas hable con su rey...

—Te aseguro que el rey Lucio no tiene ningún interés en hablar con Cas.

—¡Por lo menos dale la posibilidad de entregar voluntariamente su reino!

—¿De verdad crees que él optaría por algo así?

Em se puso una mano en la frente. No. No podía imaginar a Cas doblegándose ante el rey de Olso y entregando voluntariamente el reino que amaba. Ni siquiera para salvar su vida.

—Mira —dijo Iria en un tono más suave—, no lo haré yo. Si de mí dependiera, no lo mataría. Pero no depende de mí. Habrá aquí muchos guerreros (a solicitud tuya, debo recordártelo), y tienen órdenes.

—Está bien.

—¿Está bien? ¿Qué significa eso?

Em se levantó y caminó hacia la puerta.

—Significa que está bien.

Abrió la puerta.

Definitivamente, debía advertirle a Cas.

Cas dobló la esquina sonriendo a un empleado que pasó corriendo frente a él. Se había sentido ligero todo el día, desde que amaneció con Mary a su lado. No había pensado en nada más que en la expresión de su rostro cuando accedió a regresar a su habitación esa noche. Y, con suerte, todas las noches después de ésa.

Al entrar al estudio de su madre, que tenía la puerta abierta, se encontró a sus padres esperándolo. Su madre estaba junto a su escritorio, tamborileando con los dedos con tal vigor que corría el riesgo de dejarle marcas. Su padre caminaba de un lado a otro de la habitación.

Había un gran retrato recargado en la esquina. Un hombre, una mujer y una joven. Cas no reconoció a ninguno.

—Cierra la puerta —dijo su madre.

Él la cerró de golpe y el sonido resonó por toda la habitación.

—¿Todo bien?

—Llegó la pintura —su madre tenía los labios rígidos, y había en su semblante una expresión que él no había visto nunca. Si su madre hubiera tenido una espada, él habría dado un paso atrás.

—¿El de Mary y sus padres?

Miró la pintura con los ojos entrecerrados. Nunca había visto al rey y a la reina de Vallos, pero no creía que esa joven de cabello oscuro fuera Mary. Tenía la piel más blanca, los ojos más claros, y rasgos delicados y elegantes, como si pudiera romperse con un fuerte empujón. El hombre y la mujer estaban en pie detrás de ella. El hombre tenía unas cejas muy tupidas, y llevaba el cabello castaño claro recogido en la nuca. La mujer era tan blanca y delgada como su hija.

—Creo que les mintieron —dijo Cas—, pero era un lindo detalle.

Su madre empezó a respirar agitadamente, como si hubiera estado corriendo.

—No enviaron la pintura equivocada. Éstos son el rey y la reina de Vallos.

—¿Entonces ella quién es? —preguntó Cas señalando a la joven.

—¡Ya despierta, Casimir! —dijo su padre bruscamente.

—Es Mary —dijo la reina con voz temblorosa. Apretó los puños en sus costados—. La pregunta es: ¿quién es la mujer con la que te casaste?

El mundo se inclinó y Cas se sostuvo de la orilla de la silla mientras se sentaba. Era absurdo. ¿Quién tomaría su lugar? ¿Por qué? ¿Dónde estaba la verdadera Mary?

Sobre todo, ¿quién había dormido en su cama la noche anterior?

—¿Por qué? —consiguió decir entrecortadamente. Su boca no podía formar ninguna otra palabra.

Su padre comenzó a caminar de un lado a otro a una velocidad que mareó a Cas.

—Necesitas estar tranquilo —le dijo.

—Estoy tranquilo —con el aturdimiento no podía estar de otro modo.

—No. Tenemos idea de quién puede ser, y necesitas estar tranquilo cuando te lo digamos —aclaró su madre.

—Estaba disgustada por ese prisionero ruino —dijo su padre, caminando aún más rápido—. No tenía sentido que estuviera tan alterada porque él fuera a morir.

—Ella pensaba que el castigo era…

—¡Calla! —lo interrumpió su madre levantando la voz.

—Casi nadie maneja la espada como ella —dijo su padre soltando una risa sardónica—. Y todos sabemos que los soldados de Vallos no están bien entrenados. Ni siquiera un miembro de la familia real es tan bueno.

Cas miró perplejo a su padre. Todavía no entendía adónde quería llegar el rey.

—Y luego te preguntó dónde estaba Olivia, ¿o no?

—Sí —el estómago le dio un vuelco—. El otro día volvió a preguntarlo.

—¿Qué le dijiste? —a la reina se le había soltado un mechón del moño sobre su cabeza, como si ni siquiera su cabello pudiera manejar la situación.

—Le… Le dije la verdad.

Sus padres dejaron escapar un grito ahogado al unísono.

De repente se disipó la niebla en la mente de Cas.

—Creen que es una ruina.

Su padre se pasó una mano por la barba.

—No cualquier ruina, pues carece de marcas. Tiene la edad, el cabello, los ojos…

—¿Qué? —Cas de pronto estaba ahogándose, incapaz de respirar, pensar o moverse.

—Creo que esa joven —prosiguió el rey— es Emelina Flores.

VEINTIUNO

E m levantó la mano para tocar la puerta de Cas. Podía hacerlo. Tal vez. Probablemente.

Bajó el puño tembloroso e inhaló profundamente. Tenía que advertirle, aunque eso significara molestar a los guerreros. No lo dejaría morir.

—No está aquí, su alteza —Em volteó y vio a Davina a unos pasos de ella, llevando una charola del desayuno a medio comer.

—Fue a ver su pintura —dijo Davina.

—¿Mi pintura?

—Eh… Pensé que sabía —la doncella palideció—. Es una pintura de usted y sus padres, después de todo, y supuse…

A Em se le cerró la garganta. Una pintura de Mary y sus padres. Lo sabían.

Recorrió la zona con la mirada en busca de armas. Nada.

—Por favor, no le diga a la reina que le dije —suplicó Davina—. Tal vez iba a ser una sorpresa, y si ella supiera que yo…

—Guardaré tu secreto.

Em se dio la media vuelta, conteniendo el impulso de correr. No quería alarmar a la doncella.

Al doblar la esquina estuvo a punto de estrellarse con Iria. El rostro de la guerrera estaba marcado por el pánico.

—La reina tiene...

—Una pintura de Mary, ya lo sé —interrumpió Em.

—Nos vamos. Ahora mismo.

—No tengo arma ni...

—Yo tengo —Iria sacó su espada del cinto—. Permanece detrás de mí.

Em la miró, sorprendida.

—¿Vienes conmigo?

—¿En verdad piensas que el rey va a creer que no sabíamos nada de ti? Llegamos inmediatamente después.

Iria se recargó en la esquina y movió la cabeza para indicar que no había nadie en el pasillo.

—Debemos ir por Aren —dijo Em.

—Ya fue Koldo por él. Vamos a encontrarnos lejos del castillo.

Llegaron a las escaleras e Iria miró hacia abajo, al personal que se movía de un lado a otro.

—Creo que lo mejor será correr —agregó Iria.

—Eso atraerá la atención. ¿Sabes si ya todos vieron la pintura?

—No hay manera de saberlo.

—¿QUÉ? —el grito de Cas, ronco y furioso, resonó en todo el castillo.

Em sintió una opresión en el pecho. El corazón se le subió a la garganta. En ese momento no podía pensar en él.

—Lo mejor es correr —dijo Em tomando a Iria del brazo—. Pero no aquí. Por las escaleras de atrás.

Corrieron por el pasillo y por la escalera; sus zapatos golpeaban los escalones. Em bajó la velocidad hasta que sus pasos fueron casi silenciosos. Iria hizo lo mismo y cuando llegaron a la planta baja miró hacia todas direcciones.

Em sigilosamente dobló la esquina y abrió la puerta de la cocina. Estaba vacía. Iria y ella la atravesaron corriendo. Se lanzó hacia afuera y entrecerró los ojos cuando el sol del final de la tarde cubrió su rostro.

—¿Por dónde? —preguntó Iria—. Será difícil salir por la puerta principal.

—Imposible. Hay demasiados guardias —señaló el árbol que usaba Cas para salir a escondidas y añadió—: Por ahí. Si podemos saltar la muralla, sólo tendremos que ocuparnos de uno o dos guardias.

—¿Dónde está? —la voz chillona de la reina rugió desde una ventana—. ¡Guardias, deténganla!

Iria corrió y Em la siguió de cerca. En su camino hacia la parte trasera de la muralla, brincó una banca. El árbol se erguía frente a ella. Se sostuvo de una rama y se impulsó hasta la parte superior de la muralla. La vez anterior había descendido con ayuda de una cuerda. Tragó saliva cuando calculó la distancia.

Iria se trepó a la muralla junto a ella y Em saltó sin darle tiempo a cambiar de opinión. Cayó en pie, con fuerza, y trastabilló mientras el dolor le recorría las piernas. Las sacudió y sintió un gran alivio cuando supo que no se había roto nada.

Un guardia corría hacia ellas a toda velocidad. Iria cayó estrepitosamente a su lado, con la espada ya desenvainada. Em se movió para ayudarla, pero un segundo cuerpo se estrelló con ella y ambos cayeron al suelo.

Unos brazos la rodearon y la apretaron hasta dejarla sin aire. Em estaba boca abajo, con la mejilla enterrada en el suelo.

—¿Quién eres? —gruñó un hombre.

Ella se empezó a retorcer entre sus brazos, levantando tierra. Le lanzó un codo al guardia en el rostro y logró liberarse.

Se puso en pie. Galo estaba frente a ella, con los ojos brillantes de enfado. Vestía su ropa de ejercicio, y ningún arma en mano.

Em levantó el puño y, cuando él vino hacia ella, se lo estrelló en la mejilla. Galo se tropezó hacia atrás, parpadeando. Ella aprovechó el momento para ver cómo estaba Iria, que seguía enfrentada en acalorado combate con el otro guardia.

Vio de reojo cómo Galo se movía y se volteó a tiempo para recibir el golpe de un codo en el vientre cuando él le jaló las piernas desde abajo. Em soltó un grito ahogado al caer al suelo.

Él intentó alcanzarla pero ella ya había rodado. Se puso en pie de un brinco y lanzó dos puñetazos, uno tras otro. Él le devolvió uno que le dejó un escozor en la mejilla, pero era evidente que no estaba acostumbrado a pelear sin espada.

Em levantó la rodilla y conectó un golpe en el vientre. Galo resolló y cayó de rodillas.

Una espada apareció junto al cuello de Galo. Em volteó rápidamente y encontró a Iria en pie junto a él, con una espada en cada mano. El otro guardia estaba en el suelo, sin vida, detrás de ella.

Em sacudió la cabeza e intentó tomar la espada que amenazaba a Galo. Iria la miró extrañada, pero se la entregó.

Arriba, en la muralla, apareció una cabeza, e Iria tomó a Em del brazo para arrastrarla lejos de ahí.

Era Cas. Puso un pie arriba de la muralla, y toda esperanza de que él pudiera entender se desvaneció en cuanto Em vio su rostro enfurecido.

Lo siento. Las palabras resonaron de inmediato en su cabeza.

—¡Vamos! —gritó Iria, jalándola con más fuerza. Em se alejó corriendo. Detrás de ella resonaban las botas contra el suelo.

—¡Hey! —el grito de Cas venía tras ella. No le hizo caso—. ¡Hey! —repitió.

Entonces volteó y por encima del hombro lo vio en pie junto a Galo, que seguía desplomado en el suelo con una mano sobre el vientre.

—¡Por lo menos dime tu nombre! —dijo Cas extendiendo los brazos. Su expresión era una alocada mezcla de enojo e incredulidad.

Ella volteó, y sin dejar de correr gritó con voz fuerte y clara:

—¡Emelina Flores!

VEINTIDÓS

Emelina Flores.

El nombre hizo a un lado todos los demás pensamientos y se instaló en su mente como herida abierta.

Emelina Flores. Sólo lo oyó con su voz. Vio la manera en que levantó el rostro al decirlo, como si estuviera orgullosa de ese nombre y de la manera como lo había engañado.

La cólera le ardió en las entrañas con tal intensidad que apenas sentía el ardor de la medicina que el doctor le aplicaba en una cortada arriba de la ceja.

—¡Te dije que te quedaras tranquilo, no que salieras tras ella! —gritó su madre.

Estaba en pie, con el rostro enrojecido de rabia, junto a la pintura de la verdadera Mary. Su padre estaba sentado en un sillón a un lado de Cas, con expresión perpleja. Más o menos cada minuto se aferraba a los brazos del sillón, como si el enojo estuviera a punto de hacerlo explotar.

—Estaba escapando —dijo Cas entre dientes.

Se había ido. Podría haberla perseguido, pero había corrido tras ellas sin espada, y tanto Iria como Emelina tenían una.

En todo caso, ésa era la excusa que les había dado a todos. Lo cierto era que cuando ella lo miró con ojos tristes y muy abiertos, él quedó paralizado.

¿Por qué se veía tan triste?

Al terminar de tratar su herida, el doctor salió rápidamente de la estancia y cerró la puerta tras de sí.

Cas se inclinó hacia adelante y apoyó la cabeza en las manos. Era un estúpido por no haber tomado su espada antes de salir tras ella... sin embargo, no pensó que ese día fuera a necesitar un arma para perseguir a su esposa en su intento por escapar.

Soltó una risa casi histérica, y sus padres lo miraron como si hubiera enloquecido. Posiblemente así era.

Llamaron a la puerta y un guardia del rey la abrió.

—También se marcharon los dos guerreros de Olso, junto con Aren.

Su padre le hizo señas al soldado para que saliera, y la puerta se cerró de golpe mientras su madre se jalaba el cabello.

—Sabemos adónde van —dijo el rey con una voz extrañamente tranquila.

—¿Adonde está Olivia? —adivinó Cas.

—Sí. Despacharé soldados hacia allá. Pondremos más seguridad en la edificación. Los atraparemos mucho antes de que se hayan acercado siquiera.

—Sólo mata a Olivia —soltó la reina—. Ordena que la ejecuten de inmediato.

Cuando Cas vio el rostro de su madre contraído por el enojo, algo se retorció adentro de él.

—Ella no ha hecho nada —dijo.

—Creo que has perdido todo derecho de tener una opinión sobre los ruinos después de haberle dicho a Emelina Flores dónde estaba su hermana —dijo el rey.

Cas se puso en pie de un salto.

—¿Quién me ordenó que me casara con ella? —su grito resonó en toda la habitación y sobresaltó a su madre.

A su padre se le crispó la boca, pero guardó silencio.

—Cas —le dijo su madre con voz suave. Le puso una mano en el brazo, pero él se apartó.

—Si hay alguien a quien deba echársele la culpa de esta situación eres tú —gritó Cas mirando a su padre fijamente—. Tú ordenaste el asesinato de miles de personas inocentes, y ahora te sorprendes cuando una de ellas...

—¿Inocentes? —bramó su padre, prácticamente brincando del sillón—. ¡Los ruinos no son *inocentes!*

—¿Qué delito cometió Damian? ¿Qué hicieron los demás?

—Te metieron cosas en la cabeza —dijo su padre, indignado—. Dejaste que Emelina te convenciera.

—No soy un tonto —dijo Cas bruscamente—. No necesitaba convencerme.

—Y entonces me culpas a mí. Es mi culpa que Emelina Flores fingiera ser tu esposa.

Cas extendió los brazos.

—No veo a quién más pueda culpar. Nada de esto habría pasado si no hubieras iniciado una guerra con los ruinos. Ahora yo estoy casado con una —al decir estas palabras se le hizo un nudo en el estómago y se volteó, temiendo que su rostro revelara demasiadas emociones.

—Ya no estás casado con ella —dijo su madre, como si eso resolviera todo—. No es obligatorio.

Volteó hacia ellos con un gesto de fastidio:

—¿De verdad? ¿Porque lo dices?

—¡Sí! —terció su padre—. ¡Mintió acerca de su identidad! Haremos que el matrimonio se declare inválido.

—Nuestras almas están fundidas hasta la muerte —repitió las palabras del sacerdote, sólo para hacer enojar a su padre.

Funcionó. El rey golpeó la pintura con la mano e hizo que cayera al suelo.

—¡Entonces la mataré yo mismo!

El primer instinto de Cas fue gritar *¡No!*, pero guardó silencio.

—Tu padre tiene razón —dijo la reina, mucho más tranquila que su esposo—. Este matrimonio no es válido. Nosotros nos encargaremos de eso.

Cas se encogió de hombros. Seguir o no casado con Emelina le importaba menos que lo que le había compartido, lo que sentía por ella y las ganas que en ese momento tenía de desgarrarla con sus propias manos.

¿Por qué se veía tan triste?

—A lo mejor podríamos arreglar algo más para ti —dijo su padre en un tono súbitamente optimista—. El gobernador de la provincia del sur tiene una hija. Era nuestra segunda opción después de Mary.

—Tienes que estar bromeando —dijo Cas con gesto adusto.

—Es encantadora. Mucho más bonita que Emelina.

—Tienes que estar bromeando —repitió más lentamente. Sus padres estaban locos si pensaban que volvería a permitir que eligieran a su esposa.

—No es el momento —le dijo la reina a su esposo sacudiendo la cabeza y él levantó las manos en señal de sometimiento. Volvió a centrar la atención en Cas—. Ahora mismo tenemos que valorar los daños. ¿Qué sabe ella? ¿Qué hizo mientras estuvo aquí?

—Estaba con Iria todo el tiempo —dijo Cas—. Se habían hecho amigas.

—O ya lo eran —dijo su madre—. Dado que los guerreros desaparecieron misteriosamente con ella, creo que podemos suponer, sin temor a equivocarnos, que ellos sabían quién era en realidad.

Cas se tronó los nudillos de la mano izquierda, uno por uno.

—Fuimos a la playa. Estaba interesada en las torres y en cómo protegemos nuestras fronteras.

—¿Y le enseñaste todo eso? —exclamó su padre.

—Ya no importa —dijo la reina antes de que Cas pudiera contestar—. Debemos prepararnos para la posibilidad de un ataque. Mandemos llamar a los cazadores de Vallos y Ruina.

—Pasarán semanas antes de que regresen todos.

—Atrapamos a Emelina fuera de guardia —dijo su madre—. Con suerte tendremos algo de tiempo. Pero dispongamos a los guardias de la torre en alerta máxima.

—No puedo creer que le dieras toda esa información así nada más —le dijo el rey a Cas frunciendo el ceño.

—¡Era mi esposa! ¡Confiaba en ella! —las últimas palabras le dejaron un gusto amargo.

Había creído que ella lo quería y que le emocionaba la perspectiva de dirigir el reino con él algún día. Había creído que era fuerte y valiente, y que sería la mejor reina que Lera hubiera visto jamás.

Había creído que se estaba enamorando de él.

Quizá se había enamorado de él. Volvió a ver su rostro inundado en lágrimas. *No creo que ésta sea quien quiero ser*, había dicho. Su cabeza le gritaba que era una mentirosa en la que no podía confiar, pero él no podía evitar creer que la noche anterior había sido real.

El pensamiento le inundó el cuerpo con una súbita explosión de cólera. Si había sido real, ¿por qué no le había dicho la verdad? *La próxima vez toma mejores decisiones*, le dijo él. Podría haber decidido ser honesta. Podría haber confiado en que él escucharía y estaría dispuesto a negociar con respecto a Olivia. Pero ella se había decidido por la violencia y el engaño, igual que su madre.

Había tomado la decisión equivocada.

VEINTITRÉS

Em e Iria pasaron un rato desafortunadamente largo ocultas en una caballeriza no muy lejos del castillo. Para cuando pudieron salir, las dos apestaban y estaban entumecidas por haber pasado tanto tiempo en cuclillas.

El dobladillo del vestido azul claro de Em estaba cubierto de lodo y deseó haber tenido tiempo de ponerse unos pantalones antes de escapar. No tenía dónde poner la espada que había robado, y ahora que se había puesto el sol, el viento comenzaba a enfriar.

—Dámela —dijo Iria alargando la mano—. Tengo lugar en al otro lado del cinto.

Em vaciló. No quería estar sin arma y que Iria tuviera dos. Si hubiera sido más lista, habría dejado una bolsa preparada, para tomarla al salir del castillo. Ahora estaba allí, sin dónde poner su arma, sin agua, sin comida.

—¿Preferirías llevarla en la mano? —preguntó Iria arqueando una ceja—. Sólo llamará la atención.

Em le entregó la espada a Iria quien la deslizó por el cuero del lado derecho de su cinto.

—Debemos reunirnos con Koldo, Benito y Aren no muy lejos de aquí —dijo Iria mientras miraba alrededor. El camino que llevaba al centro de la Ciudad Real se extendía hacia el este.

Detrás de ellas, las ruedas de una carreta rechinaban mientras un hombre la empujaba hacia el centro de la ciudad. Estaban tan cerca que Em alcanzaba a oír la risa que salía del grupo de construcciones. En unos cuantos pasos alcanzaría a oler el pan de queso.

El hombre miró por encima del hombro cuando la carreta dobló la esquina.

—Salgamos de aquí —dijo Em.

—Sígueme —Iria empezó a correr y Em se apresuró tras ella. Atravesaron el camino y siguieron entre la hierba crecida hasta que a Em le ardieron las piernas y los pulmones. Durante su estancia en el castillo había perdido un poco la resistencia.

Se dirigieron fuera del centro de Lera. Iban hacia el oeste, a la selva. Varias semanas antes, en su viaje hacia la Ciudad Real, Em había tomado los caminos principales y bordeado la selva, pero ahora pensaba que ésa era la mejor manera de llegar al sur.

El corazón de la selva estaba todavía a un día y medio de caminata, pero Iria las condujo hacia la espesa franja de árboles en las afueras de la Ciudad Real. Aflojó el paso y Em tosió tratando de recobrar el aliento.

—Tendrías que haber salido conmigo a correr en las mañanas —dijo Iria con una petulancia irritante.

—Estaré… mejor en unos días —dijo Em, dando bocanadas de aire—. Siempre me adapto rápidamente.

Iria sonrió con suficiencia.

—Eso espero. Acaban de enviar a guardias tras nosotras —empezó a caminar más rápido y Em se esforzó por seguirle el ritmo.

Aparecieron dos figuras y Em se puso a escudriñar el área con desesperación.

—¿Dónde está Aren? —preguntó trotando detrás de Iria.

La mirada de Koldo estaba llena de arrepentimiento.

—Lo siento. Me separé de él justo después de que dejamos el castillo. Había guardias por todas partes, y los dos intentábamos escapar.

Em sintió que el corazón se estrujaba dolorosamente en su pecho.

—No lo atraparon, ¿verdad?

—No creo, pero nunca tuve ocasión de decirle dónde nos reuniríamos.

Suspiró aliviada. Era poco probable que pudieran atrapar a Aren, sobre todo ahora que tenía libertad para usar sus poderes. Tendría mejor suerte que cualquiera de ellos.

—Irá directo al Fuerte Victorra —dijo Em—. Podemos reunirnos con él allá.

—¿Estás segura de que quieres ir? —preguntó Iria—. El rey supondrá que te diriges hacia allá, y enviará a su ejército a darte caza.

—¿Tengo otra opción?

—Puedes ir con Benito a nuestros barcos. Koldo y yo nos aseguraremos de que los guerreros que están en la fortaleza rescaten a Olivia.

—No. Voy con ustedes.

—Eso supuse —dijo Iria—. Koldo y yo iremos contigo. Les hemos ordenado a unos cuantos guerreros que se reúnan con nosotros en la selva y nos lleven caballos y suministros.

—Gracias —Em miró a los guerreros con desconfianza. Rescatar a Olivia nunca había sido parte del trato. Había pensado que esa tarea dependía completamente de ella—. ¿Y después de que la rescatemos?

219

—El rey querrá reunirse con ustedes dos, por supuesto —dijo Iria—. Pueden acompañarnos de regreso a Olso.

Eso era. Los guerreros, más que ayudarla, querían mantenerlas vigiladas.

—Benito, tú ve a informar a nuestros barcos que vamos a adelantar el ataque —dijo Iria.

—¿Para cuándo? —preguntó Em.

—Mañana en la noche —dijo Iria. Benito asintió.

El estómago le dio un vuelco a Em. El temor por Cas era más inmediato e intenso de lo que hubiera querido.

Iria le hizo una señal a Benito, que se quitó la bolsa que llevaba en la espalda y se la dio. A Em le lanzó su chaqueta.

Iria revolvió el interior de la bolsa y sacó una cantimplora. Se la ofreció a Em.

—Ésta es tuya. No hay nada que agradecer.

—Gracias —dijo, y realmente lo pensaba. Era mucho mejor estar con dos guerreros que sola.

Si Iria intentaba obligarla a ir a Olso después de rescatar a Olivia… se ocuparía de eso cuando llegara el momento.

VEINTICUATRO

Cas se estiró en el sofá de su biblioteca con las manos detrás de la nuca. Había mandado tirar toda su ropa de cama y la sustituyó con sábanas completamente nuevas. Pero en su lecho permanecía el recuerdo. Mary había dejado su huella en todos los rincones de su vida, y la más grande la había dejado en su cama, tras una sola noche.

Emelina, se corrigió, intentando expulsar la imagen de su cabeza. Se había prometido a sí mismo no pensar en ella, pero la encontraba en su mente en todo momento. No podía pensar en nada más.

Sus padres habían cancelado todas las actividades veraniegas y ese día el castillo tenía algo extraño e inquietante. El personal se acercaba a él muy lentamente, como si temiera que fuera a explotar. Estaba acostumbrado a incomodar a la gente, pero esto era algo nuevo. Mucho peor. Ahora sentían *lástima.*

La odiaba. Esperaba que se hubiera tropezado con uno de sus estúpidos vestidos y que se hubiera roto algo y ahora estuviera cojeando con un dolor espantoso.

A ese pensamiento le siguió una oleada de culpa. Se maldijo por eso.

No creo que ésta sea quien quiero ser.

Las palabras habían sido muy sinceras, y eran lo único en lo que él podía pensar. Había pasado casi todo el día intentando separar lo que había sido real. Había llegado a conocer un poco de la verdadera Emelina, de eso estaba seguro.

Su noche de bodas había sido real. Cuando describió a su madre como alguien poderosa y malhumorada, y a su padre como su público silencioso, ésa había sido la verdadera Emelina. Encajaba con lo que Cas sabía de Wenda Flores y su marido.

Todo lo que había dicho de los ruinos era verdadero. Ni siquiera había intentado disimular su solidaridad con ellos.

Sin embargo, dijo ser hija única y que eso la hacía sentir sola, cuando en realidad tenía a Olivia.

O la había tenido, antes de que el padre de Cas se la llevara.

Gimió mientras otra oleada de culpa lo envolvía. ¿Cómo había logrado verlo a los ojos? Él sabía que Olivia estaba encerrada y nunca se le había ocurrido preguntar por ella antes de que Emelina la mencionara. Con razón parecía desconsolada el día de su boda.

Pero…

No eres tonto, no eres ingenuo, no eres nada de lo que quieren hacerte creer. No tenía necesidad de decir nada de eso. No tenía que ir a su habitación y dormir en su cama. Él le había dado mucho espacio, y ella repetidas veces había ido hacia él.

¿Era un estúpido por pensar que ella se había encariñado con él?, ¿sólo estaba haciéndose ilusiones?

Sonó un golpe en la puerta y un instante después, Galo asomó la cabeza.

—¿Puedo entrar?

Cas se incorporó y el guardia se sentó con cuidado junto a él en el sofá.

—¿Estás ebrio? —preguntó Galo.

—¿Lo parezco?

—No, pero tu madre dijo que probablemente lo estarías.

—Es mi madre quien bebe para lidiar con su tristeza. Aunque pensándolo bien no era mala idea. Quizá más tarde lo haría.

—Lo siento —dijo Galo en voz baja.

—No pasa nada.

—No es cierto.

Esa tarde le había dicho a su padre que no pasaba nada. El rey le había dado unas palmaditas en la espalda mirándolo con aprobación.

—No, no es cierto —repitió Cas.

—Creo que en verdad te quería —dijo Galo.

—¿Estás tratando de hacerme sentir mejor?

—¡No! Sinceramente lo creo —se sobó el moretón que tenía en la barbilla. Se lo había hecho Emelina—. No me mató. Le quitó la espada a Iria y no le permitió hacerlo.

—Tenían que correr —dijo Cas.

—Había tiempo más que suficiente para matarme, para asegurarse de que yo no fuera corriendo tras ellas —dijo torciendo la boca—. Y por más que quiera creer que eso se debe a mi chispeante personalidad, sospecho que me perdonó la vida porque soy tu amigo.

—Y también podrían haberme matado a mí, supongo —Cas se restregó la cara—. Corrí tras ellas sin espada, como un estúpido.

Si Emelina hubiera querido matarlo, había tenido muchas oportunidades. Lo podría haber hecho en su cama, mientras dormía.

Eso tenía que significar algo, ¿o no?

Cas rio con estruendo por lo ridículo que era todo aquello. ¿En verdad estaba agradecido de que su esposa no lo hubiera matado? *¡Mi esposa no me asfixió con mi propia almohada! ¡Eso tiene que ser amor!*

Cerró los ojos por un momento.

—¿Te enviarán al sur? Mi padre dijo que iba a ordenar a algunos de mis guardias que se unieran a la búsqueda.

—No. Me quedaré aquí. Me pidieron que permanezca como capitán de tu guardia. Temporalmente.

—Ah, ¿sí?

—Sí. Si a ti te parece bien.

—Por supuesto. Sabes que algún día serás capitán de mi guardia, permanentemente.

A Galo se le dibujó una sonrisa en el semblante.

—Gracias —dijo, e hizo una pausa, poniendo expresión más seria—. ¿Puedo hacer una petición, como tu capitán temporal?

—Claro.

—No vuelvas a correr tras Emelina.

—Tú también corriste tras ella.

—Cas —dijo Galo con un dejo de irritación.

—Puedes hacer esa petición, pero no te prometo cumplirla —lentamente se puso en pie. De pronto la habitación se sentía demasiado chica, como si el hablar de ella hubiera llenado todo el espacio a su alrededor—. Voy a tomar un poco de aire fresco.

—Sabes que no es momento de salir de las murallas del castillo, ¿verdad?

—Por supuesto. Sólo iré a los jardines.

Galo entendió que el príncipe deseaba estar solo y no lo siguió al salir de sus aposentos.

Los pasillos y la cocina estaban desiertos y Cas abrió la puerta trasera que llevaba a los jardines. El aire fresco de la noche le acarició el rostro. Caminó entre la hierba mientras inhalaba profundamente. Se sentó al pie de un árbol y estiró las piernas. Si durmiera allí, bajo las estrellas, ¿a la gente le parecería extraño?

Recargó la cabeza en un árbol, escuchando el canto de los grillos y el sonido de la brisa que sacudía las hojas. No le importaba si a la gente le parecía extraño. Allí por lo menos había mucho aire. Ni siquiera Emelina podría llenar ese espacio.

Un estruendo despertó a Cas. Abrió los ojos de golpe.

Un segundo estruendo sonó a lo lejos.

Los gritos comenzaron tan repentinamente que lo hicieron tambalearse y resbalarse en la hierba cuando intentó incorporarse.

Escuchó el tañido de una campana.

Alguien estaba haciendo sonar la alarma para advertir un ataque.

Cas corrió hacia la puerta trasera, la abrió y entró corriendo por la cocina hasta el vestíbulo.

—¿Cas? ¡Cas! —la voz de Galo resonaba por todo el castillo. Venía de arriba. Cas atravesó el vestíbulo. Los pasillos de repente se inundaron de luz, cuando el personal se apresuró a encender los faroles.

—¡Aquí estoy! —gritó Cas.

Los pasos de Galo retumbaban en su cabeza. Apareció arriba, en las escaleras, con expresión adusta. Bajó corriendo.

—Olso está atacando la costa. Debemos sacarte de aquí inmediatamente.

El pánico se apoderó de Cas cuando los guardias y el personal doméstico empezaron a correr. No estaban preparados para la pelea. Emelina se había marchado tan sólo dos días antes, y todavía no regresaban los cazadores apostados en Vallos y Ruina. Muchos de los guardias habían marchado al sur en su busca.

—Saldremos por los pasadizos traseros —dijo Galo jalándolo del brazo.

Los gritos rasgaban el aire. Cas se dio la vuelta y se encontró con su madre corriendo por el vestíbulo con un guardia cerca de ella. Llevaba una bata morada que se le había abierto casi por completo y dejaba asomar su camisón blanco.

—¡No me iré sin Cas! —gritaba.

—Aquí estoy —dijo su hijo, y ella corrió hacia él con la trenza en el aire.

—Hacia los pasadizos, ya —dijo Galo empujándolos.

La reina le tomó la mano y lo acercó a ella. Cas miró por encima del hombro.

—¿Dónde está mi padre?

—Sus guardias lo cuidarán —dijo Galo con firmeza.

El ruido de vidrios astillándose interrumpió el breve silencio. Cas se estremeció y agachó la cabeza cuando algo entró volando por la ventana del frente.

El objeto estalló en llamas. Los guardias lo rodearon y lo sacaron a patadas.

—¡Cas! —gritó su madre. De repente se dio cuenta de que se le había soltado de la mano, y al voltear descubrió que la estaban metiendo a la cocina a empellones.

—¡Ve! —gritó él—. Estoy detrás de ti.

Afuera, en algún sitio, el ruido del batir de espadas había comenzado. Cas permitió que Galo lo empujara hacia la cocina.

Vio la cabeza de su madre desaparecer al doblar la esquina y, unos momentos después, una multitud vestida de blanco y rojo entró a toda prisa.

Guerreros de Olso.

Cas se echó hacia atrás, se dio media vuelta y corrió con Galo a su lado. Otra esfera encendida entró disparada por la ventana. Cas cayó al suelo y se cubrió la cabeza con las manos. Galo se arrodilló junto a él y lo protegió con su cuerpo.

Cas sintió el calor del fuego cuando la esfera cayó, demasiado cerca de ellos. Al enderezarse vio que el brazo izquierdo de Galo estaba envuelto en llamas.

Galo se arrancó la chaqueta y la pisoteó para apagar el fuego.

Cas sintió que le tocaban el brazo, se dio la vuelta y encontró a su padre a su lado. Tuvo que sacudirse las ganas de echarle los brazos al cuello como si volviera a tener cinco años.

Su padre le entregó una espada. Era más pesada que las que solía usar: por la franja roja alrededor de la empuñadura supo que era una espada de guerrero. El filo de la de su padre estaba manchado de sangre.

Cas corrió detrás del rey, y al voltear vio a los guerreros de Olso acercándose en avalancha desde la cocina. Los gritos resonaron en los pasillos, y no podía más que rogar por que su madre hubiera conseguido salir y los guerreros no hubieran descubierto el pasadizo.

Galo levantó la espada cuando dos guerreros se lanzaron hacia él a toda prisa.

—¡Salgan! —gritó por encima del hombro.

Cas corrió detrás de su padre y casi se estrelló contra él cuando el rey se detuvo en seco al doblar una esquina. Había tres guerreros frente a ellos. Una luz titiló sobre sus rostros y Cas se sobresaltó al reconocer a uno: Benito. El guerrero tenía el ceño fruncido y una mueca de desprecio en el momento de cargar contra ellos.

—¡Aquí! —gritó otro guerrero en el pasillo mientras embestía al rey—. ¡Tengo al rey y al príncipe!

Cas levantó su espada y dio un brinco hacia atrás cuando Benito se inclinaba hacia él. Su espada iba dirigida a su cuello. De pronto supo, con horror, de que tenían órdenes de matarlos. No los harían prisioneros.

El pánico vibró en todos sus miembros y, cuando sacudió la espada, un gruñido acompañó el esfuerzo. La espada de Benito encontró la suya.

Cas vio de reojo cómo caía uno de los guerreros y cómo su padre entablaba combate con otro. Cas esquivó una embestida de Benito. El guerrero perdió el equilibrio y tropezó. Cas volteó rápidamente y golpeó a Benito detrás de las piernas con su bota. El guerrero cayó al suelo de rodillas y se levantó con dificultad apoyándose en la piedra, pero Cas le clavó la espada en el pecho.

El guerrero dejó escapar un horrible grito ahogado y la espada le penetró el vientre y golpeó el suelo. Goteaba sangre del metal. Cas trató de sacudirla mientras sentía que el estómago le subía hasta la garganta. Sólo consiguió salpicar de sangre la pared azul.

Giró sobresaltado cuando una mano lo tomó del brazo y estuvo a punto de golpear al rey con la espada. Los otros dos guerreros estaban en el piso, muertos, y su padre lo miró con aprobación al ver a Benito.

Cerca de ahí alguien comenzó a gritar. El rey tiró a Cas del brazo. Tuvieron que pasar encima de un cadáver al correr por el pasillo. Cas, aterrorizado, respiraba agitadamente. Cambió su espada a la mano izquierda para enjugar en los pantalones su palma sudorosa.

Las paredes del otro extremo del pasillo estaban incendiadas. El rey giró y abrió una puerta que llevaba a un salón.

—La ventana —dijo, haciéndole a Cas una señal para que fuera por delante.

Cas entró corriendo y atravesó la sala oscura hasta llegar a la gran ventana. Desenganchó el pestillo y la abrió. Una ráfaga de humo sopló en su rostro.

—¿Por dónde se fueron? —gritó una voz.

Giró justo a tiempo para ver cómo un guerrero entraba a la habitación y se precipitaba furioso hacia su padre. El rey estaba listo, con la espada en alto.

—¡Ve! —gritó.

Cas desobedeció, y cargó contra el guerrero. Un cuchillo en la mano izquierda del hombre pasó como ráfaga frente a sus ojos y Cas abrió la boca para advertirle a su padre.

El guerrero clavó el cuchillo en el pecho del rey.

Su padre jadeó mientras su espada caía estrepitosamente al suelo. El guerrero le dio otro empujón a la cuchilla. El rey se derrumbó y golpeó el suelo con un ruido sordo.

Cas se paralizó. La camisa de su padre empezó a cubrirse de rojo, pero él estaba seguro de que no moriría. No podía morir.

El guerrero se abalanzó hacia Cas, y lo hizo reaccionar. Se impulsó hacia adelante, tomando al guerrero por sorpresa, y con el filo de su espada le hizo un corte en el brazo. El hombre evitó el ataque, y enseguida arremetió contra Cas.

Cas dio dos pasos hacia atrás para bloquear el ataque, se abalanzó al otro lado del guerrero y le hundió la espada en un costado. El hombre soltó un grito ahogado al sentir cómo se le desgarraba la carne.

Cas dejó caer su espada sobre su cuello.

El hombre se desplomó y Cas se dio la media vuelta. El rey estaba derrumbado, de espaldas, con la camisa blanca completamente teñida de rojo.

Cas cayó de rodillas, con el cuerpo helado y tembloroso. ¿Podría pasar a su padre por la ventana? Tal vez podría llevarlo cargado en su espalda.

Los ojos del rey se movían de un lado a otro. Después se cerraron y su cabeza se fue de lado. Se abrieron sus labios, pero todo lo que salió fue un sonido agudo. Su pecho dejó de moverse.

Las manos de Cas estaban en el pecho de su padre. Estaban manchadas de su sangre, pero habían perdido su sensibilidad. De hecho, todo el cuerpo de Cas parecía haberse ido de allí.

De pronto supo que estaba susurrando el nombre de su padre una y otra vez, pero eso no parecía despertarlo.

No despertaba.

Su padre estaba muerto.

—¡Suban al personal en el carro!

El grito que sonó a espaldas de Cas lo sobresaltó. Sus manos recobraron la sensibilidad y las retiró del pecho de su padre.

—¡Encuentren al príncipe! —gritó la voz—. Y mátenlo en el acto.

Cas dio un traspié cuando se levantó. El ruido de las botas golpeando el piso y los gritos de los hombres resonaban por todo el castillo. Estaba rodeado.

Se limpió en el pantalón negro las manos llenas de sangre y se lanzó como flecha a la ventana, no sin mirar por última vez al guerrero tendido en el suelo. Tuvo que contener el impulso de clavar su espada en el pecho de aquel hombre muerto. La sangre que le salía del cuello y formaba un charco en el suelo no parecía suficiente castigo.

Se asomó desde el alféizar de la ventana. A lo lejos, cerca del centro de la ciudad, el humo se enroscaba en el cielo nocturno, y su corazón dio un vuelco. ¿Estarían matando a gente inocente? ¿Irían a incendiar toda la ciudad?

¿Sería él quien tendría que decidir cómo contraatacar, ahora que su padre estaba muerto?

Se sacudió ese pensamiento de la cabeza. No era momento de alarmarse por ser ahora el nuevo rey: si lo atrapaban, no alcanzaría a gobernar.

Miró a la izquierda, al frente del castillo, y vio a dos guerreros en pie en la esquina dándole la espalda. Volteó a la derecha con ojos entrecerrados, donde estaba el muro oscuro que llevaba a los jardines. Esa dirección estaba libre, pero muy cerca de allí había mucho ruido. Una luz se filtraba hacia la hierba y Cas sospechó que habría unos cuantos guerreros en los jardines.

Sin soltar la espada, con cuidado sacó un pie por la ventana. No miró a su padre. Supo que si en ese momento volteaba, sería ésa la imagen de él que quedaría grabada en sus recuerdos para siempre.

Sus pies cayeron al suelo con un suave ruido sordo, y se puso en cuclillas junto al muro. Permaneció quieto unos momentos mientras se aseguraba de que nadie hubiera percibido su movimiento.

Tenía tres opciones: escapar, lo cual probablemente llamaría la atención; intentar escabullirse por la puerta principal sin que nadie lo viera, lo cual era casi imposible, o atravesar los jardines hasta el árbol en la parte trasera e intentar saltar la muralla. Ésa era quizá su mejor opción. Sospechó que habría más guerreros en esa dirección, pero eso podía jugar a su favor: sería más difícil detectarlo en el caos.

Mientras corría junto a la muralla del castillo se mantuvo agachado.

Mátenlo en el acto. Las palabras seguían sonando en su cabeza una y otra vez. Se fijó en su ropa: la camisa era gris y no tenía ninguna insignia real. Muchos de los guerreros de Olso no lo conocían, aunque seguramente habrían visto su retrato.

Se inclinó, tomó un poco de tierra y se la restregó en las mejillas. Se alborotó el cabello y se jaló algunos mechones para que le taparan los ojos. No era el mejor de los disfraces, pero tal vez no sería reconocido enseguida.

Siguió caminando a lo largo de la muralla hasta que llegó a la parte posterior del castillo. Se asomó por la esquina.

Estaba entrando a los jardines un carro jalado por caballos. Era una caja de madera sobre ruedas, completamente sellada, que por lo general se empleaba para transportar prisioneros. Los guerreros debían haberlo robado.

Algunos empleados del castillo estaban haciendo fila para subir al carro. ¿Adónde serían conducidos?

Echó una ojeada a los jardines. Por lo menos cincuenta guerreros de Olso se encontraban ahí. Algunos corrían arriba y abajo, evidentemente en busca de algo.

—¡El rey está muerto! —gritó alguien desde la puerta trasera—. Pero no hay rastros del príncipe.

De repente una mano le cubrió la boca y el cuerpo de Cas se sacudió. Empezó a retorcerse y a intentar zafarse del hombre que lo tenía fuertemente agarrado.

—Su alteza —susurró una voz—, no se alarme.

Le quitaron la mano de la boca. Cas volteó. Enfrente estaba un muchacho unos años menor que él. Una cicatriz le cruzaba la ceja. A Cas le pareció vagamente conocido. Quizá trabajaba en las cocinas.

—Siento haber hecho eso —dijo el muchacho, con los ojos muy abiertos por el miedo—. No quería que hiciera ningún ruido, y...

Cas le hizo un gesto con la mano para que guardara silencio.

—No pasa nada.

El muchacho empezó a desabotonarse la camisa azul.

—Quítese la camisa y démela, su alteza. Si cambiamos de ropa y lo atrapan, pensarán que usted es un empleado. A todo el personal lo están subiendo a ese carro.

—Ah —Cas parpadeó antes de empezar a desabotonarse—. Gracias, qué buena idea —y en eso detuvo las manos, como si acabara de percatarse de algo —. Y si tú llevas mi camisa, ¿pensarán que eres yo? Allá adentro me vieron algunos guerreros.

El muchacho soltó una risa que sofocó enseguida.

—No, su alteza, no creo que haya ningún peligro de que me confundan con usted.

El muchacho era alto y ancho de hombros, su cabello rubio rozaba el cuello de la camisa. Tenía nariz larga y barbilla puntiaguda. Cas supo que tenía razón: los guerreros debían tener alguna vaga noción de su apariencia, y este muchacho no se le parecía en nada.

Cas se abotonó la camisa azul. Las mangas estaban un poco cortas y la sentía un poco apretada, pero funcionaría.

—¿Cómo te llamas? —le preguntó.

—Felipe.

—Gracias, Felipe.

De repente algo rojo atrajo su atención. Detrás del muchacho, un guerrero de Olso estaba doblando la esquina del castillo con la cabeza volteada para decir algo por encima del hombro.

Cas tomó el brazo de Felipe y se lanzó hacia la izquierda con la mirada fija en los arbustos que estaban a unos pasos de ellos. Se abalanzó detrás de uno y quedó de cuclillas junto a Felipe. Junto al guerrero de Olso venían otros tres y Cas contuvo la respiración al oír sus botas crujiendo sobre la hierba.

Tomó la espada con dos dedos y se puso en cuatro patas para avanzar por los jardines a gatas. Felipe lo siguió. La hilera de arbustos sólo se extendía un poco más; después de eso, era sólo espacio abierto hasta los setos. No iba a ser fácil llegar sin ser visto.

—Haré algo para distraerlos y así le será más fácil —le susurró Felipe detrás.

Cas quiso discutir, pero el muchacho tenía expresión resuelta, como si ya lo hubiera decidido. Asintió.

Felipe se levantó y corrió en la dirección opuesta.

—¡Allá! —gritó una mujer—. ¡Hay alguien detrás de ese arbusto!

Cas esperó hasta que Felipe estuviera a mitad de camino hacia el frente del castillo antes de comenzar a correr. Todos los guerreros estaban ocupados en perseguir al muchacho. Si tan sólo lograba dar unos pasos más…

De repente lo jalaron de la camisa desde atrás y se estranguló con el cuello. Sus pies se levantaron del suelo. Una bota le golpeó la parte posterior de las piernas. Su espada se le desprendió de la mano, rebotó en el suelo y quedó fuera de su alcance.

Luego cayó de golpe sobre la hierba y al jadear tragó un poco de tierra.

—Levántate —dijo una voz de hombre.

Cas lentamente se arrodilló y luego se puso en pie. El corazón le golpeaba el pecho. Estaba muy consciente de la espada que el guerrero llevaba en la mano, medio levantada, en señal de advertencia.

El hombre le dio otro empujón con la bota y Cas estuvo a punto de caer nuevamente.

—Al carro, con los demás.

Cas obedeció. El guerrero lo seguía de cerca.

—Otros dos empleados del castillo —dijo el guerrero. Cas vio de reojo cómo un guerrero arrastraba a Felipe por la hierba.

Una guerrera en pie en la parte trasera del carro agitó el pulgar para ordenarles que subieran.

—¿Alguna señal del príncipe? —le preguntó al otro guerrero. Cas pegó la barbilla al pecho.

—No.

—Empieza a correr la voz entre la gente de la zona: avisa que habrá una importante recompensa para quien lo encuentre. Vivo o muerto —dijo la guerrera—. De preferencia muerto.

Cas se atrevió a echar un vistazo adentro del carro y vio como a treinta empleados del castillo. Había una mezcla de jóvenes y viejos, cocineros y doncellas que sólo había visto de pasada. Incluso ubicó a dos guardias. Algunos abrieron mucho los ojos al reconocerlo.

Dio un paso adentro y tragó saliva al saber que cualquiera podía delatarlo.

Pero todos permanecieron en silencio cuando subió al carro. Felipe subió tras él. Cas sintió unos suaves tirones en el brazo izquierdo y al voltear vio que los empleados le estaban haciendo lugar al fondo para que se sentara. Se dejó caer y juntó sus rodillas al pecho. El personal inmediatamente llenó el espacio a su alrededor para esconderlo.

—¿Está herido? —le preguntó en un susurro una mujer madura a la que reconoció vagamente. Era Daniela. Había trabajado en los jardines del castillo desde que Cas tenía memoria. Le tomó las manos llenas de sangre.

Él sacudió la cabeza.

—No... No es mía.

De nuevo intentó limpiárselas en los pantalones, pero la sangre ya se había secado. Se percató de que estaba temblando, al igual que casi toda la gente sentada a su alrededor. Lo veían con rostros tensos, asustados, y rápidamente escondió las manos a sus espaldas.

—Todo saldrá bien —dijo en voz baja. El temblor de su voz delataba el hecho de que sabía que era una enorme mentira—. Tomaron el castillo, pero Lera aún no ha caído.

Eso, más que mentira, era una declaración esperanzada, pues no tenía manera de saberlo. ¿Y si Olso ya había llegado a las Montañas del Sur? ¿Y si ya habían derrotado a todas las tropas que se habían encaminado hacia allá? Jovita y su madre irían directamente a las montañas en cuanto escaparan.

Si lograban hacerlo.

VEINTICINCO

Por las noches, Em pensaba en Cas.

Y también en las mañanas y en las tardes. Pero sobre todo por las noches.

Habían pasado dos días desde su escape. Observó cómo el sol se ocultaba completamente tras los árboles y el mundo se oscurecía. Habían estado caminando desde esa mañana temprano y los pies le dolieron cuando se resbaló por el tronco de un árbol.

Había mucho ruido a su alrededor, a pesar de que todos los de su grupo estaban callados y en constante estado de alerta. La selva era todo un regalo: ruidosa y abarrotada, con insectos chirriando y aves graznando que competían por el espacio con enredaderas, árboles y hojas tan grandes como el rostro de Em. Los bosques de Vallos y Ruina no eran así; en ellos había silencio y era más difícil ocultarse.

Iria le acercó un trozo de carne seca. Em lo tomó y agradeció en silencio. Arrancó un pedazo con los dientes y miró su vestido, que estaba hecho un desastre. La tela azul ya era completamente marrón en el dobladillo, y había manchas de tierra por toda la falda. Había incluso marcas de sangre, de cuando se lastimó el brazo con una rama afilada y tuvo que limpiarse con ella.

Con una enredadera se había confeccionado un cinto, donde metió su espada. Se mantenía atenta a los movimientos de los guerreros, para ver si seguían siendo sus socios ahora que estaban a salvo y lejos del castillo de Lera. Dos guerreros contra una inútil ruina cansada. No tenía todo a su favor.

—¿Quién hará la primera ronda de vigilancia? —preguntó Koldo poniendo los puños en sus caderas mientras inspeccionaba la selva.

—Yo —dijo Em, aunque estaba exhausta. No quería dormir. Cada vez que cerraba los ojos veía el rostro de Cas. Cuando se quedaba dormida, aunque sólo fueran unos cuantos minutos, el dolor de la culpa en su pecho la hacía despertarse sobresaltada y todo lo que había hecho le venía rápidamente a la memoria.

—Anoche casi no dormiste —dijo Iria.

Em se encogió de hombros y miró hacia el suelo.

—Koldo, ¿quieres llenar las cantimploras? —preguntó Iria.

—Claro —Koldo captó la indirecta y se fue a un arroyo cercano para desaparecer por un tiempo.

Iria lo vio alejarse mientras el ruido de sus pasos se iba perdiendo.

—Sé que te encariñaste con Cas y que el hecho de que vaya a morir te está carcomiendo, pero no pierdas de vista por qué lo hiciste —dijo en voz baja—. Tu gente estaba condenada a la extinción y tú eres la única que tomó cartas en el asunto. Hiciste lo que tenías que hacer.

—Hice lo que decidí hacer.

—Tu decisión fue la correcta.

—Así es —dijo una voz.

Iria se puso en pie apresuradamente y desenvainó su espada. Aren salió de atrás de un árbol con las manos en alto en señal de rendición. Em se levantó de un salto y corrió a abrazarlo.

Iria soltó un suspiro de alivio.

—No te oí venir —dijo.

Em lo tomó de los dos brazos.

—¿Estás herido? ¿Te dieron caza los soldados de Lera?

—Lo intentaron —dijo con una sonrisa burlona y echó un vistazo alrededor—. ¿No hay caballos? ¿Iremos hasta Vallos a pie?

—Pasado mañana nos encontraremos con unos guerreros que traerán caballos —dijo Iria—. Si todo sale bien, tendrían que estar lanzando su ataque más o menos en estos momentos —y mirando al cielo agregó—: Hemos avanzado demasiado y desafortunadamente no alcanzaremos a oírlo.

Em sintió un hueco en el estómago. ¿Ya estaría muerto Cas? ¿Conseguiría escapar?

Se frotó la frente. La culpa le quemaba en el pecho con tal intensidad que le dificultaba respirar. Ése siempre había sido el plan. Si los guerreros no atacaban, no tendría ninguna esperanza de rescatar a Olivia. Los superarían en número cuando llegaran a las montañas de Vallos. Ella sabía que así terminaría su estancia en el castillo.

Pero sentía ganas de hacerse un ovillo y gritar.

Aren la empujó suavemente del brazo.

—Iria tiene razón en lo del sueño, Em. A mí también me hace falta dormir. Cuando los iba siguiendo fui borrando sus rastros lo mejor que pude, pero estoy seguro de que pronto nos encontraremos a algunos soldados de Lera. Debemos estar preparados.

—Yo hago guardia —dijo Iria.

Em bajó los hombros, derrotada, y dejó que Aren la jalara al suelo. La rodeó con un brazo y se recargó en el árbol.

—Gracias por encontrarme —le dijo Em recostando la cabeza en su hombro.

—Gracias por no haber dejado que te mataran —susurró él apretándole el brazo—. Eso sí me habría amargado el día.

A Em se le dibujó una sonrisa y sus ojos comenzaron a cerrarse.

VEINTISÉIS

Cas se tambaleó cuando el carro se detuvo. Algunas de las personas a su alrededor estaban despertando y otras estirándose. Junto a él, Daniela arqueó la espalda y con gesto de dolor se frotó los ojos con su mano arrugada. Habían pasado toda la noche hacinados en el carro, y era increíble que algunos hubieran conseguido dormir. Cas dudaba que pudiera volver a dormir alguna vez en la vida.

Adentro estaba oscuro. Sólo unos hilos de luz se colaban por las grietas de la madera. El calor era casi insoportable y Cas tenía la ropa pegada a la piel.

La puerta de atrás se abrió y Cas entrecerró los ojos frente al sol brillante.

—Los hombres primero —rugió un guerrero. Movió el pulgar para indicar que salieran.

Por unos momentos, Cas sintió pánico y pensó que los guerreros iban a formarlos para ejecutarlos.

—Allá en los arbustos —dijo alguien mientras los hombres empezaban a bajar en tropel. Cas suspiró cuando se dio cuenta de que los guerreros sólo estaban dejando que los prisioneros orinaran.

Salió del carro con la cabeza gacha. Había seis guerreros alrededor, y cuando se bajaron de sus caballos Cas observó que muchas de las sillas de montar eran de los colores de Lera. Debían haberlos robado del castillo o del pueblo.

Los guerreros los pusieron en línea recta viendo a los arbustos, con las espadas apuntándoles a sus espaldas. Nadie parecía estar pensando en salir huyendo, pues no parecía que algo así tuviera sentido. Algunos guerreros se habían desplegado en círculo para cubrir todos los rincones.

—Rápido —rugió un guerrero cuando se acercaron a un denso grupo de arbustos.

Cuando regresaban, Cas disimuladamente echó un vistazo alrededor. Debían haberse desplazado hacia el sur, pues el aire era más espeso cerca de la selva. ¿Estarían dirigiéndose a las Montañas del Sur? ¿Estaría Emelina allá?

El pecho le bullía de enojo con tal fuerza que casi lo hizo caer. Ella debía saber que los guerreros planeaban atacar. Probablemente había tenido parte en la planeación.

Ella sabía que iban a matarlo, a él y a su familia, y había permitido que pasara. ¿Qué tan fuerte era su cariño por él si tan fácilmente lo había enviado a la muerte? Por culpa de ella, su padre ya no estaba. Y Galo tampoco, probablemente.

Se le cerró la garganta y se sacudió de la cabeza la imagen de su padre muerto.

Al acercarse los hombres, las mujeres bajaron del carro. Cas aprovechó el momento para apreciar el aire fresco a su alrededor. ¿Cuántos días pasaría en ese carro? Y, lo peor, ¿adónde iría cuando finalmente los soltaran?

El hombre enfrente de él subió al carro y Cas elevó un pie mientras retiraba el cabello de sus ojos.

—Espera —dijo el guerrero.

Cas se paralizó al sentir una mano tomándole el brazo.

—Mírame.

El corazón se le detuvo. El guerrero dio un grito ahogado cuando lo miró a los ojos.

La mano del guerrero encontró su espada.

—Eres...

Felipe se arrojó frente a Cas con tal velocidad que no se vio más que una masa borrosa. Pateó al guerrero en la mano y la espada salió volando. Luego el muchacho se tiró al suelo para tomarla y Cas abrió la boca para gritarle que se detuviera.

Felipe le clavó la espada al guerrero en el pecho.

Cas abrió muy grandes los ojos cuando el guerrero cayó y su boca se abrió para formar palabras silenciosas.

Una guerrera arremetió contra Felipe, con facilidad bloqueó su ataque y le cortó el cuello.

Cas gritó y cayó con un sollozo atorado en la garganta. La sangre de Felipe formaba un charco bajo sus rodillas.

Alguien lo sujetó de las axilas y Cas trató de zafarse: le pateó las piernas y quiso acercarse al muchacho.

—¡Súbanlo o a él también le abriré la garganta! —dijo la guerrera.

Cas estaba bañado en lágrimas. Un empleado suavemente lo subió al carro. Cas se limpió el rostro con la mano y se movió a gatas hacia un rincón, pero le ganó un nuevo acceso de llanto.

La gente siguió subiendo. Daniela volvió a sentarse a su lado. Le puso una mano en el brazo y él tuvo que contener las lágrimas.

Echó un vistazo a la gente a su alrededor con la respiración entrecortada.

—Por favor, no dejen que nadie más haga eso —susurró.
Daniela le dio unas palmaditas en el brazo.

—Lo siento, su majestad, pero creo que ninguno de nosotros obedecerá esa orden.

Se limpió las lágrimas de las mejillas ardientes. Su gente probablemente buscaba en él fuerza y liderazgo, pero no dejaba de llorar como un niño.

Carraspeó y volteó a ver el suelo. Empezaron a moverse de nuevo y Cas pasó casi toda la mañana y la tarde intentando entender las charlas de afuera. Necesitaba un plan y una idea de su ubicación, pero no obtuvo de los guerreros información sobre adónde se dirigían. La única pista fue que *seguirían por el camino y se mantendrían lejos del río,* que él interpretó como que evitarían viajar por el corazón de la jungla. De cualquier manera, con un carro habría sido muy difícil.

Recargó la cabeza en la madera y de pronto supo que todas las cabezas del carro estaban volteadas en dirección a él. Se irguió y los miró con curiosidad.

Daniela señaló algo del otro lado y Cas movió la cabeza para ver lo que intentaba mostrarle.

Una mujer joven en el rincón izquierdo del fondo tenía la mano apoyada en el costado del carro. Inclinó la mano hacia atrás, llevando consigo un tablón de madera. Había conseguido liberarlo y sólo lo estaba manteniendo en su lugar. El hueco era lo suficientemente grande para que alguien saliera por ahí.

—Nos tienen rodeados —dijo Cas en voz baja.

—Cuando paremos —susurró la joven, con el cabello oscuro enredado sobre el rostro—. Están diciendo que nos detendremos pronto. Venga, y nosotros los distraeremos.

Cas vaciló. Si lo atrapaban, lo matarían sin importar quién fuera. Pero si se quedaba, con toda seguridad alguien lo reconocería. Si no en el camino, cuando llegaran a su destino.

Los empleados empezaron a abrirse para que él pudiera pasar a gatas.

—No debería dejarlos —dijo—. No sé adónde los están llevando.

Daniela sacudió la cabeza.

—No puede quedarse aquí. El rey está muerto. Si también usted muere, ¿qué pasará con Lera? Eso les daría a ellos la victoria.

Cas tragó saliva. Sabía que tenía razón, pero el sentimiento de culpa seguía fastidiándolo.

—Sólo si se ve seguro —dijo corriéndose al fondo—. Si me atrapan, sabrán que ustedes los distrajeron para que yo pudiera escapar.

Ese día no iba a dejar que nadie más muriera por él.

—Cuidado, puedes astillarte en ciertas partes —dijo la joven acomodándose a su lado. Echó un vistazo al pequeño hueco por el que tendría que salir y luego lo miró a él. Pareció recordar en ese momento con quién estaba hablando y se sonrojó intensamente.

Él rio bajito. Ella sonrió en medio de la vergüenza y agachó la cabeza.

—¿Cómo te llamas? —le preguntó Cas suavemente.

—Violet.

—Gracias, Violet.

Minutos después se detuvieron. Un guardia abrió la puerta y una ráfaga de viento fresco entró al vagón.

Daniela avanzó tambaleándose y cayó encima de algunas personas.

—¿Señor? —dijo con voz ronca acercándose al guerrero de la puerta—, voy a vomitar.

El guerrero dio un brinco hacia atrás cuando ella bajó torpemente del carro. Cayó al suelo y el ruido de sus arcadas sonó por todas partes. Otra joven se tiró al suelo e hizo lo mismo.

Cas se inclinó para ver por una rendija en la madera. Dos guardias bajaron de sus caballos y caminaron a la parte trasera del carro para ver qué ocurría. Por lo que podía ver, del lado izquierdo no había nadie.

—Necesitan agua —dijo un guerrero. Cas se asomó y vio a un grupo numeroso en pie frente a la puerta del carro. Los empleados frente a él se estiraron todo lo que pudieron para que nadie alcanzara a verlo en el rincón del fondo.

Le hizo un gesto con la cabeza a Violet y ella lentamente movió la mano, dejando que el tablón se separara. Lo acomodó con cuidado en el piso del carro.

La abertura era apenas suficientemente ancha. Primero pasó la pierna izquierda. Parecía preferible eso a arriesgarse a que se le atorara la cabeza. Luego pasó el otro pie.

Sus pies tocaron el suelo y rápidamente volteó hacia atrás. Los empleados se repartieron: unos lo miraban a él y otros no perdían de vista a los guerreros frente a la puerta. Ellos seguían poniendo atención a las mujeres, pero empezaron a voltear hacia el carro.

—Vengan, bajen de ahí —dijo un guerrero moviendo la mano con impaciencia.

Frente a él, un hombre hizo un ruido que parecía grito o chillido e hizo que todas las cabezas voltearan hacia él.

Última oportunidad. Cas apoyó las manos en la madera y arqueó la espalda mientras atravesaba el torso. Los pies se le resbalaron y la madera le raspó el vientre cuando comenzó a caer. Definitivamente, tenía algunas astillas en ciertas partes. Produjo un ruido sordo cuando cayó sentado.

Estaba fuera.

—¡Venga, todos afuera! —gritó impaciente un guerrero.

Cas se puso en cuclillas con toda cautela y rápidamente se movió para ocultarse tras la llanta delantera del carro. A unos pasos de él había un guerrero montado en un caballo, pero miraba al frente y no a Cas.

—¿Qué está pasando allá atrás? —gritó una voz adelante.

El guerrero que estaba cerca de Cas comenzó a virar.

Cas consiguió meterse rodando bajo el carro hasta quedar boca arriba justo en el centro, alejado de las ruedas. Se puso los brazos en el pecho y trató de contener la respiración.

—El calor les está provocando náuseas —respondió un guerrero.

Unas botas golpearon el suelo y llenaron de tierra el brazo derecho de Cas.

—Dales un poco de agua —dijo una voz de mujer.

Las botas desaparecieron. Cas levantó la cabeza y vio que se dirigían a la parte posterior del carro. Su lado izquierdo parecía despejado, pero era difícil saberlo desde allí abajo. Tendría que arriesgarse, debía salir antes de que empezaran a moverse otra vez.

Cas se movió un poco a la izquierda y poco a poco rodó hasta quedar boca abajo. Rápidamente se arrastró hacia adelante y asomó un poco la cabeza.

El caballo en primera fila no tenía jinete.

Cas miró el frente del carro. Alcanzaba a ver el costado de un guerrero y la espalda de otro. Si volteaban, estaba perdido. Bajó la cabeza y se asomó por el otro lado. Una fila de zapatos se alejaba de él caminando. Todos los empleados iban hacia el lado opuesto y, con suerte, los guerreros se quedarían con ellos.

Apoyado en los antebrazos avanzó hasta que la mitad de su cuerpo salió de debajo del carro. No se atrevía a levantarse, porque podrían ver el movimiento de reojo.

—¡Los hombres conmigo! —gritó un guerrero.

Cas se animó a ir un poco más rápido. Ya había salido por completo y estaba tendido boca abajo a mitad del camino. La hierba crecida frente a él no sería suficiente para esconderse si alguien observaba con atención, pero quizá si se quedara quieto, muy quieto...

Un gruñido lo hizo mirar por encima del hombro y vio a los dos guerreros más cercanos a él hablando de frente.

Se movió hacia la hierba hasta que sus pies quedaron fuera del camino, y luego avanzó un poco más. Puso las palmas de las manos en la tierra y acomodó el rostro sobre ellas. Estaba jadeando, pero intentó permanecer quieto.

—¡Todos adentro! —finalmente gritó un guerrero.

Los cascos de los caballos golpearon el suelo y supo que todos los guerreros habían vuelto a sus puestos. Si volteaban a ver ese bulto en la hierba, estaba muerto.

Cas contuvo la respiración mientras los caballos reanudaron la marcha.

—¿Qué es eso? —dijo una voz.

Cas enroscó los dedos de los pies dentro de sus botas, preparándose para salir corriendo. Quizá, si corría lo suficientemente rápido, no lo atraparían. Quizá podría encontrar un buen escondite.

—¿Es mi cuchillo? —dijo la voz, divertida, y alguien más rio—. ¡Consíguete tu propio cuchillo!

Cas agradeció en silencio mientras el ruido se alejaba. Se quedó inmóvil un largo rato, tal vez más de lo necesario. Finalmente levantó la cabeza, despacio, y parpadeó cuando el sol le inundó los ojos. Todos se habían ido. Una cálida brisa sopló entre la hierba y le hizo cosquillas en el rostro. Por un momento casi sintió ganas de reír, pero no lo hizo.

Se puso sobre sus manos y rodillas, y luego se levantó. Si los guerreros iban a evitar el río, entonces él tenía que ir justo hacia allá. Bordeando el río podría llegar muy cerca del Fuerte Victorra.

Retiró el cabello de su rostro y corrió hacia los árboles para ponerse a cubierto.

VEINTISIETE

Em caminaba detrás de Koldo e Iria por la selva. Habían pasado dos días desde que Aren los había encontrado, y se sentía mejor con su amigo a su lado. Desde que el día anterior él le había señalado que Koldo cojeaba un poco y tenía la pierna izquierda llena de sangre, Em no había dejado de observarlo, para estudiar cómo se movía, por si tenía que defenderse.

Todos estuvieron callados esa larga mañana. Llegó la tarde y Em no podía evitar pensar en Damian. Él era quien hablaba, al que Aren y Em tenían que pedirle que se callara y recordarle que estaban intentando ir en silencio para eludir a los cazadores. El peso de su ausencia se mezclaba con su miedo por lo que pudiera pasarle a Cas, y cada paso que daba era un tormento.

—¿Debería cargarte? —preguntó Aren con una ceja levantada cuando otra vez ella se quedó rezagada.

Apresuró el paso para alcanzarlo.

—Perdón. Extraño a Damian —no mencionó la segunda razón de su tristeza.

Aren pateó una piedra para quitarla del camino.

—Yo también.

—A veces me pregunto qué habría pasado si nos hubiéramos ocultado en vez de hacer todo esto —dijo y guardó silencio un momento para imaginarlo—. Si hubiéramos encontrado un lugar para estar a salvo y nos hubiéramos ido allá con algunas personas. Si me hubiera casado con Damian e intentado olvidar todo lo que ha pasado.

Aren rio y ella lo miró sorprendida. Él puso los ojos en blanco.

—Nunca te habrías casado con Damian, Em.

—No lo sé. Quizá sí, si todo se hubiera tranquilizado.

Aren sacudió la cabeza.

—Si hubieras querido casarte con él, no habría importado que nuestras vidas fueran una locura. Conseguiste encariñarte con Cas a pesar de las terribles circunstancias —dijo con una ceja arqueada. Ella apartó la vista. Aren tenía razón. Él no estaba ofendido por eso. Decepcionado sí, pero no esperaba ni deseaba nada —ella cruzó los brazos—. Y tú nunca serás de las que se esconden —añadió Aren—. Todos los demás querían ocultarse, y tú insististe en pelear. Te admiro por eso.

—No me admires —Em había adoptado y hecho suyas las tácticas del rey. Cuando intentó derrotarlo se convirtió en él, y eso parecía peor que cualquier cosa que jamás hubiera imaginado.

Aren golpeó con su hombro el de Em y dijo:

—Ya es demasiado tarde.

El estómago de Cas rugió de hambre, tenía la boca tan seca que no podía pensar más que en eso. Tierra adentro, el calor era casi insoportable. Se preguntó por qué había gente que vivía en la selva, pudiendo disfrutar la brisa del océano cerca de la costa.

Estaba completamente solo, y llevaba así un día entero, pero el ruido de la selva parecía demasiado presente. Nunca se había percatado de lo acostumbrado que estaba a los sonidos del castillo: el bullicio del personal yendo de un lado a otro, las voces discretas que resonaban en los pasillos, la manera como el viento suavemente agitaba su ventana. Había estado más cómodo incluso en el carro, rodeado de las voces que conocía de toda la vida.

Pero allí afuera, sin un alma cerca, el ruido era ensordecedor. Los grillos cantaban a un ritmo constante y frenético, y de vez en cuando croaba una rana. El ruido continuo sólo lo atemorizaba más por el hecho de estar completamente solo.

Se limpió la frente con el dorso del brazo y golpeó una hoja gigante para apartarla de su camino. Para esas horas ya debía estar cerca del río. Todavía no alcanzaba a oírlo, pero tras bajar del carro se había encaminado al oeste. Llegaría en cualquier momento, a menos que se hubiera desviado.

Siguió avanzando con dificultad. Los pies le dolían, pero no era nada comparado con la sed que sentía, y obligó a sus piernas a moverse más rápido, hasta que por fin escuchó el sonido del agua golpeando la orilla.

En cuanto pudo ver el río, aparecieron también las casas y se detuvo, sobresaltado, al descubrir que ahí vivía alguien. Sabía que mucha gente de Lera habitaba la selva, pero nunca lo había visto con sus propios ojos.

Justo en el río había unas casas construidas sobre balsas que flotaban en la orilla. Las casas un poco más lejos de la ribera estaban muy elevadas, sostenidas en unas piezas de madera más altas que él, para protegerse de las riadas. Los techos estaban hechos de palma tejida, y algunas casas carecían de muros. Tal vez no los necesitaban, pues tan tierra adentro nunca hacía frío y probablemente acogían con gusto las lluvias frecuentes.

Después de contemplar la corriente de agua miró las casas, reacio a alejarse de los árboles que lo protegían. De una de las casas construidas en balsas salió una mujer, vestida con ropa que debió haber llegado de alguna ciudad de Lera. La falda, rojo brillante, le llegaba a la rodilla, y llevaba una blusa blanca sin mangas. Era ropa vieja y desgastada que debía tener desde mucho tiempo atrás.

Otra mujer iba detrás de ella, ataviada con una falda hecha de hierba seca y tan sólo un retazo de tela cubriéndole el pecho. Ambas se alejaron de donde estaba Cas.

Detrás de él sonó un cuchicheo. Cas se quedó helado. Despacio miró por encima del hombro.

Una lanza le apuntaba en medio de los ojos.

Volteó con las manos en alto en señal de rendición. Había frente a él dos hombres. Uno era como de su edad y el otro, mucho mayor. El joven tenía una espada en la mano, pero había permitido que fuera el hombre de más edad quien apuntara la lanza a Cas.

—Sólo iba al río —explicó—, por agua.

El joven se le acercó, con movimientos tan silenciosos que quedó muy claro cómo habían conseguido pillarlo tan fácilmente. Llevaba unos pantalones arriba de las rodillas y una camisa gris manchada. El mayor vestía unos pantalones parecidos, pero sin camisa.

El hombre mayor le golpeó el pecho con la lanza y Cas tropezó hacia atrás, jadeando. Le había dado con fuerza apenas suficiente para cortarle la piel, y un punto rojo se dibujó sobre la insignia del castillo.

—Eres del castillo —dijo el hombre en tono acusador.

Cas recordó de pronto que los guerreros dijeron que informarían a la gente de la zona que había un precio por la cabeza del príncipe.

—Lo robé —mintió con voz vacilante—. La persona que la llevaba ya estaba muerta y se la quité. Los guerreros de Olso atacaron el castillo.

—¿Y los guerreros mataron a la gente del castillo? —el hombre mayor sonaba de pronto tan esperanzado que Cas tuvo que reprimir un acceso de furia. La imagen de la camisa blanca de su padre tiñéndose de rojo destelló en su memoria.

—A algunos —dijo en voz baja.

—Muy bien —dijo el hombre con un gesto de la cabeza, como si eso lo satisficiera.

—Puedes tomar un poco de agua —dijo el joven metiendo la espada en la funda—, y luego te irás.

Cas intentó mostrarse agradecido. El hombre mayor corrió al frente, esquivando piedras, hasta que llegó a la ribera. El otro caminó detrás de Cas, demasiado cerca, lo que resultaba un poco incómodo.

El hombre mayor caminó hacia un gran cubo de agua y tomó una taza que colgaba de un costado. La metió para llenarla y se la ofreció a Cas.

—Está limpia —le dijo.

Cas, antes de acercársela a la boca, la olió disimuladamente. Estaba limpia, aunque tenía un saborcito terroso y un dejo a pescado. La bebió de un trago y, cuando terminó, se secó la boca con la mano. El hombre volvió a llenar la taza y mientras Cas bebía, lo miró como si fuera un idiota.

—Deberías haberte quedado allá —le dijo el hombre.

—Olso tomó la ciudad —dijo Cas entregándole la taza—. Podrían venir aquí. Tengan cuidado.

El hombre rio.

—Los guerreros de Olso no tienen ningún problema con nosotros.

Cas se encogió de hombros.

—Gracias por el agua.

El hombre señaló en la dirección de donde Cas había venido.

—La Ciudad Real está hacia allá.

Cas no le dijo que no iba a la Ciudad Real. Mejor que pensaran que sí.

—Los otros no vienen hacia acá, ¿o sí? —preguntó el joven.

—¿Cuáles otros? —preguntó Cas.

—He visto a otros. Todos van al sur —dijo señalando hacia la selva, pero Cas no vio nada.

A lo mejor había visto a las tropas de Lera dirigirse a las Montañas del Sur. Cas sintió un arrebato de esperanza. Si los encontraba, estaría a salvo. Tendría un caballo, una espada y un ejército para recobrar el castillo.

—Estoy seguro de que los dejarán en paz —dijo, aunque no tenía idea. Les volvió a dar las gracias y se dio la vuelta para marcharse. Había una niña parada frente a él. Cas se detuvo en seco y le sonrió. Ella se metió los pulgares a las orejas, le sacó la lengua y le hizo una mueca. Luego pegó una carrera riendo encantada, como si hubiera esperado toda la vida para hacer eso.

Cas echó un vistazo por encima del hombro cuando emprendió nuevamente la marcha. Los hombres lo siguieron con la mirada y con los labios apretados. Él aceleró el paso, mientras intentaba convencerse a sí mismo que era porque esperaba encontrar a los soldados de Lera, no porque tuviera miedo de dos extraños.

Empezó a buscar rastros de caballos o cualquier cosa que indicara que alguien había ido en esa dirección. Encontró una que otra huella, aunque podían ser de las personas con las que acababa de encontrarse. Sin embargo, las huellas parecían dirigirse al sur, así que las siguió.

Detrás de él, unos crujidos casi lo hicieron voltear, pero se contuvo justo a tiempo. Cautelosamente dio un paso adelante, intentando no tensar los hombros. Si alguien estaba vigilándolo, no quería que supiera que era consciente de su presencia.

Empujó una rama frente a su rostro y aprovechó la oportunidad para echar un vistazo por encima del hombro.

Algo lo golpeó y cayó al suelo.

El joven lo tomó de la camisa y lo levantó de un movimiento.

El hombre mayor estaba frente a él, con la lanza apuntando a su cuello. La movió un poco hacia atrás, listo para clavársela.

Cas usó el brazo que lo sostenía como sostén para levantar las piernas, y le dio una patada en el pecho al hombre, que dio un traspié, se tropezó con una enredadera y se desplomó.

El brazo que rodeaba a Cas se aflojó cuando volvió a poner los pies en el suelo. Cas levantó el codo y se lo enterró en el costado al joven, que lanzó un gruñido, y Cas se liberó con un giro.

El hombre mayor se abalanzó contra él, y Cas se apartó del camino. El hombre balanceó la lanza violentamente. Cas se agachó, luego volvió a saltar y, cuando la lanza se acercó de nuevo, sostuvo el mango de madera y se la arrebató.

Dio un paso atrás para alejarse de las manos del hombre, que las movía como aspas de molino, y le hundió al hombre la punta afilada de la lanza en la garganta. Mientras caía éste dejó escapar un grito ahogado. De su pecho desnudo manaba sangre.

El joven había desaparecido y Cas dio vueltas, escrutando frenéticamente la zona. Estaba en pie sobre un árbol caído, exactamente detrás de Cas, con la espada desenvainada. Brincó antes de que Cas pudiera reaccionar.

Cas se movió tan pronto pudo, pero la cuchilla alcanzó a cortarle el hombro lastimado. Se tropezó y sintió la sangre escurrir por su brazo.

El joven lo tomó de la cabellera y Cas intentó liberarse, dando gritos de dolor. Cayó de rodillas. El joven se paró frente a él. Cuando Cas sintió el metal de la espada contra su piel, cerró los ojos con fuerza.

VEINTIOCHO

Dos guerreros y cuatro caballos esperaban cerca de la ribera. Iria y Koldo saludaron a los dos hombres, pero Em se quedó detrás con Aren, inspeccionando sus armas y suministros. Los dos nuevos guerreros se veían limpios y frescos al lado de los cuatro viajeros: sus chaquetas rojo con blanco estaban pulcras y sus rostros no lucían demacrados y exhaustos. Los dos llevaban espadas, y tal vez uno o dos cuchillos ocultos por ahí.

—Ésta debe de ser la famosa Emelina Flores —dijo un guerrero con bigote mientras se acercaba a ella—. Yo soy Miguel.

—Em —se presentó, e inclinando la cabeza hacia su amigo agregó—: Aren.

—Es un placer conocerlos —dijo, y con una seña al otro guerrero—: Él es Francisco. Me alegra haberlos encontrado. Empezábamos a pensar que no vendrían.

—Hemos tenido que viajar a pie —dijo Iria.

—¿Vienen del castillo? —preguntó Em apresuradamente—. ¿Qué pasó?

Miguel y Francisco desplegaron amplias sonrisas.

—El castillo es nuestro. El rey ha muerto.

Em sintió alivio y pavor al mismo tiempo.

—El resto de la familia real desapareció —continuó Miguel, y ella estuvo a punto de desplomarse, aliviada—. Suponemos que se dirigen al Fuerte Victorra, así que nos ocuparemos de eso cuando lleguemos. Hemos informado a algunos habitantes de por aquí que hay una recompensa considerable por matar a cualquier miembro de la familia real.

Iria dirigió una mirada fugaz a Em antes de sonreírles a los guerreros.

—Maravilloso. ¿Seguimos adelante entonces? Aren y Em, tendrán que compartir un caballo.

Los resoplidos de un hombre resonaron entre los árboles. Em giró en busca de su origen.

Alcanzó a escuchar crujidos de hojas y jadeos, seguidos de un grito. Tal vez una pelea. Todos se quedaron quietos. Ella empuñó la espada.

Un destello azul cruzó frente a sus ojos y desapareció. Ella se hizo a un lado y se estiró para ver entre los árboles.

Se le fue el alma al suelo.

Era Cas, de rodillas, con una espada contra el cuello. Un hombre armado y con expresión decidida se preparaba para cortarle el cuello.

Comenzó a moverse antes de darse cuenta de que iba hacia él, sin hacer caso de los gritos a sus espaldas.

De repente ya no vio a Cas, y por un terrible instante pensó que el hombre había conseguido matarlo, pero Cas se alejó de la cuchilla y se levantó de un brinco a una velocidad que Em nunca había visto. Y ella que creía que cuando pelearon con espadas él había dado todo de sí.

Em saltó sobre una vid, con los dedos sudorosos en la empuñadura de su espada. Cas arrojó su cuerpo contra el hombre y ambos cayeron.

Cas se puso en pie. Tenía la espada en las manos. Em, a unos pasos de él, se detuvo tras un resbalón, justo a tiempo para ver cómo Cas hundía la espada en el pecho del hombre.

Cas se dio la vuelta, con la espada llena de sangre aún suspendida en lo alto frente a él. Sus miradas se encontraron. Estaba sucio, con los pantalones manchados de algo oscuro, probablemente sangre. Llevaba una camisa azul del personal del castillo abotonada a la mitad y llena de mugre. Tenía unas grandes ojeras oscuras. Había envejecido no tres días sino tres años.

Se le crispó el rostro, y Em pudo sentir cuánto la odiaba. La odiaba con todo su ser, la odiaba con una intensidad para ella desconocida.

La embistió, y Em levantó la espada justo a tiempo para bloquear el ataque. El ruido de sus espadas resonó en todo el bosque. A Em el corazón le empezó a latir tan fuerte que sintió náuseas.

—Cas… —dijo Em, tragándose las palabras cuando él cargó contra ella.

Cas le hizo un corte en el cuello con la cuchilla y Em retrocedió.

Él la siguió, blandiendo la espada peligrosamente cerca de su pecho. Ella la bloqueó y levantó su espada para protegerse del siguiente ataque.

Cas le lanzó una patada a la rodilla. A Em se le doblaron las piernas y se desplomó, pero sin dejar de empuñar firmemente la espada. Apenas logró levantarse.

Cas tenía la espada apuntándole al cuello.

Em tomó aire. Cas estaba jadeando, con la expresión crispada y furiosa. No sólo estaba enojado: iba a matarla.

261

Ella pensó en disculparse, pero no estaba segura de querer que ésas fueran sus últimas palabras.

La cuchilla frente a ella tembló ligeramente, y Em levantó la mirada hacia Cas. Él apretó los labios. Una tristísima expresión de derrota le surcó el semblante.

Empezó a bajar la espada.

El cuerpo de Em se desplomó aliviado. Ella abrió la boca, buscando desesperadamente qué decir para que él no cambiara de opinión y la matara de inmediato.

—Yo...

Sus palabras acabaron en un grito ahogado cuando una flecha pasó zumbando frente a ella. Cas tropezó cuando se le hundió en la carne.

VEINTINUEVE

Cas cayó. Tenía la flecha clavada en el hombro izquierdo. Em, desesperada, se acercó a él a rastras.

—Fallaste —dijo Iria a sus espaldas.

—Dile a Em que se quite de en medio y me aseguraré de que la siguiente encuentre su corazón —respondió Miguel.

Em retiró la flecha antes de que Cas pudiera objetar. Apretó los labios para amortiguar el grito. Parecía desear haberla matado.

—A un lado, Emelina —dijo Miguel.

Em miró a Cas a los ojos. Su padre merecía morir y Lera merecía arder en llamas, pero Cas no merecía nada de eso.

—No —dijo Em, con una voz más firme de lo que ella se sentía. Unas botas se detuvieron junto a ella y Aren la miró con el ceño fruncido.

—Si vas a matarlo tú, ¿no te importaría darte prisa? —pidió Miguel—. Ya sé que tu madre era aficionada a las torturas prolongadas, pero nosotros no tenemos tiempo…

—Nadie va a matarlo —dijo.

Una parte del enojo de Cas se mezcló con desconcierto.

—Em… —la voz de Iria se fue apagando y miró a Miguel.

—Tenemos que hacerlo —dijo Miguel—. El rey Lucio giró órdenes de matar a la familia real.

—Yo no recibo órdenes del rey Lucio, y yo digo que él vivirá —y volteando a ver a Aren pidió—: Ayúdame a llevarlo al río. Probablemente esa flecha estaba sucia. Vamos a hervir agua y a limpiar esa herida.

—¿Vamos a qué? —Miguel soltó una risa de incredulidad.

—No hace falta que me ayuden —dijo Cas bruscamente, sentándose y apoyando la mano en su hombro sangrante—. Puedo caminar.

—Qué bien —dijo Miguel—. Puede caminar. Vamos por unos buenos pescados para prepararle una deliciosa comida, ¿por qué no?

Cas vio su espada, que no estaba a su alcance, y Aren rápidamente la levantó. Se arrodilló junto a Em y dijo en voz muy baja para que Cas no oyera:

—Intentó matarte, Em.

—No iba a hacerlo. Estaba bajando la espada.

—Desde donde yo estaba, parecía que iba a matarte.

Em miró de reojo a los cuatro guerreros que hablaban entre ellos formando un corrillo. Miguel seguía moviendo los brazos de un lado a otro, irritado.

—Ven —dijo Em poniéndose en pie de un brinco y extendiendo la mano a Cas—. Tienes que lavar esa herida.

Él se quedó viendo la mano de Em y se esforzó por levantarse sin su ayuda. Estuvo a punto de caer. Pestañeó. Evidentemente estaba un poco mareado por la pérdida de sangre.

—¿Por qué? Mejor mátame y terminemos de una vez con esto —dijo Cas con una risa ahogada.

—Nadie va a matarte —dijo Em y le hizo una seña para que caminara frente a ella, pues no estaba segura de que no fuera a salir corriendo. Con esa herida y sin espada, no había manera de que sobreviviera en plena selva.

Cas caminó hacia el río y echó un rápido vistazo a los guerreros. Todos lo siguieron con la mirada y Em vigiló muy de cerca el arco y la flecha de Miguel. Había cuatro guerreros, y sólo Aren y ella. No pensaba que pudiera contar a Cas como parte de su equipo, aunque no estuviera herido. Al menos tenía a Aren. Eso mejoraba sus posibilidades.

—Diles que lo quieres para hacer un intercambio —le susurró Aren a Em.

Lo volteó a ver rápidamente.

—¿Qué?

—Diles que lo quieres vivo para poder intercambiarlo por Olivia. El Fuerte Victorra estará muy protegido por soldados de Lera para cuando lleguemos allá. Diles que tienes dudas de que los guerreros consigan tomar la zona. Él es tu plan de refuerzo.

—Es buena idea. Puede ser que lo crean.

—Que conste que yo creo que deberías matarlo —dijo Aren—, pero si no puedes, confío en tu decisión.

—Gracias —le dijo cuando llegaron al río. Cas se quedó cerca del agua. Le temblaba un músculo de la mandíbula. Los miró con suspicacia. Evidentemente, se preguntaba qué estarían cuchicheando.

—¿Cómo pretendes que hirvamos el agua aquí? —preguntó.

Aren resopló.

—Qué tristeza. El príncipe Casimir ni siquiera sabe cómo encender una fogata. La vida es un poco dura sin las doncellas de papi y mami, ¿no es así?

Cas se sonrojó, pero sus ojos destellaban furia. Em carraspeó.

—Aren, ¿te importaría juntar algunas ramas y astillas? —le pidió, y señaló a Cas—: Tú, siéntate.

Cas permaneció inmóvil varios segundos, como si no estuviera seguro de querer obedecer, pero luego se dejó caer al suelo y retiró el cabello de su rostro con un soplido. Los guerreros no se habían movido y seguían hablando con las cabezas inclinadas. Em se arrodilló frente a Cas sin perderlos de vista.

—¿Qué estás haciendo? —dijo él pronunciando bruscamente cada palabra, como si le doliera hablar con ella—. ¿Por qué me ayudas?

—Parece que lo necesitas —ella sabía a qué se refería él, pero no creía tener palabras para explicarle por qué lo ayudaba. *Porque te quiero* habría sonado demasiado patético en ese momento ante la expresión furiosa que él mostraba.

—¿Dónde están tus guardias? —le preguntó—. ¿Por qué estás solo?

—Imagino que casi todos mis guardias están muertos, gracias a ti.

—Y casi toda la gente a la que he querido en la vida está muerta, gracias a ti —dijo Aren soltando la carga de ramas que llevaba en los brazos.

—Aren —le dijo Em en voz baja con tono de advertencia.

Él se retiró pisando fuerte. Em le pasó su cantimplora a Cas.

—Bebe un poco.

Él se la arrebató y dio unos tragos.

Miguel se alejó del grupo de guerreros y cruzó los brazos.

—¿Por qué le das agua? ¿Qué pretendes hacer con él?

—Vendrá con nosotros —dijo Em—. Como nuestro prisionero. Cuando lleguemos a las Montañas del Sur lo intercambiaremos por Olivia.

Cas rio. Fue un sonido hueco, casi maniaco.

—Tu prisionero. Maravilloso. Es encantador conocer a tu verdadero yo, Emelina. Eres tal como mi padre te describió.

Em se esforzó por mantener una expresión neutra e ignorarlo.

—Intercámbialo y Lera tendrá de vuelta a su rey —dijo Miguel.

—No. Tendrán un nuevo rey. Uno sin poder, pues supongo que para entonces Olso dominará la región.

Miguel frunció el ceño.

—No voy a dejar que mates a mi principal moneda de cambio. Cuando hicimos este trato dejé claro que mi meta más importante era recuperar a Olivia. Cuando la tenga, podrán seguir cazando a la familia real, si así lo desean —*después de que Cas haya tenido tiempo de alejarse de ustedes,* agregó en silencio.

—¿Y si intenta matarte otra vez? —preguntó Miguel.

—Supongo que entonces moriré.

Miguel tomó el arco y la flecha que llevaba en la espalda y le apuntó a Em con la flecha.

—Es suficiente. Koldo, Iria, agárrenla antes de que el otro vuelva. Llévensela de aquí.

Koldo se le acercó a grandes pasos. Em se puso en pie como pudo y tomó su espada.

Iria dio un salto adelante y jaló a Koldo de la chaqueta.

—Espera, espera —se movía entre Em y Miguel, extendiendo los brazos en ambas direcciones—. Vamos a tranquilizarnos.

Koldo se detuvo y miró preocupado a Miguel y luego a Iria. Miguel no bajaba la flecha.

—Ella no es nuestra prisionera —dijo Iria—. Tenemos dominada la capital de Lera gracias a ella. Todo esto es gracias a ella.

—¡No me digas! —murmuró Cas.

Iria lo ignoró.

—Si ella quiere tomar prisionero a Cas, es su decisión. Se ha ganado por lo menos eso.

—Yo no recibo órdenes de los ruinos —dijo Miguel entre dientes.

—Y ellos no reciben órdenes tuyas —dijo Iria.

—Yo ciertamente no —dijo Aren saliendo del bosque y soltando otra carga de ramas para la fogata.

Miguel giró para encararlo. Seguía listo para disparar la flecha.

De repente las piernas de Miguel se elevaron y la flecha voló hacia el cielo cuando su cadera golpeó el suelo. Aren se adelantó y pateó el arco para que quedara fuera de su alcance. Luego tomó al guerrero del cuello de la camisa y se agachó para que sus rostros quedaran a la misma altura.

—Vuelve a apuntarme con esa cosa y partiré a la mitad cada una de tus costillas y luego te las sacaré por el ombligo.

Miguel tragó saliva. Aren lo apartó de un empujón y se irguió. Tomó el arco y se lo entregó a Iria. Al verla se apaciguó su enfado.

—Tal vez debas guardar eso.

Ella asintió y lo tomó. Aren se dio la vuelta, caminó frente a Miguel y empezó a acomodar las ramas para la fogata.

—Gracias —le dijo Em a Iria en voz baja.

A Iria se le dibujó media sonrisa.

—De nada —le dijo, y mirando a Cas, agregó—: Tú decides. Pero si te mata, esos tipos no dejarán de recriminármelo.

—Intentaré evitarlo.

—Muy bien —dijo Iria y se alejó. Luego miró a Em con una sonrisa y añadió—: Si murieras me pondría un poco triste.

—¿Sólo un poco?

Iria hizo un gesto con el pulgar y el índice, dejando un pequeño espacio entre ellos.

—Poquito.

Em rio y se volteó de nuevo hacia Cas. La risa se le atoró en la garganta en cuanto vio su expresión de enojo.

—Gracias por no matarme hace rato —dijo en voz muy baja, para que sólo él oyera—. Y por favor, entiende que si yo muero, nadie dudará en matarte. Estoy de tu lado.

Cas torció la boca y se acercó a ella.

—Nunca has estado de mi lado. Eres una mentirosa y una asesina. Tal vez mi padre tenía razón en exterminarlos, en matar a todos y cada uno de ustedes.

Em se puso en pie y llevó las manos a la espalda para ocultar que estaba temblando:

—¿Tenía razón en matar a mi madre y en masacrar a casi todos los que vivían en el castillo? ¿Incluso al personal? ¿A los niños? —dijo y ladeó la cabeza—. Al menos estaría orgulloso de ver que tú eres igual que él.

Em se alejó de Cas. Iba parpadeando para intentar contener las lágrimas.

TREINTA

Cas marchaba pesadamente detrás de los caballos con las manos atadas al frente. El hombro le ardía, pero mantenía una expresión neutra y caminaba en silencio.

Emelina iba junto a él. Aren y los tres guerreros iban montados a caballo, mientras que Iria caminaba a su lado. Se mantenía vigilando a Cas y Emelina.

Cas miró disimuladamente a Emelina. Llevaba el mismo vestido que la última vez que la había visto, pero ahora estaba cubierto de tierra y mugre y desgarrado en algunas partes. Llevaba el cabello oscuro recogido, y su expresión era adusta. Le había lavado la herida y le había untado un poco de raíz de berol sin decir palabra. Desde que emprendieron la marcha hizo como si él no estuviera allí.

La culpa lo consumía, y la odiaba todavía más por hacerlo sentirse así. Las palabras habían salido de su boca sin que él se detuviera a pensarlas: *Tal vez mi padre tenía razón en exterminar-los, en matar a todos y cada uno de ustedes.* Y Cas no podía dejar de repetirlas en su cabeza.

No lo había dicho en serio. Sabía, con absoluta certeza, que su padre se había equivocado en matar a los ruinos sin motivo. Los había matado por miedo, y por eso había muerto.

Aunque Cas odiara a Emelina con todo su ser, no culpaba a todos los ruinos de sus acciones.

—¿Qué pasó con la verdadera Mary, Emelina? —rompió el silencio.

—La maté cuando iba camino de Lera.

—La mataste así nada más, sin que mediara provocación.

—Ella mató a mi padre y empaló su cabeza para que yo la encontrara. Diría que eso fue una provocación.

Cas tragó saliva, decidido a no sentir lástima por ella. Pero tampoco sentía mucha lástima de no haber tenido oportunidad de conocer a la verdadera Mary.

—Y soy Em —dijo en voz más baja—. Casi todos me dicen Em.

A Cas lo asaltó un súbito recuerdo *(Me educaron en el castillo con Em y Olivia)* e inhaló profundamente.

—Conocías a Damian.

—Sí. Era mi amigo.

—Y dejé que abogaras por su liberación. Qué estúpido soy.

—No eres estúpido. Fuiste justo con él. No sabes lo que eso significó para mí.

No sabía cómo responder a eso. Podría haberle dicho que volvería a hacerlo porque los ruinos no merecían morir sólo por tener poderes mágicos, pero no estaba de humor para ser amable con ella. Mantuvo la boca cerrada.

—¿Tienes que caminar tan cerca de él? —le gritó Iria por encima del hombro—. Me pone nerviosa.

—No me hará daño —gritó Em, y Cas sintió que lo invadía el enojo por el hecho de que ella no lo considerara una amenaza.

Tal vez porque había desperdiciado la oportunidad de matarla. Seguía viendo claramente su rostro mientras le apuntaba con la espada en la cabeza. Su espada había estado en el lugar correcto, pero el terror de matarla le había provocado náuseas. Todavía se sentía enfermo cuando miraba el rasguño que le había dejado en el cuello.

Tendría que haber podido matarla. Tendría que haberlo disfrutado. Ella no sólo lo había traicionado: lo había hecho encariñarse tanto con ella que ni siquiera podía odiarla como debía. Y ahora era un rehén herido y a su merced.

—Cas, quiero disculparme por... —empezó Em.

—No te disculpes conmigo —dijo él bruscamente—. No estás arrepentida. Manipulas a la gente. Dices y haces lo que crees que quieren, y cuando te das la vuelta lo usas en su contra. Tu disculpa no significa nada para mí.

—¡Pues voy a disculparme de cualquier forma! —gritó, y todos los miraron.

Él hizo un gesto de fastidio.

—Lamento mucho si pongo en duda la sinceridad de una disculpa que me gritan en la cara.

—Traté de ser amable, pero eso sólo pareció enojarte más.

—¿Cuándo trataste de ser amable? ¿En algún momento entre que me tomaste de rehén y me gritaste?

—Te salvé la vida.

—Tu idea de *amabilidad* deja mucho qué desear —bufó.

—Yo no...

—¿Se pueden callar ustedes dos? —interrumpió Iria—. Toda la selva puede oírlos.

Em guardó silencio y le lanzó a Cas una mirada furibunda.

—No acepto las disculpas —sentenció él en un susurro.

Ella respiró hondo, como si estuviera preparándose para darle su merecido, pero su cuerpo se desanimó y los últimos rastros de enojo abandonaron su rostro. Se encogió de hombros.

—Entiendo. Aún así, lo siento, Cas.

Él no quería que ella entendiera. No quería que se mostrara arrepentida. Quería que se mostrara altiva, sin vergüenza. Quería que se riera en su cara y le dijera que era un estúpido. Quería gritarle, sacudirla y decirle que nunca la perdonaría. Pero el eco de sus últimas palabras, *Lo siento, Cas,* se prolongó en el aire, y no consiguió articular palabras.

—¿Le atamos las piernas?

Em volteó al oír la voz de Iria y sacudió la cabeza.

—No, creo que así está bien.

Cas miró a Iria. Se habían detenido poco después de la puesta de sol, y él se había desplomado junto a un árbol sin decir palabra. Em sospechaba que estaba demasiado cansado para correr.

Em se sentó en el suelo cerca de él y vio cómo Miguel se agachaba a susurrarle algo a Francisco. Estaba oscuro, pero la luna proyectaba un brillo en sus rostros, y los dos parecían esquivarla deliberadamente.

Koldo se detuvo frente a ella y le ofreció carne seca. Tomó dos trozos y le acercó uno a Cas.

—Gracias, Koldo —le dijo sonriéndole.

—Nada que agradecer —farfulló él sin verla a los ojos. Le aparecieron unas manchas rosadas en las mejillas.

Em arrancó un pedazo de carne con los dientes y vio a Koldo darle un trozo a Iria. Ninguno de los hombres había hablado con ella desde que defendió a Em, pero Koldo se veía a todas luces incómodo tan sólo por estar cerca. Iria estiró las piernas, aparentemente ajena a todo eso.

—Voy a ver si encuentro algo de fruta —dijo Aren.

—No —respondió rápidamente Em y se puso en pie de un salto—. Voy yo. ¿Tú puedes quedarte aquí a vigilarlo? —dijo señalando a Cas.

Aren inclinó la cabeza, como si supiera que algo no estaba bien. Ella le tocó el brazo al pasar.

—Están planeando algo —susurró—. Me quedaré cerca, pero quiero que piensen que te dejé solo con Cas.

Aren asintió levemente con la cabeza y Em le quitó la mano del brazo. Caminó hacia la espesura de los árboles haciendo ruido con las pisadas al entrar a la zona oscura. Luego se detuvo y en silencio volvió sobre sus pasos.

Pasó agachada bajo una enredadera y se acuclilló detrás de un arbusto. Francisco, Koldo e Iria estaban exactamente donde los había dejado. Pero Miguel ya no estaba ahí.

Lentamente sacó la espada del cinto y echó un rápido vistazo alrededor.

Un grillo pasó brincando frente a ella y lo vio mientras desaparecía en la oscuridad. Crujidos y chirridos resonaban en la jungla y dificultaban escuchar si había alguien cerca.

Esperó varios minutos, casi sin respirar. Finalmente Miguel surgió de entre los árboles detrás de Aren y se le acercó despacio y en silencio. Llevaba en las manos un trozo de tela, quizá para vendarle los ojos. Si lo vendaban, no podría usar su magia ruina, y Cas y ella estarían perdidos.

Francisco se había movido frente a Iria y estaba en pie frente a ella para que no pudiera ver a Aren. Em siguió observando. Miguel se acercó más a Aren.

—¡Aren, detrás de ti! —le gritó.

Aren se puso en pie y dio la vuelta. El brazo de Miguel se movió arriba de golpe y la venda cayó al suelo revoloteando. El brazo se torció hacia atrás con un horrible crujido.

Cuando Em salió de entre los arbustos, el grito de Miguel resonaba entre los árboles. Cas se incorporó con dificultad. Las muñecas atadas le hacían perder el equilibrio y tropezar. Francisco corrió hacia él con la espada desenvainada. Cas brincó a un lado justo a tiempo.

Francisco volvió a levantar la espada y Em se agachó para quedar abajo de ella, entre Cas y él. La espada del guerrero encontró la suya y ella rápidamente bloqueó la siguiente embestida.

Los gritos de Miguel hicieron que Francisco desviara la mirada por medio segundo, y Em arremetió contra él. Le clavó la espada en un costado con la intención de herirlo. Si alguna vez quería hacer las paces con los guerreros, más le valía no matarlos.

Jaló a Cas de las cuerdas con que tenía atadas las muñecas y las cortó.

—¡Aren! ¡Espada! —gritó alargando la mano.

Él se giró, dándole la espalda a Miguel, y le arrojó a Em la espada que le habían robado a Cas. Em la atrapó al vuelo y se la tendió bruscamente a Cas.

—Los caballos —dijo, ladeando la cabeza en su dirección.

Cas abrió mucho los ojos al ver algo detrás de Em. La jaló de los hombros con tanta fuerza que la tumbó. Cas se echó hacia atrás mientras la espada de Koldo pasaba encima de la cabeza de Em.

Em pateó a Koldo en la rodilla y el guerrero se derrumbó con un aullido.

—¡Corre! —le gritó a Cas.

Él pasó corriendo junto a Iria, que se mantenía a unos pasos, contemplando la escena con la boca abierta.

Koldo se arrastró por la tierra y alcanzó el tobillo de Em. Súbitamente le crujió la muñeca y golpeó con la parte superior del dorso de su mano. Aulló, sosteniendo su brazo contra el vientre. Aren, desplomado en un árbol, respiraba agitadamente.

Em corrió hacia Cas, pero en ese momento un cuerpo se estrelló contra el suyo y tuvo una fuerte caída. Dos manos la tenían inmovilizada.

—Golpéame —le dijo Iria al oído—. Haz que parezca real.

Iria la soltó un poco y Em se logró zafar. Se levantó de un salto, dio unos giros y le dio un puñetazo a Iria en la mandíbula. La guerrera cayó al suelo con un gruñido.

Em hizo un gesto de dolor y miró a Iria con expresión arrepentida antes de volver con Cas, que ya había liberado al segundo caballo. Koldo se lanzó hacia ellos y Em salió corriendo y tomó las riendas. Cas corrió por el tercer caballo pero Em sacudió la cabeza y le gritó:

—¡Déjalo!

Cas montó un caballo y Em el otro. Luego le dio una patada a Koldo en pleno rostro cuando él la jaló para tirarla. Se tropezó y cayó mientras Em se alejaba en su montura.

Aren seguía junto al árbol y alargó la mano cuando vio a Em galopando en su dirección. Lo sostuvo del brazo y lo trepó al caballo. Su cuerpo estaba sin fuerzas, exhausto por haber usado su magia, y en cuanto estuvo sobre el caballo se desplomó sobre la espalda de Em. Ella le dio un golpe al caballo en el costado y salieron a todo galope, dejando a los guerreros en el polvo.

TREINTA Y UNO

Cas fácilmente podría haber dejado atrás a Em y a Aren al alejarse de los guerreros, y pensó en hacerlo mientras observaba la selva oscura. El caballo de Em llevaba a dos personas, lo que lo hacía mucho más lento que el suyo.

Em desmontó de su caballo y dejó solo a Aren, encorvado sobre la silla. Parecía como si estuviera dormido. Em caminó hacia Cas y le ofreció la cantimplora. Él bebió un pequeño sorbo y se la devolvió.

Cas no tenía cantimplora. Tampoco tenía idea de adónde iban en medio de esa oscuridad. Cuando saliera el sol podría resolver hacia dónde estaba el sur, pero tras su captura había dejado de saber cuál era su ubicación. En ese momento por lo menos tenía una espada, pero ¿qué posibilidades tenía si se quedaba solo? Se encontraría con Iria y los demás guerreros. Estaría muerto.

Miró a Em con los ojos entrecerrados mientras ella volvía a tapar la cantimplora. ¿Todo esto era parte del plan? ¿Estaba haciendo como que lo salvaba para poder seguir usándolo? ¿En verdad quería tomarlo prisionero e intercambiarlo por Olivia?

De pronto la oscura selva pareció mejor idea que quedarse con ella. Debía estar al menos a mitad de camino a las Montañas del Sur. Podría hacer el resto del viaje solo.

—No te lo reprocharé si decides marcharte —dijo Em dando vuelta para regresar a su caballo—. Deberemos llegar a Ciudad Gallego como a media mañana. Si quieres seguir con nosotros hasta allí, te prometo que estarás a salvo.

Ciudad Gallego significaba soldados de Lera. Significaba descubrir si su madre y Jovita estaban vivas, y tener un guardia que lo protegiera. Ni siquiera se había percatado de que estaban cerca de Gallego.

—Iré con ustedes —dijo, y estuvo a punto de agregar la palabra gracias, pero se le extinguió en la garganta.

Em asintió con la cabeza. Fue la última vez que lo miró esa noche. Montaron en silencio, Aren y ella al frente, y se descubrió a sí mismo hundiéndose en los frenéticos sonidos de la selva, deseando que uno de los dos hablara. Ahora que estaba temporalmente fuera de peligro, sentía como si el peso de los últimos días pudiera aplastarlo. Las imágenes de sus últimos momentos en el castillo se reproducían una y otra vez en su cabeza, hasta que tanta opresión en el pecho le hizo pensar que nunca más podría respirar tranquilamente.

Cuando por fin empezó a salir el sol, casi lloró de felicidad. Su cuerpo estaba agarrotado y adolorido tras la noche a lomos de un caballo, pero se irguió para no perderse las hojas verde brillante a su alrededor y el pájaro colorido posado en un árbol cercano.

Por lo visto, Aren había recuperado sus fuerzas, pues desmontó del caballo y comenzó a caminar al lado de Em. Ella volteó para ver a Cas.

—Estamos cerca —le dijo.

Él estiró el cuello.

—¿Cómo lo sabes? —preguntó. La curiosidad fue mayor que su deseo de no parecer estúpido.

—Es una zona por la que se viaja mucho.

Miró a su alrededor desconcertado. Era exactamente la misma selva en la que había estado los últimos tres días.

—¿Qué te hace pensar eso?

—Huellas, ramas quebradas, hojas aplastadas, basura. Cuando todos los días de tu vida alguien te sigue el rastro, aprendes a buscar señales de otras personas.

Él la miró fijamente, negándose a mostrar una pizca de compasión. Por su culpa, ahora era a él a quien estaban cazando. Emelina no merecía compasión.

Ella se volteó, y Cas ignoró la mirada fulminante de Aren. Después de ver de lo que era capaz, pensó que más valía dejarlo en paz.

Siguieron varios minutos más, hasta que Em detuvo a su caballo y desmontó. Cas hizo lo mismo y sacudió las adoloridas piernas en cuanto sus pies tocaron el suelo.

—Existe la posibilidad de que los guerreros hayan tomado la ciudad —dijo Em—. Para asegurarnos, es mejor que vayamos a pie. No queremos ser detectados.

—¿*Queremos?* —exclamó Aren—. No, él puede ir solo.

—Yo quiero saber si la ciudad sigue bajo el dominio de Lera —respondió Em—. ¿Te quedas aquí con los caballos?

Aren miró a Cas, luego a Em y luego a Cas de nuevo, y le apuntó con el dedo.

—Si la lastimas, te romperé todos los huesos.

A Cas le cosquilleaban los dedos de ansias por tomar la espada, aunque sabía que no serviría de nada contra un ruino tan poderoso como Aren. Se cruzó de brazos.

—Va a estar bien —le dijo entre dientes.

—Ya, ven —le dijo Em a Cas con un gesto para que la siguiera.

Caminaron hasta que los indicios de gente fueron tan claros que incluso Cas los detectaba. Los árboles eran más delgados, y lo que evidentemente era un sendero de tierra sin hojas ni detritos serpenteaba desde la selva. Sólo había visitado una vez la ciudad nombrada en honor de sus ancestros, unos años antes, y le avergonzaba reconocer que ni siquiera recordaba qué camino habían tomado sus padres y él para llegar. Habían ido en carruaje en lugar de tomar un bote en la ribera, pero no había prestado atención al sendero que los guardias habían hecho para ellos.

Em mantenía la mano cerca de la espada, aunque no parecía consciente de ello. La dejó ahí mientras caminaban, lista para sacar el arma de un momento a otro. Él intentó hacer lo mismo, pero se percató que su mente divagaba y se pasaba la mano por el cabello o cruzaba los brazos. Si alguien se les aparecía, Em de inmediato tendría lista la espada, mientras que él se entretendría tratando de sacarla.

Ella se movía con soltura por la selva, incluso con su vestido. Las pisadas de sus botas casi no hacían ruido, y Cas observó que esquivaba ramitas y hojas que él no habría dudado en pisar. Siguió su ejemplo y pisó encima de las huellas de ella, más pequeñas.

—¿Todo esto fue por Olivia? —preguntó Cas de pronto. Las palabras salieron disparadas de su boca como si se negaran a quedar contenidas un instante más.

—Sí —dijo ella sin voltear—. Y un poco por venganza, para ser honesta.

—¿Y si hubieras muerto en el castillo? ¿Y si no hubieras escapado a tiempo? Debías saber que eso era una posibilidad.

Em lo miró.

—Era más que una posibilidad. Por eso estaba Aren allí. Nuestra esperanza era que uno de nosotros consiguiera salir. Dada la fuerza de su magia ruina, yo apostaba por él —dijo encogiéndose de hombros—. Y si eso fallaba, yo por lo menos tenía a los guerreros y una promesa del rey de Olso para hacer todo lo posible por impedir que Lera ejecutara a todos los ruinos.

La palabra ejecutar le vibró a Cas en todo el cuerpo y removió emociones que no quería sentir. Si su padre estuviera ahí, le diría que las acciones de Em sólo le daban la razón y demostraban que los ruinos merecían morir. Era demasiado peligroso dejar que vivieran.

Y Cas le habría dicho que Em sólo era una persona, como su madre era sólo una persona. A Olivia no la conocía, pero tal vez toda la familia era un punto en contra de los ruinos.

O quizá nosotros les hicimos esto. Aplastó las palabras en cuanto burbujearon, pero la sensación desagradable que habían traído consigo no desapareció. ¿Qué clase de vida habría tenido Em para estar tan dispuesta a afrontar ese peligro? ¿Para casarse con él, sabiendo que eso podría conducirla a la muerte?

De pronto se preguntó cómo habría sido Em antes, cuando todavía tenía a sus padres y a su hermana, antes de que supiera cómo caminar sin hacer un solo ruido. ¿Estaría molesta y resentida por su falta de poder ruino? ¿O se habría metido de lleno en otras cosas, como aprender cómo blandir una espada? Evidentemente su destreza con el arma no se había desarrollado en el último año: había pasado toda una vida afinándola.

Volteó a verla y descubrió que ella lo estaba mirando a él. Algo en su rostro había cambiado desde que él había descubierto quién era. No era sólo el hecho de que él supiera de quién se trataba: era como si algo en su interior se hubiera removido. No se había dado cuenta de que antes se ponía nerviosa cuando estaba cerca de él, pero ahora se daba cuenta de que ya no era así.

Rápidamente desvió la mirada. Deseó poder apagar el cerebro y dejar de pensar en ella. Debía haber sido más fácil ser su padre, no tener duda en torno a su odio por los ruinos, ser incapaz de ver los tonos de gris.

Em se detuvo y extendió la mano hacia atrás para indicarle que también él se detuviera. Cerró la mano en la empuñadura de su espada pero no la sacó. Él siguió su ejemplo.

Pasaron dos figuras entre los árboles. Cas y Em se acuclillaron al mismo tiempo. Sus voces, de hombre, estaban amortiguadas, pero sus chaquetas color blanco con rojo se veían claramente desde donde estaban. Guerreros.

Pasó un carro pequeño y descubierto con dos soldados de Lera atados por la espalda uno con otro. Cas tragó saliva y se preguntó cuántos soldados habrían sido capturados camino a las Montañas del Sur. ¿Habrían logrado llegar su madre y Jovita? ¿Y con qué se encontrarían allí?

Se puso en pie al ver a los guerreros dirigirse hacia la ciudad. Dio algunos pasos hasta que se encontró con un pequeño grupo de construcciones de madera. Había guerreros aglomerados por toda la zona. Habían tomado la ciudad.

—Lo siento —dijo Em en voz baja.

El enojo hacia ella estalló sin previo aviso, y él apenas se contuvo de gritarle *¿Y de quién fue la culpa?*, pero lo último que quería era llamar la atención de esos guerreros, o de cualesquier otro en los alrededores. Se le tensó la mandíbula y Em bajó la vista, como si supiera qué estaba pensando él.

Se alejaron y regresaron a guarecerse en la selva. Los hombros de Cas se fueron abatiendo cada vez más mientras caminaba, y Em no dejaba de mirarlo como si quisiera decirle algo. Por lo visto no había nada que decir, pues permaneció en silencio.

De repente se oyó la voz de Aren con toda claridad:

—Ya les dije que no está aquí.

Em se detuvo.

—Que baje la voz —siseó otra voz, casi inaudible.

Cas avanzó a gatas con Em hasta que pudieron ver de quién era esa voz. Iria, Koldo y Miguel estaban a unos pasos, Miguel con el arma en una funda improvisada y expresión avinagrada. Había otros tres, y Francisco estaba en el suelo con el cuello horriblemente torcido. Los otros tres estaban en círculo alrededor de Aren, que tenía las manos atadas y una tira de tela blanca sobre los ojos.

—Se marchó. Tuvimos que separarnos —dijo Aren en un volumen mucho más alto del necesario. Intentaba alertar a Em.

Cas volteó. Em tenía una expresión afligida mientras veía la escena. Tomó su espada y empezó a blandirla como si fuera a atacar.

Cas le tomó la mano para detenerla. Ella tragó saliva y otra vez miró hacia Aren, desesperada.

—Despliéguense —dijo Miguel—. No puede haber ido lejos si él está aquí —después se dirigió a Iria—: Tú no.

Ella se cruzó de brazos y se acercó a Aren.

—De todas formas, prefiero quedarme con él.

—Koldo, vigílala —dijo Miguel bruscamente—. De otro modo los ruinos podrían haber escapado cuando volvamos.

Em envolvió los dedos de Cas con los suyos, jalándolo suavemente. Mientras miraba a Aren, el arrepentimiento se le marcaba en el semblante. Iba a dejarlo.

Se alejaron de los guerreros con cautela, silenciosamente, y luego comenzaron a correr. Cas, siguiendo a Em, saltó sobre hiedras y zigzagueó entre agujeros en la tierra. Sus piernas eran más largas que las de ella y podría haber ido más rápido. Podría haberla rebasado y tomado su propio camino, ya sin ella. Pero no lo hizo. Se mantuvo detrás de Em, simplemente porque parecía que eso era lo que debía hacer.

Cuando aflojaron el paso hasta detenerse, los dos estaban jadeando. Cas puso los puños contra sus caderas e inspeccionó la zona. En algún lugar a su izquierda el follaje crujía y se giró en busca del origen. Nada.

Em salió como flecha a esconderse detrás de un árbol con la espalda recargada en el tronco. Cas hizo lo mismo, frente a ella. Él sacó la espada con cautela. Resonaban unas pisadas por la selva.

Las pisadas se hicieron más silenciosas, hasta que se detuvieron.

Una gota de sudor bajó por la frente de Cas, pero no se atrevió a moverse para secarla. Seguía jadeando, y se esforzó en no hacer ruido.

Las pisadas se acercaron, hasta que la punta de una chaqueta blanca apareció en la visión periférica de Cas. Era Miguel.

Volteó. Sus miradas se encontraron.

Cas dio un giro para alejarse del guerrero antes de que éste intentara atacar. Miguel se agachó para alcanzarlo. Cas desenvainó la espada en un movimiento y la encajó en el vientre del guerrero. Miguel abrió la boca para gritar. La espada giraba caprichosamente en su muñeca.

La espada de Em seccionó el cuello del guerrero, y su cabeza rodó por el suelo.

El cuerpo se desplomó en la tierra. Cas observó que Em tuvo que mirar a otro lado, con un gesto de repugnancia.

—Toma su espada —le dijo—. Es mejor que la que tienes.

Cas soltó la espada oxidada y tomó la del guerrero.

—Vámonos —Em volvió a correr.

Cuando se detuvieron, Cas señaló hacia el río.

—En un bote sería más fácil.

Em bebió agua y le pasó la cantimplora a Cas, luego se secó la boca con la mano.

—Por supuesto, pero no tenemos bote.

—Mucha de la gente de los alrededores tiene botes de remos —dijo—. Lo recuerdo de mi última visita a Ciudad Gallego. Podríamos robar uno.

—Seguro, podríamos intentarlo.

—Hay algo que quiero dejar claro —dijo él despacio—. Los soldados de Lera tienen órdenes de darte caza para ejecutarte.

—Eso supuse.

—Deberías ser llevada a un tribunal por lo que hiciste.

—Y tu padre debería ser llevado a un tribunal por lo que hizo —respondió sosteniéndole la mirada.

—Eso no justifica lo que hiciste.

—No estoy diciendo que así sea. Sólo estoy señalando los hechos.

Cien emociones diferentes se apoderaron del pecho de Cas al mismo tiempo: ira, culpa, tristeza, impotencia; intentó aferrarse a una. La ira era la más fácil. La ira cubriría todas las otras emociones, se las tragaría completas, y lo dejaría con nada más que un fuego encendido en el vientre.

Pero un rey debía conservar la calma. Ser racional. Necesitaba actuar como un rey.

—Vamos al mismo lugar —dijo, intentando mantener un tono tranquilo—. Lo más fácil sería que nos quedáramos juntos. Pero en cuanto lleguemos allá, no tendré ningún problema en ordenarle a un guardia de Lera que te aprese.

—Entonces lo que estás diciendo es que debo abandonarte en cuanto nos hayamos acercado.

—Estoy diciendo que no soy tu amigo. Pero necesito tu ayuda y tú la mía, y puedo mantener a raya mi enojo por unos días si tú también puedes.

Em apretó los labios. La tristeza se le estampó en el semblante de manera tan súbita que Cas quiso tomar sus últimas palabras y metérselas de regreso a la boca. Ella carraspeó y dijo:

—De acuerdo, pero ¿puedo explicar algo?

Él se encogió de hombros, o algo así, sin querer acceder pero con demasiada curiosidad para no dejar que hablara.

—Nada de esto tenía que ver contigo —dijo en voz baja—. Lamento haberte usado. Tú...

—Tuviste que casarte conmigo, pero ¿no tenía que ver conmigo? —interrumpió.

—Sabes a qué me refiero. Lamento si tuve que lastimarte para...

—No me lastimaste a mí —dijo Cas bruscamente—: lastimaste a mi reino.

Ella frotó su collar con los dedos, mirando al suelo.

Él quería preguntarle por qué no le había advertido del ataque. Quería preguntar si era un idiota redomado por creer que ella se había encariñado con él a pesar de todo. Quería saber cómo había podido dejarlo ahí para que muriera si en verdad lo quería.

No encontró cómo decirlo. Tal vez no quería conocer la respuesta.

—Estaba intentando huir lo más pronto posible —dijo Em con la voz un poco temblorosa—. Me habría ido en unos días si no hubiera sido por esa pintura.

Él la miró furioso.

—¿Se supone que debo sentirme mejor porque estabas triste y querías escapar?

—No es eso lo que quise decir.

—Sé lo que quisiste decir.

—¡No, no lo sabes! —dijo alzando la voz—. Pensaba que serías igual a tu padre. No esperaba que fueras... que fueras...

Em se retorció las manos y frunció el ceño. Cas estaba jadeante. Todo él estaba esperando, deseando, suplicando que le dijera que se había enamorado de él, que confesara que sus sentimientos habían sido verdaderos y que no estaba fingiendo sólo para obtener información.

Cas sentía ganas de reír al verse en un estado tan lastimoso. ¿De verdad deseaba que una joven que había conspirado para destruir su reino estuviera enamorada de él?

—¿Y bien? —preguntó cuando ella siguió en silencio—. ¿No esperabas que yo fuera qué? ¿Crédulo? ¿Estúpido?

—¡Bueno, razonable, considerado! —respondió Em prácticamente gritando. Le lanzó las palabras como si fueran insultos, y él no supo cómo reaccionar.

Em se dio la media vuelta y siguió caminando sin esperar respuesta. Él permaneció unos momentos vacilante, meditando el significado de sus palabras.

Bueno, razonable, considerado. No era amor ni la admisión de sentimientos desbordantes y apasionados, pero se percató de que le gustaban más esas tres palabras. *Amor* habría sido fácil, otra mentira en una larga cadena de engaños. *Amor* habría sido fácil de desestimar.

En cambio, de *bueno, razonable y considerado* no podía hacerse caso omiso. Esas tres palabras se las ingeniaron para entrar en él, instalarse y respirar en medio del dolor que anidaba en su pecho.

TREINTA Y DOS

Cas no le había dicho nada desde que ella estúpidamente le había gritado que era bueno. Y razonable. ¿A alguien le gustaba que le dijeran *razonable*? Ella no se lo reprocharía si ahora la odiaba más.

Em se dio cuenta de que Cas había aprendido a pisar con cautela y no dejar rastros sin que ella tuviera que explicárselo. Podía hacer como si ella no estuviera ahí, pero evidentemente estaba tomando notas mentales de todo lo que hacía.

Seguían bastante cerca de Ciudad Gallego, y había algunas casitas de madera desperdigadas por el río. Aunque no parecía que los guerreros se hubieran apostado más allá de la ciudad, caminaban con cuidado, con las manos constantemente listas para blandir sus espadas.

—Allí —Cas señaló una casa cercana con un muelle que se extendía sobre el río. Había un pequeño bote de remos atado a un poste.

Em buscó el sol, que había desaparecido casi por completo. Cuando Cas había mencionado lo del bote, ella se había mostrado escéptica, porque en pleno día habría sido fácil detectarlos en el río, pero de noche era menos probable que los guerreros los descubrieran. Además, no tendrían que preocuparse por dejar rastros.

Él caminó hacia el río y ella lo siguió. Cuando llegaron al muelle, Em observó a su alrededor.

Cas se acuclilló junto al gancho de metal al que estaba atado el bote y tiró de él.

—Súbete… —le dijo a Em mientras se ocupaba de la cuerda.

Em subió al bote con cuidado y se detuvo del muelle mientras el bote se ladeaba a sus pies.

—¿Es mal momento para mencionar que nunca he remado?

Cas sonrió y levantó una ceja.

—¿En serio?

Su sonrisa hizo que perdiera todavía más el equilibrio y tuvo que detenerse un momento para recobrarlo.

—No hay muchos ríos en Ruina. Y en Vallos viajábamos a pie porque los cazadores siempre se congregaban en los ríos.

—¿Ves ahí esos ganchos? —preguntó Galo, señalándolos. Em asintió con la cabeza—. Pasa los remos por ahí.

Ella tomó los remos y se sentó.

—Estás viendo al lado equivocado —Cas esbozó media sonrisa y ella se sintió ruborizar. No estaba segura de si se estaba ruborizando por la adorable expresión divertida de Cas o porque le avergonzaba no saber lo que estaba haciendo.

—¡Hey!

El grito hizo que los dos miraran hacia atrás y Em vio a un hombre parado en la puerta de su casa que después comenzó a correr hacia ellos.

Em se giró, metió los remos por los ganchos y los sujetó con fuerza. Cas liberó la cuerda y la metió en el bote.

El hombre atravesó la hierba a toda prisa con el semblante furioso.

—Muévete —le dijo Cas metiéndose al bote de un brinco.

Ella hizo lo que le pidió y le dio los remos. Él se inclinó hacia atrás, movió los remos sobre el agua y se separaron del muelle.

El hombre llegó al muelle y parecía estar considerando dar un brinco al bote, pero Cas remó a toda velocidad y con soltura, y en unos cuantos segundos se habían alejado lo suficiente.

—¡Lo siento! —le gritó Cas, y Em apretó los labios para no reír. Él notó su expresión y rio.

—¿Qué? En verdad lo siento.

—¿Es la primera vez en tu vida que robas algo? —preguntó.

—Sí —respondió ladeando la cabeza—. A menos que las tartas de higo que he robado de la cocina cuenten.

—Técnicamente, esas tartas de higo te pertenecen, así que no, no cuentan.

La sonrisa de Cas empezó a ampliarse, pero desapareció abruptamente. Em volvió a sentir el ya conocido nudo en la garganta. Un minuto del viejo Cas era todavía más doloroso ahora que sabía que nunca volvería a sonreírle como solía.

—¿Qué fue lo primero que robaste? —le preguntó él.

Ya no estaba sonriendo, pero tampoco habló como si estuviera buscando pleito. Veía el agua con los ojos entrecerrados, meciéndose adelante y atrás mientras movía los remos.

—Comida —dijo ella, después de pensarlo unos momentos—, unas semanas después de la muerte de mi padre. Damian, Aren y yo habíamos huido a Vallos, y ninguno de nosotros era un cazador consumado. Yo moría de hambre. Vimos a una mujer que llevaba unos frijoles que se le salían de la bolsa. Yo se los arrebaté, y con eso comimos varios días.

—¿Te sentiste culpable?

—No, en aquel momento no. En ese entonces en realidad no sentía nada más que furia. Ahora, cuando lo recuerdo, me pregunto si para ella esos frijoles no eran también la comida de varios días.

Él asintió sin dejar de mirar fijamente el agua. Ella no sabía lo que ese gesto había significado, y Cas ya no siguió la charla, así que permaneció en silencio.

—¿En verdad no tienes un poder ruino? —preguntó él.

—No —dijo ella sacudiendo la cabeza.

—¿Tu madre tenía la intención de que tú heredaras el trono? —preguntó.

—No, Olivia era la siguiente en la línea de sucesión. Se esperaba que yo fuera su consejera más cercana —dijo Em mientras pasaba la punta de los dedos por el agua—. Por mí estaba bien.

—¿En verdad? —dijo él arqueando las cejas.

—Sí. Ella es todavía más poderosa de lo que fue mi madre. Nuestra gente no debió haberme negado el trono después de que se llevaron a Olivia, pero yo nunca cuestioné que fuera ella quien gobernara cuando todavía estaba allí.

—¿El poder ruino es lo único que importa a la hora de heredar el trono? —preguntó él, escéptico.

Ella se encogió de hombros.

—Es tan arbitrario como ser el primogénito.

—Supongo que sí —dijo Cas. Era la primera vez que la miraba desde que había iniciado esa conversación—. ¿Tu madre estaba decepcionada?

Em sacudió la cabeza.

—No. Ella creía que yo tenía otros poderes. No mágicos, quiero decir.

—¿Como qué?

—Decía que ser racional y tranquila eran mis poderes. La capacidad de hacer que la gente me temiera. Decía que eso lo había heredado de ella. Al parecer tenía para mí grandes proyectos, como dirigir ejércitos y trabajar como especialista en extracciones.

—Especialista en extracciones —repitió Cas.

—Extraer información de la gente —explicó. Se le retorció el estómago y tuvo que desviar la mirada. ¿Su madre le habría permitido elegir o ése habría sido su trabajo, le gustara o no?

—Mi padre siempre decía que la *extracción* era la especialidad de Wenda —dijo Cas en un tono que revelaba cierto resentimiento.

Em miró el agua fijamente y deseó que él no hubiera preguntado sobre su madre.

—Él decía que sus métodos de tortura eran diferentes a cualquier cosa que hubiera visto. Era una de las razones por las que tuvo que invadir.

—¿Y también por eso se llevó a Olivia? —dijo Em bruscamente.

—Tal vez temía que sus hijas fueran como ella, tomando en cuenta que ya estaba preparando a una para una carrera en la tortura —dijo con voz más alta y moviendo más rápido los remos.

—¡Se me ocurren cosas peores que ser como mi madre! —en cuanto el grito salió de su boca se arrepintió, pero el enojo se arremolinaba dentro de ella con tal furor que era imposible echarse atrás.

—Y a mí, de hecho, no se me ocurre nada peor —soltó él—. Torturaba a la gente por diversión...

—¡Tu padre torturó a uno de mis mejores amigos! —interrumpió Em.

—¡Y tu madre habría torturado a toda la gente de Lera si hubiera tenido oportunidad!

—Y, bueno, no la tuvo, ¿cierto? —gritó Em.

—Quizás eso no es algo tan malo —dijo Cas con dureza.

—Qué bonito. Por favor, sigue hablando de lo grandioso que te parece que mi madre esté muerta.

—No puedo creerlo: ¿me estás diciendo que no festejas la muerte de mi padre?

Ella apretó los labios. La tenía cercada. Lera y los demás reinos estaban mucho mejor sin él.

Y quizá podía entender por qué Cas pensaba eso de su madre.

—Quizá deberíamos estar de acuerdo en que nuestros padres eran gente horrible —dijo Cas con sequedad.

Em soltó una risa asustada. Cas levantó una ceja frente a esa reacción, y ella sintió una fresca oleada de risa casi histérica que burbujeaba hacia la superficie. Se inclinó hacia adelante para apoyarse en las rodillas. Sus risitas resonaban por todo el río y tuvo que cubrirse la boca con la mano para sofocarlas. Al ver fugazmente el rostro glacial de Cas supo que la risa iba a ceder el paso a las lágrimas. El dolor de estarlas conteniendo le presionó la garganta, y sus intentos de hacerlas desaparecer fueron completamente infructuosos. Se derramaron por sus mejillas. Presionó la frente contra sus rodillas.

—¿*Estás llorando?* —preguntó Cas como si fuera la primera vez que veía a alguien llorar.

Em no quería reconocerlo, así que permaneció en silencio e intentó que los hombros no le temblaran.

—Me has mentido, intentaste destruir mi reino, básicamente mataste a mi padre y ahora, ¿estás llorando?

Ella se limpió la nariz. El bote se inclinó un poco. Ella echó una mirada y lo vio escudriñando la zona y sacando los remos del agua.

—No... Ni siquiera puedo ir a ningún lado —dijo él—. Estoy atrapado en este bote contigo, viéndote llorar.

Em se abrazó las piernas tratando de controlarse.

—Han sido unos días difíciles —farfulló.

Cas permaneció varios segundos en silencio. Cuando finalmente habló, lo hizo con voz más suave y tranquila.

—Es cierto.

Em dormía cuando Cas gritó su nombre.

Se despertó sobresaltada, con la mente nublada y el cuerpo rígido. Había caído en un sueño profundo y le tomó varios segundos reaccionar.

Cuando se despejó la niebla, se percató de que el bote avanzaba muy, muy aprisa.

Y ese ruido... ¿qué era eso?

Miró en todas direcciones, con los ojos entrecerrados por el tenue sol de la mañana. Era una cascada. Todavía estaba muy oscuro para verla, pero por la velocidad a la que avanzaban, se estaban acercando rápidamente.

Cas la tomó de la mano. El bote estaba tambaleándose peligrosamente.

—¡Sal del bote! —gritó—. Nos vamos a...

Su oración terminó en un grito ahogado mientras el bote volcaba.

La mano de Cas se soltó de la de Em mientras el agua los cubría.

TREINTA Y TRES

Cas salió a la superficie jadeando. Le ardía todo el cuerpo por el impacto, pero no se había golpeado contra nada sólido.

Sin embargo, del bote no podía decirse lo mismo. Había trozos de madera balanceándose por el negro río.

Em no se veía por ningún lado.

—¿Em? —Cas chapoteó girando en círculo, desesperado por tratar de ver algo en la oscuridad—. ¡Em!

No la vio. El pecho se le fue tensando mientras lo invadía el pánico. ¿Y si la perdía de esta manera? ¿Y si, después de todo, la perdía por haber caído en una estúpida cascada?

—¡Cas! —su grito venía detrás de él. Se dio la vuelta y nadó hacia allá tan rápido como pudo.

Oyó su respiración antes de que pudiera verla. La cabeza de Em apenas se asomaba sobre la superficie; ella tomó aire antes de desaparecer bajo el agua. Volvió a emerger un segundo después.

Él intentó alcanzarla. Sus dedos la buscaban. Trató de jalarla hacia la superficie, pero su cuerpo se resistía.

—Está… atorado —dijo ella jadeante y agitando los brazos—. Mi pie está atorado.

—¿Cuál?

—El izquierdo.

Su rostro desapareció un momento bajo la superficie, y luego salió escupiendo agua.

Él respiró hondo y se sumergió. Estaba demasiado oscuro y no veía nada, así que tuvo que seguir la pierna de Em para bajar. Sintió algo viscoso y fibroso amarrado a su pie. Lo jaló, pero no cedía.

Le ardían los pulmones y subió pataleando a la superficie para dar otra gran inhalación.

—Ya casi lo consigo —dijo él—. Intenta permanecer quieta.

Ella asintió y él volvió a sumergirse tomándola de la pierna. Jaló la enredadera lo más fuerte que pudo. Finalmente la pierna se liberó.

Cas volvió a nadar hacia arriba. Sus manos encontraron la cintura de Em. Ella estaba temblando y de inmediato se aferró a él y le echó los brazos al cuello.

Le envolvió la cintura con un brazo y usó el otro para mantenerlos a flote.

—Ya, ya pasó —le dijo en voz baja.

—Gracias —dijo ella recargando la cara en su hombro.

—No hay de qué.

Por un momento no hubo más ruido que el del torrente de agua y el de Em respirando recargada en él. En ese momento Cas recordó que no tenía que haberla salvado. Si hubiera pensado con claridad, habría recordado que la odiaba. Tendría que haber estado ordenando su ejecución, no salvándole la vida.

Ese último pensamiento lo golpeó en la cabeza y le revolvió el estómago. ¿En verdad iba a ordenar su ejecución? ¿Permanecería allí observando cómo un soldado le cortaba la cabeza, tal como su padre había hecho con Damian?

No. La respuesta llegó de inmediato. Carraspeó e intentó pensar con mayor sensatez. Si ella hubiera estado en pie frente a él, siendo juzgada por las leyes de Lera, por supuesto que tendría que ser ejecutada. No había otra opción.

A pesar de todo, no podía imaginarse dando esa orden.

La abrazó con fuerza. Volvería a salvarla, una y otra vez, por muy enojado que estuviera con ella.

—¿Puedes nadar? —le preguntó en voz baja.

Ella asintió. Los dedos de Cas rozaron su brazo bajo el agua mientras ella se desprendía de él. Nadó lento. Cas se mantuvo a su lado hasta que llegaron a la ribera. En cuanto salió del agua, Cas se aferró a su espada, aliviado de no haberla perdido.

Em tenía el vestido pegado a todas las curvas de su cuerpo. Él intentó apartar la mirada, pero le resultaba difícil concentrarse en nada que no fuera ella. Em volteó y sus miradas se encontraron. Su expresión debió haberlo delatado, porque ella se sonrojó.

No lo vería así si no sintiera nada por él. Estaba casi seguro, pero el pequeño resquicio de duda lo hacía querer gritar.

—Creo que necesito descansar unos momentos —dijo Em, y se dejó caer con cierta torpeza.

El enojo de Cas desapareció casi en cuanto llegó, y lo único que le dejó fue un dolor en el pecho. Quería rodearla con los brazos y decirle que todo iba a estar bien.

—Voy a ver si hay algo de fruta por aquí —dijo él, dándose la vuelta para no tener que verla.

Y él... francamente daba lástima. ¿Seguía albergando algún sentimiento por ella, después de todo lo que había pasado?

Sí, definitivamente.

Cas volvió de la selva con unas cuantas frutas amarillas redondas. Sus mejillas y el puente de la nariz estaban un poco enrojecidos por el sol y se veía más guapo, si es que eso era posible. Se había quitado la camisa y se la había echado al hombro. Em se descubrió mirando fijamente una gota de agua que se estaba deslizando de la base del cuello de Cas hacia el centro de su pecho. La observó mientras descendía, resbalándose por su piel, hasta desaparecer entre sus abdominales marcados. Nunca en la vida había deseado tan desesperadamente ser una gota de agua.

Él abrió una fruta con la espada y la ofreció a Em. Extrajeron la dulce pulpa con los dedos y comieron en silencio.

Él la descubrió mirándolo fijamente y ella enseguida desvió la mirada. Ya no parecía odiarla, y eso era casi peor. Cuando él la miraba de reojo como si fuera su peor enemigo, era más fácil no mirarlo, no soñar con esos brazos estrechándola.

—¿Estás listo para continuar? —preguntó Em poniéndose en pie. Su vestido seguía húmedo, pero servía para mantenerla fresca en la cálida selva, y pensó que no le molestaría que hiciera más calor. Cas volvió a ponerse la camisa pero, húmeda como estaba, se transparentaba y no ocultaba mayor cosa.

Caminaron con dificultad hacia los árboles. Em sentía el cuerpo muy pesado por el hambre y el cansancio, y su paso era mucho más lento que el día anterior. Cas no parecía ansioso por ir más deprisa. Se quedó junto a ella mirando al suelo.

El sol se elevó alto en el cielo y ella notó que Cas la miraba con frecuencia. Supo que estaba maquinando algo, que buscaba las palabras adecuadas, así que esperó, paciente.

Finalmente él abrió la boca e hizo una pregunta en voz baja.

—¿Por qué lucías tan aterrada el día de nuestra boda?

—¿Qué? —Em no pudo evitar sonar sorprendida.

—El día de nuestra boda. Estabas aterrada. Pensé que era porque Mary no me conocía, porque estaba nerviosa de casarse con un extraño. Pero tú habías planeado todo. ¿Por qué estabas nerviosa?

Ella apretó su collar.

—Me estaba casando con un extraño, aunque lo hubiera orquestado todo. No sabía cómo comportarme o qué decir. Esa noche me aterraba, porque yo nunca...

—¡Ah!

—A propósito, gracias por eso. Fue muy amable de tu parte no dar por sentado que yo estaría lista para acostarme contigo enseguida.

—También para mí eras una extraña, y no me hacía mucha ilusión que mi primera vez ocurriera porque mis padres así lo habían declarado.

Los labios de Em formaron una sonrisa.

—Buen punto.

—¿Alguna vez pensaste en decirme quién eras en realidad? —preguntó Cas—. A menudo hablábamos de los ruinos. Sabías que yo opinaba distinto que mi padre. ¿Alguna vez pensaste en lo que yo habría hecho si me hubieras dicho?

—Todos los días —dijo Em inmediatamente en voz baja—. Sobre todo después de que intentaste salvar a Damian. Me preguntaba cuál sería tu reacción.

—Pero no lo hiciste.

—No —dijo ella, y tras una pausa preguntó—: Tú, ¿qué habrías hecho?

Cas, jalándose los dedos para tronarse los nudillos, respondió:

—No lo sé. Quizás habría conseguido escucharte —sacudió la cabeza y agregó—: O quizá no. Me enojé muchísimo cuando mi madre me enseñó esa pintura. Pero si hubiera venido de ti, podría haber sido diferente.

—Lo lamento, Cas —su voz sonaba tensa, y él no pudo evitar creer que sus palabras eran sinceras—. Por el resto de mi vida lamentaré lo que te hice.

—¿Y cuando yo...? —él se interrumpió antes de terminar la pregunta.

—¿Y cuando tú qué?

Cas carraspeó.

—Nada.

—Puedes preguntarme lo que quieras, Cas. Te responderé con honestidad.

Él soltó una risa sardónica y pateó una piedra.

—Ah, sí, con honestidad.

Em tragó saliva con la mirada fija en la piedra que rodaba en la tierra. Merecía eso, sí, pero quería gritarle a Cas que había sido honesta con un montón de cosas.

Él metió las manos en sus bolsillos. Seguía con el ceño fruncido. La tomó del brazo para detenerla.

—¿Te importaba yo un poco siquiera? Porque actuabas como si yo te importara, y luego me dejaste ahí para que muriera —dijo con voz temblorosa—. Ni siquiera intentaste avisarme.

Ella abrió la boca, pero todo lo que salió fue un sonido extraño. Cas tenía razón, por supuesto.

—¿O soy un idiota por pensar que de verdad sentías algo por mí? —preguntó antes de que ella pudiera pronunciar una palabra.

—Estás...

—¿Sólo fingías que yo te gustaba? Porque eso…

—¡Por supuesto que no fingía! —las palabras salieron disparadas antes de que ella pudiera detenerlas. Se sonrojó y el calor se extendió por sus mejillas.

La boca de Cas estaba abierta, con una respuesta preparada, y él la cerró de golpe.

Ella carraspeó. Si ya se había metido en una situación tan vergonzosa, ¿por qué no de una vez acabar con eso?

—Tenía toda la intención de ignorarte, pero resulta que eres una persona muy difícil de ignorar. Nunca aparenté sentir nada por ti, Cas. Todo eso fue verdadero, y definitivamente nunca fue parte del plan. Y yo debí… —se le formó un nudo en la garganta. Tragó saliva y con un temblor en la voz continuó—: Debí haberte advertido del ataque. Debí haber confiado en ti. Lo siento.

Cas se quedó inmóvil, mirando fijamente a Em. Parecía que ella se sentía aliviada por haberse desahogado al contar eso, o estaba deseando que la tierra se abriera y se la tragara completa. La última opción parecía muy probable en ese momento.

Entonces su brazo se alargó hacia ella. La tomó de la cintura para acercarla súbitamente a él. El pecho de Em se sacudía contra el de Cas. Con ojos relampagueantes, acercó su boca a la de ella. Em lo tomó de la camisa parándose de puntas.

La besó como si hubiera el riesgo de que ella se le escapara de los brazos. Sus labios, ardientes, presionaron los de ella con apremio, y con las manos en su espalda la estrujó contra su cuerpo. Em enredó los dedos en el cabello de Cas, y cada parte de su cuerpo se fundió en él sin esperanza de retorno. Incluso cuando se hubieran soltado, dejaría rastros de sí misma por todo él, y ninguna pequeña parte volvería.

Ella deslizó la mano hacia la cintura de Cas, le subió la camisa y le pasó los dedos por la piel tibia. Él respiró hondo; su pecho se acercó al de ella. Em le recorrió la columna con el pulgar y deseó tener esa respuesta otras cien veces. Quería sentir su cuerpo reaccionar a su tacto todos los días por el resto de su vida.

Se perdió en el beso tanto tiempo que cuando él finalmente se soltó, se sintió un poco mareada.

—No sé si debería haber… —empezó Cas.

Em no quería oír el final de esa oración. Lo interrumpió con otro beso y puso las manos en sus mejillas. Sus dedos rozaron su barba incipiente y se arrastraron hacia su cuello y su pecho. Quería memorizar cómo se sentía tenerlo apoyado en ella.

Él la estrechó tan fuerte en sus brazos que casi la levantó del suelo. Separó sus labios de los de ella, pero no soltó el abrazo. Con las frentes tocándose él dijo en voz baja:

—Júrame que esto no era parte del plan.

—Te lo juro —susurró ella—. Me esforcé muchísimo en no enamorarme de ti y fracasé rotundamente.

La mitad de su boca se elevó en media sonrisa y, retirando el cabello de su rostro, se inclinó a besarla de nuevo. Esa vez fue lento: dejó que sus labios se entretuvieran cerca de los de ella y que su aliento le hiciera cosquillas por la boca. Ella se permitió hundirse en él, olvidar dónde estaba y qué tenía que hacer.

Cuando por fin se separaron, Cas tenía el cabello alborotado y la boca roja. Em imaginó que ella luciría igual.

—Lo que más debería enojarme es que conspiraras con Olso para iniciar una guerra —dijo él con la voz entrecortada—, o el hecho de que mi padre muriera por acontecimientos que tú pusiste en marcha, pero lo que más me enojó fue que fingieras sentir algo por mí —dijo Cas; sacudió la cabeza y dejó que una breve risa se le escapara de la boca—. ¿No es estúpido?

Ella sonrió y se mordió el labio para evitar que su sonrisa se desplegara por todo el semblante.

—Te subestimas si piensas que alguna mujer podría fingir sentir algo por ti.

Él sonrió, sonrojado. La expresión desapareció casi tan pronto como llegó, y ella supo lo que estaba pensando. No importaba lo que sintieran el uno por la otra. En ningún mundo posible el rey de Lera podría retozar con una Flores, aun si ella no hubiera destruido su reino.

—Me daba miedo decirte la verdad —dijo ella—. Sé que no es excusa, pero una parte de mí temía que de inmediato mandaras a alguien a matar a Olivia o a que se la llevara si te contaba del ataque. Les pedí que te perdonaran la vida, pero tú viste a los guerreros. No es que yo pudiera darles órdenes.

Él asintió lentamente.

—Cuando lleguemos a las Montañas del Sur tendrás a tu hermana. Yo la liberaré. Y luego quiero que huyas lo más rápido posible.

Em sintió que estallaba de gratitud y tuvo que contener las lágrimas.

—Gracias, Cas.

—Probablemente tengas que mantenerte oculta cuando lleguemos. Si mi madre o Jovita te ven, no creo que pueda darles alguna razón por la que no debas ser juzgada —se le crispó el rostro del dolor—. No puedo ordenar tu ejecución. Ni siquiera pienso que lo merezcas, y jamás me recuperaría de eso.

—Gracias —volvió a murmurar.

—Suponiendo que los guerreros de Olso no me maten, convenceré a mis consejeros de que lo mejor es concentrarnos en ellos, no en ti. Creo que estaremos ocupados por un buen rato —y con expresión seria agregó—, si prometes no volver a atacar a Lera.

—Si tú prometes no ejecutar a los ruinos sólo por sus poderes mágicos.

—Lo prometo —dijo él.

—Lo prometo —dijo ella. Se le dibujó una sonrisa, pero muy pronto el alivio que traía consigo su acuerdo fue ensombrecido por el hecho de que eso significaba que muy probablemente no volverían a estar juntos.

La expresión de Cas concordaba con la suya. Em alargó la mano para tomar la de Cas.

Cuando la oscuridad cubrió la selva esa noche, los párpados de Em se sentían pesados, los pies y las piernas le dolían. Ella sugirió que esa noche descansaran y Cas estuvo de acuerdo. Se sentaron en la tierra, recargados contra el tronco de un gran árbol, y él la jaló hacia él. Del cuerpo de Em inmediatamente saltaron chispas, y el agotamiento que sentía unos segundos antes se desvaneció.

—No permitas que te despojen de tu legítimo reinado —dijo Cas en voz baja, con la barbilla apoyada en la cabeza de Em.

—¿Qué? —preguntó ella poniéndole una mano en el pecho.

—Deberías ser reina de tu gente, sin importar si tienes magia ruina o no. Quizá sobre todo porque no la tienes. El mayor defecto de tu madre fue su dependencia excesiva de la magia. Tú demostraste que no necesitas de ella para derrotar a tus enemigos. Deberían festejarte, no tacharte de inútil.

—Todo un cumplido, viniendo de uno de mis *enemigos*.

—Puedes contarles que dije eso. O no, si crees que eso pueda dañar la causa.

Em sonrió. Él le puso una mano en el cuello e inclinó la cabeza para besarla. El cuerpo de ella respondió enseguida, y de pronto ella se reacomodó y se deslizó en el regazo de Cas con una rodilla a cada lado.

Los dedos de Cas hacían que las llamas le recorrieran el cuello. Le siguieron sus labios, y Em tuvo que sostenerse de su mano para estabilizarse, pero no servía de nada porque en ese momento no existía algo estable en ella.

Cas susurró su nombre, Em, en el momento en que sus bocas se reencontraron, y ella sintió un gran alivio de que antes no se hubieran besado realmente. La habría desgarrado que dijera el nombre de Mary al besarla, o se habría preguntado si querría besarla si supiera quién era en realidad.

Ella pasó los dedos por la cabellera de Cas y recibió en recompensa un gemido de aprobación. Cas se sentó más derecho, con una mano en la cintura de Em para mantenerla en su regazo. Ella pensó que no podían acercarse más, pero él la estrechó hasta que ella pudo sentir su corazón latiendo junto al suyo. Si en ese momento él le hubiera pedido que huyeran juntos, que tomara su mano y se ocultaran del mundo, ella casi seguramente habría aceptado.

Un suave roce en la rodilla la hizo tomar con más fuerza el cabello de Cas. Él le subió el vestido hasta el muslo y sus dedos fueron dejando un rastro de chispas en su piel. Esa chispa iba a prenderse y en cualquier momento ella sería consumida por las flamas, estaba segura. Pero nada la haría dejar de besarlo.

La mano de Cas desapareció de su muslo y ya estaba en su espalda, buscando los botones de su vestido. Había muchos menos que la última vez que él la había desabotonado. Rápidamente liberó tres y el vestido se le resbaló por los brazos.

Cas le presionó la espalda desnuda con las palmas de la mano y sus dedos se doblaron como si estuviera a punto de perder el control. Ella estaba allí, con él.

De repente las manos de Cas se detuvieron y medio segundo después ella oyó el ruido. Caballos.

Em se apartó y las manos de Cas desaparecieron de su espalda. En su cuerpo seguía reverberando el contacto, y sus ojos necesitaron un momento para enfocar.

Un grupo de guerreros rodeaban un carro a la distancia. No estaban reconociendo el terreno, pero parecía que mantenían una firme vigilancia sobre lo que llevaban allí adentro.

—Es un carro —dijo ella en voz baja—. ¿Es en el que estuviste?

Él se movió y ella se apartó para que pudiera ver. Intentó mirar en la oscuridad y luego volvió a recargarse en el árbol.

—Ése es.

Ella levantó los hombros, se alisó el vestido y Cas, con una sonrisa en el rostro, le hizo un gesto para que se volteara. Volvió a abotonarla y cuando terminó le plantó un beso tierno en el hombro.

—Si se hubieran acercado más, podría haber sido muy feo —dijo ella, con la voz un poco divertida. Se dio la vuelta y se acomodó junto a él—. Nunca los habríamos oído venir.

Eran cinco o seis guerreros armados contra Cas y ella. Con toda seguridad serían derrotados.

—Se me ocurren peores maneras de morir —dijo Cas, y mirando otra vez hacia el camino agregó—. Quisiera poder ayudarlos.

—Son demasiados. A lo mejor si Aren siguiera con nosotros, pero sin él...

—Lo sé —dijo Cas en un susurro—. Pero me siento impotente. Supuestamente ahora soy el rey, y nunca había sentido tan poca capacidad de decisión.

Ella enlazó la mano de Cas y la llevó a sus labios.

—Volverás a regir. Si hay algo en lo que yo pueda ayudar, sabes que tengo toda la disposición.

Él le soltó la mano, la acercó a él y le dio un beso en la frente.

—Lo sé, Em.

TREINTA Y CUATRO

Tres pasos separaban a Cas de Em. Si tres pasos eran demasiados, ¿qué haría cuando fueran miles?

Acortó la distancia y rozó su mano. Ella le sonrió mientras pisaba un montón de hojas, y dejó que sus dedos se enroscaran en los de Cas por unos instantes.

Los dos sabían que se estaban acercando a las Montañas del Sur, y Cas sintió que el corazón se le hundía más y más. Cuando llegaran, sabría sin lugar a dudas lo que había pasado con su madre y Jovita, y probablemente también con Galo. Y perdería a Em.

Su mente trataba de idear un panorama en el que ella pudiera quedarse a su lado, en el que él pudiera convencer a su madre y a sus consejeros y a todo el reino de que Em no era su enemigo.

Sé que nos engañó a todos y que es en parte responsable del ataque de Olso al castillo, ¡pero te aseguro que no es tan mala como crees, madre! Podía imaginar su rostro. Probablemente lo abofetearía.

No se lo reprocharía. Sabía que estaba loco, que lo que sentía por Em lo había ofuscado y le había hecho perder el juicio.

Pero, al mismo tiempo, ella también tenía algo de razón. Las decisiones que habían tomado su padre y sus consejeros no eran correctas. En algunos casos eran horripilantes. Su padre siempre parecía convencido de que sus acciones eran por el bien de Lera, y Cas deseó haberlo espoleado más. Deseó haber tenido más conversaciones honestas con su padre, como la que había tenido el día anterior con Em.

Volvió a echarle una mirada. Su cuerpo siempre estaba intentando apoyarse en ella, estar más cerca, tocarla.

—Creo que es mejor que no les digas que viajamos juntos —dijo Em.

—Tienes razón —dijo él—. Les diré que todo el tiempo viajé solo.

—Van a quedar admirados. A lo mejor empiezan a decir que además de ser guapo tienes mucha resistencia.

—Eso espero.

La sonrisa de Em se desvaneció y bajó la mirada y aminoró el paso.

—Te voy a extrañar, Cas.

Ahora eran dos pasos los que los separaban. Él los cubrió de un salto y la estrechó contra él. Ella siempre soltaba una pequeña inhalación cuando él la abrazaba, y resultaba imposible no besarla. Agachó la cabeza y presionó sus labios contra los de ella. Dejó que sus manos se resbalaran por su espalda y asimilaran su figura. Por un momento quiso convencerse de que nunca tendría que dejarla.

Deseó haberla besado antes, cuando durmieron en su cama. Habría pasado toda la noche besándola, pasándole los dedos por los hombros, memorizando la forma de sus labios. Entonces pensaba que tendría todo el tiempo del mundo y ahora, al mirar atrás, se exasperó por todos esos momentos con ella que había desperdiciado.

—Yo también te voy a extrañar —dijo cuando se separaron—. Más de lo que crees.

314

Ella sacudió la cabeza y rozó los labios con los suyos.

—Sé cuánto.

Cuando lo veía como ahora, era imposible pensar que sus sentimientos fueran falsos. Lo veía como si quisiera que nunca la dejara, pero también como si estuviera a punto de llorar. Como si estuviera desesperada e irreversiblemente triste. Lo interpretaba como culpa, y lo peor era que le alegraba que la sintiera. No la había perdonado del todo, y ella no se lo había pedido. Debía saber que era imposible. Él quería perdonarla, y perdonar a su padre (y, ya en ésas, perdonarse a sí mismo), pero la pesada carga de la decepción se adhería, pertinaz, a su pecho. Arrancarla toda de una vez no parecía posible. Dejar que lentamente fuera saliendo, gota a gota, hasta que el dolor fuera tolerable era la perspectiva más probable. Cada vez que ella lo miraba, sentía que iba cayendo un poco.

De mala gana la dejó ir. Quería pedirle egoístamente que lo postergara, que se quedara con él otra noche bajo las estrellas, pero ninguno de los dos podía permitirse más demora, así que se contuvo.

Caminaron en silencio. Alguna que otra vez entrelazaban las manos sin quererse soltar.

Por encima de las copas de los árboles les llegaron unas voces. Se detuvieron de inmediato y se quedaron completamente quietos. Cas no alcanzaba a entender bien lo que decían, pues hablaban en voz baja, pero no estaban lejos.

Em se arrastró y él la siguió, permitiendo que su mano se entretuviera en su espalda.

Un destello borroso gris y azul surgió entre los árboles. A Cas se le fue el alma a los pies.

Eran soldados de Lera.

—Ve con ellos —dijo Em en voz baja.

Él se tragó el nudo de la garganta. Enredó sus dedos entre los de ella.

—Serás el mejor rey que Lera haya tenido jamás —dijo ella conteniendo las lágrimas.

Él la jaló de la mano hasta que su cuerpo estuvo contra el suyo y su rostro recargado en el cuello.

—De eso no estoy seguro.

—Yo sí.

La estrechó entre sus brazos tan fuerte como pudo y besó su frente.

—Cuando encuentre a tu hermana me aseguraré de que sea puesta en libertad. Cuando llegues allá, vigila la cabaña. La mandaré por el frente, directo a los árboles. Allí podrás reunirte con ella.

—Gracias —dijo Em con una sonrisa temblorosa mientras él se apartaba de ella.

Él apretó sus labios contra los de ella sólo por unos instantes, pues temía que si permanecía allí más tiempo, la tomaría de la mano para huir juntos.

La miró una vez más, era todo lo que podía. No supo si ella se había quedado a verlo marcharse, o si después de esa mirada se había marchado de ahí.

Se agachó abajo de una enredadera, y al resonar sus pasos por la selva las voces se silenciaron abruptamente. De pronto apareció detrás de un árbol un hombre con la chaqueta azul y gris amarrada en la cintura, con una espada en una mano y una daga en la otra.

Galo. Cas tuvo que contener las lágrimas al ver al amigo por el que había temido lo peor.

Los ojos del guardia se abrieron grandes de la impresión.

—¿Cas? —dijo en voz muy baja, aún consciente de lo que los rodeaba.

Los otros guardias inmediatamente saltaron de sus escondites, con la incredulidad marcada en sus semblantes.

Cas levantó las manos, pues un guardia seguía apuntándole con el arco y la flecha, pero enseguida los bajó con expresión avergonzada.

—¿Qué estás...? ¿Cómo lograste...? —Galo corrió hacia él. Parecía querer abrazarlo, pero luego pareció recapacitar—. ¿Está usted bien, su majestad?

Cas dio unos pasos y estrechó a Galo.

—Creí que estabas muerto.

Parecía que Galo estaba a punto de llorar cuando Cas lo soltó.

—Nosotros temíamos por usted, su majestad.

—Por favor, deja de hablarme así.

—Lo siento —dijo Galo, y se puso a examinarlo—. ¿Estás herido?

—Volví a lastimarme el hombro, pero ya estoy bien. ¿Mi madre logró escapar?

Galo señaló hacia atrás. Cas siguió su mirada y vio a dos guardias montados, con los sombreros ajustados en la frente.

Uno de ellos levantó la mirada y Cas se llenó de emoción. Era su madre.

Ella desmontó y corrió hacia él. Estuvo a punto de derribarlo cuando le echó los brazos al cuello.

—Sabía que no estabas muerto —dijo con voz llorosa—. Les dije que habrías encontrado un modo de escapar —lo soltó pero siguió sujetándolo de los brazos mientras inspeccionaba su ropa—. ¿Por qué vistes una camisa del personal?

—Unos empleados me ayudaron a escapar.

Jovita estaba en el otro caballo. Bajó de un brinco y abrazó brevemente a Cas.

—Me alegra que estés bien —dijo.

—Ya lo creo —dijo Cas riendo.

Ella sonrió con reticencia y sin verlo a los ojos. Quizá su prima no había estado del todo triste con su desaparición y su nuevo camino directo al trono.

—Ven —dijo la reina—. Necesitamos seguir avanzando. Cuéntanos todo en el camino.

—¿Sigue bajo nuestro dominio el Fuerte Victorra? —preguntó Cas.

—Sí —respondió su madre—. Envíamos a un guardia de avanzada para revisarlo, y dijo que sigue siendo seguro y se están preparando para un ataque. También despachamos soldados a proteger la frontera de Vallos. Queremos mantener a los guerreros en el norte por ahora.

—¿Y Olivia? —preguntó Cas.

—Nos desharemos de ella cuando lleguemos —dijo la reina—. No di órdenes de que la mataran. Supuse que habría cosas más importantes de qué ocuparse.

Cas se estremeció por la indiferencia con que su madre hablaba de matar a la hermana de Em. Pero definitivamente debían llegar a las Montañas del Sur, donde pudieran estar seguros y prepararse para un ataque. Su madre y Jovita tenían razón en eso.

—¿Vieron a los guerreros pasar con un carro? —preguntó—. Anoche los vi.

—Uno de nuestros vigilantes vio un carro —dijo Galo—. Están adelante de nosotros.

—Tienen a muchos de los empleados en ese carro, y algunos guardias —dijo Cas—. Yo estuve con ellos. Anoche sólo había cinco escoltando el transporte.

—Lo último que oímos fue que había seis —corrigió Galo.

Cas contempló el grupo y los contó. Ocho guardias, que él pudiera ver, además de su madre y Jovita.

—¿Ustedes son todos?

—No, hay cuatro vigilando las zonas cercanas —respondió Galo—. Dos adelante y dos atrás.

—Suficientes. ¿Crees que podamos alcanzar el carro?

—No —dijo Jovita bruscamente—. No tenemos tiempo.

—Vamos en esa dirección —dijo Cas—. Y por como fuimos tratados en ese carro, no creo que los guerreros planeen nada bueno para ellos —y dirigiéndose a Galo preguntó—: ¿Qué tan lejos están los vigilantes?

—No mucho. Uno de cada grupo se reporta a menudo para dar su informe.

—Muy bien. La próxima vez que vengan, diles que queremos que se queden con nosotros. Por lo menos cuatro guardias irán con mi madre y con Jovita, y pueden seguir hasta las montañas. Los demás se quedan conmigo, e iremos a rescatar ese carro.

—No, no lo harán —dijo la reina—. En ese carro no hay nadie que nos sea útil, y no arriesgaremos la vida por salvarlos. Todo mundo regrese a sus caballos. Joseph, Cas montará en el tuyo.

Los guardias miraban de la reina a Cas, evidentemente sin saber qué hacer. Ella, poniéndole una mano en el brazo, empezó a decir:

—Cas, tu seguridad es más…

—No era una sugerencia —dijo él levantando la voz. Ella pestañeó y le soltó el brazo—. Hay en ese carro treinta personas y todas me ayudaron a escapar. Treinta personas que irán con nosotros a las Montañas del Sur a defender con nosotros el dominio de Vallos.

Jovita puso los puños en sus caderas y miró a Cas como si fuera un completo idiota.

—Elige a cuatro guardias para que las acompañen —continuó.

Joseph dio un paso al frente y la reina les hizo una seña a otros tres.

—Dejen a Olivia en paz por ahora —dijo Cas intentando que su voz sonara despreocupada—. Lo último que necesitamos es que nos traiga problemas. Concéntrense en asegurar la edificación. Más adelante lidiaremos con ella.

Todos los guardias asintieron, pero su madre lo observó con un dejo de sospecha en los ojos.

Él se dio media vuelta rápidamente.

—Vamos.

En menos de una hora habían alcanzado el carro, y un guardia que había salido de avanzada le informó a Cas que los guerreros estaban descansando y habían dejado a sus prisioneros salir a orinar.

Sólo dos guardias de Lera tenían arcos y flechas; los ocho guardias estaban en círculo a su alrededor. Eran cinco hombres y tres mujeres, y a ninguno lo conocía especialmente bien, excepto a Galo. Pero todos lo escucharon atentamente mientras les explicaba su plan y asintieron cuando daba órdenes.

—Mi misión será abrir ese carro —dijo con la voz baja, como si no estuvieran muy lejos de los guerreros—. Todavía deben estar adentro o los hombres o las mujeres, porque sólo dejan salir a un grupo cada vez. Nadie en ese carro tiene un arma, pero pueden servirnos.

—¿Estás seguro de que no esperarás aquí? —preguntó Galo, y Cas sacudió la cabeza—. Bueno, déjanos ir por delante y nos alcanzas cuando hayamos matado a algunos.

—No. Soy bueno con la espada, necesitan mi ayuda.

—Entonces me quedaré cerca de ti —dijo Galo—. Si mueres, tendríamos que recibir órdenes de Jovita.

Esto provocó algunas risas entre los guardias y los relajó. Cas sonrió.

—Muy cierto —dijo, y mirando a cada uno agregó—: Gracias por esto. Sé que nuestra prioridad es llegar a las montañas y defender al resto de Lera y Vallos, pero no puedo permitir que los guerreros se lleven al personal del castillo. Mucho menos después de que ellos me ayudaron a escapar.

Un joven de rizos oscuros —uno de los guardias con arco y flecha— echó un vistazo alrededor del círculo y dijo:

—Creo que hablo en nombre de todos si digo que nos sentimos honrados de seguir a quien quiere salvar a su gente y no dejarla morir.

Los guardias asintieron y Cas los miró con agradecimiento.

—Gracias —dijo, y señaló al norte—. Vamos. Todos a sus posiciones.

Los guardias se dispersaron. Galo tomó al de cabello rizado por la muñeca y le plantó un rápido beso en los labios.

—No te mueras —dijo, y soltó al guardia, que le sonrió antes de partir.

Cas lo vio partir y miró a Galo.

—¿Hace cuánto tiempo que empezó eso?

—Algunos meses —dijo Galo mientras caminaba y sacaba su espada. Cas hizo lo mismo.

—¡Meses! Y no me dijiste nada.

—No creo que sea el mejor momento para hablar de mi vida amorosa, Cas —añadió Galo divertido.

—Está bien, pero tendrás que contármelo más tarde.

Cas se ocultó detrás de un árbol. Alcanzaba a ver el carro en el claro, más adelante. Las mujeres estaban dentro y los hombres hacían fila fuera, preparados para volver a subir. Los guerreros estaban en las mismas posiciones en que habían estado cuando él estaba con ellos: dos enfrente, uno a cada lado y dos atrás. Los dos de atrás habían desmontado para supervisar a los prisioneros.

Cas echó un vistazo a la derecha. No vio al guardia, pero probablemente estaba casi en su posición, preparándose para disparar una flecha.

—¿Qué tal es...? ¿Cómo se llama? —preguntó mirando a Galo.

—Mateo.

—¿Qué tal es Mateo con el arco?

—Excelente.

Una flecha pasó zumbando y aterrizó directamente en la espalda de una guerrera a un costado del carro. Su cuerpo se sacudió antes de caer del caballo.

Una segunda flecha voló por los aires, pero los otros guerreros ya habían bajado de sus caballos y desenvainado las espadas.

—¡Al carro! —les gritó un guerrero a los prisioneros. Los hombres se quedaron paralizados y no acataron la orden.

Cas corrió con Galo a su lado. Otras dos flechas cruzaron el aire. Un guerrero gritó cuando una se le clavó en el brazo. Algunos de los empleados brincaron sobre él.

Un guerrero inmediatamente se plantó frente a la puerta del carro, y Cas blandió la espada al acercarse. El guerrero bloqueó el ataque y se levantó un poco de polvo cuando sus espadas se enfrentaron.

Galo se deslizó por detrás del guerrero y lo tomó del cuello. Los ojos del guerrero se abrieron y su espada cayó de lado. Cas lo embistió y le clavó la espada en el pecho. Galo lo soltó y su cuerpo hizo un ruido sordo al golpear el suelo.

Cas avanzó de un brinco y soltó el pasador para abrir la puerta del carro. Cuando lo reconocieron hubo varios gritos ahogados en el grupo.

Les hizo una señal para que bajaran y dio un rápido vistazo alrededor para evaluar los daños. Vio a un guardia de Lera muerto en el suelo, pero el personal se había apiñado en torno al guerrero.

Dos guerreros estaban rechazando un ataque de cuatro guardias, y claramente estaban perdiendo. Un guardia introdujo su cuchilla en el pecho de un guerrero frente a la mirada de Cas.

En cuestión de minutos había cinco guerreros muertos, y Mateo estaba entablando un acalorado combate con el último. Evidentemente el guardia no era tan bueno con la espada como con el arco y la flecha.

Cas corrió hacia ellos y estampó su cuerpo contra el del guerrero. Los dos cayeron al suelo, pero el guerrero no soltó la espada. Cas apenas alcanzó a agachar la cabeza cuando el hombre intentó cortarle el cuello.

El guerrero se levantó con dificultad, pero algunas mujeres del carro lo sujetaron.

Cas rápidamente se rodó para alejarse del guerrero, y Mateo, con ambas manos en la espada, se la clavó en el pecho. Sacó la espada sonriéndole a Cas.

—Gracias, su majestad.

Cas se puso en pie y asintió. El claro estaba casi en silencio, con los cadáveres de los guerreros tendidos en el suelo.

Sólo un guardia había muerto, pero Cas se sintió incapaz de ver en esa dirección. Esa muerte le pesaba mucho.

Miró el carro y encontró a Daniela, la mujer madura a la que había visto antes. Se le acercó tambaleándose y le echó los brazos al cuello.

Él le dio un ligero apretón antes de soltarla. Contempló los rostros sucios y exhaustos a su alrededor y preguntó:

—¿Están bien?

Varias cabezas asintieron al unísono.

—¿Los alimentaban?

—Ayer comimos un poco de carne seca —dijo un hombre.

—No estamos lejos de Fuerte Victorra. Si se sienten débiles para caminar, siéntanse libres de regresar al carro —dijo, y les hizo una señal a un par de guardias para que se hicieran cargo de él.

—Gracias —dijo Daniela con lágrimas brillándole en los ojos. Hubo un murmullo de agradecimiento entre la multitud. Cas les dedicó una sonrisa cansada antes de darse la vuelta. Galo estaba a su lado, mirando al personal.

—Creo que acabas de ganarte a treinta personas que harán cualquier cosa que les pidas —dijo.

Cas caminó hacia su caballo.

—Parece que algunos murieron desde la última vez que los vi.

—No es tu culpa.

Cas se encogió de hombros y montó su caballo. El guardia también subió al suyo, y el resto de los guardias se dispersaron adelante y atrás de ellos cuando empezaron a avanzar por el sendero.

—Siento lo de tu padre —dijo Galo tras un largo silencio.

—Un guardia salió por la ventana y lo acuchilló antes de que yo pudiera reaccionar —dijo Cas—. No pude salvarlo.

—Nadie esperaba que lo hicieras —dijo Galo—. De cualquier manera, no deberías haber tenido que enfrentar tú solo a un guerrero. Te fallé.

—No, no me fallaste —le dijo Cas consternado—. Si mal no recuerdo, te quedaste atrás para combatir a una buena cantidad de guerreros. Me sorprende que hayas salido con vida.

—A mí también.

—Me alegra que así fuera. No sé a quién más nombraría capitán de mi guardia.

Galo miró a Cas con asombro.

—Soy demasiado joven para ser capitán de la guardia del rey.

—Y yo soy demasiado joven para ser rey, pero henos aquí.

—Henos aquí —repitió Galo en voz baja. Miró a Cas con una sonrisa triste—. De acuerdo, gracias —y permaneció varios segundos en silencio mirando a Cas—. No hemos encontrado rastro de Emelina Flores.

—Ah.

—No habías preguntado.

—Supongo que pensé que de haberla encontrado me habrías dicho.

Galo lo miró con suspicacia, pero no insistió. Cas tarde o temprano se lo confiaría, cuando los otros guardias no estuvieran tan cerca.

Cas le lanzó una mirada a su amigo, y por primera vez sintió que él era la única persona a la que le tenía suficiente confianza para contarle la verdad sobre Emelina. Su madre y Jovita tendrían una crisis nerviosa. Ninguno de los consejeros de su padre se lo habían tomado lo bastante en serio para forjar ninguna clase de relación.

—Me alegra que no estés muerto, Galo —dijo en voz baja. Quería decir más, contarle todo y pedirle consejo, y pudo ver que Galo interpretaba la emoción en su rostro. Cas se volteó y espoleó a su caballo hasta que empezó a galopar.

—Vamos.

TREINTA Y CINCO

Los soldados de Lera estaban reunidos en la fortaleza. Jovita le había descrito a Em el Fuerte Victorra como *sencillo*, y no se equivocaba. Mientras que el castillo de Ciudad Real estaba lleno de ventanas y adornos fastuosos, el fuerte no era más que una pila cuadrada de ladrillos.

Dos torres flanqueaban la construcción principal, con aberturas arriba, presumiblemente para que los soldados vigilaran. Una muralla de ladrillo rodeaba la totalidad del edificio, aunque no era tan alta que no pudiera treparse en caso necesario. Sólo que sería difícil hacerlo sin llamar la atención de los guardias.

Em estaba agachada en una colina cercana, desde donde podía ver a los soldados dando vueltas detrás de la muralla. Muchos habían logrado llegar a las Montañas del Sur sin que los guardias de Olso los capturaran.

Em puso las manos en el suelo y alargó el cuello para atisbar el camino sinuoso que llevaba al fuerte. La reina y Jovita habían llegado varios minutos antes, pero aún no había señales de Cas. Con suerte, no estaría lejos.

Un rápido movimiento en el bosque detrás del fuerte llamó su atención. Aparecieron ante su vista algunas chaquetas rojas. Guerreros.

Se levantó de un brinco y bajó la colina corriendo y con el cuerpo cerca del suelo. Debía encontrar a Aren antes de que liberaran a Olivia. Quería largarse de Lera en cuanto la recuperara, pero no iba a marcharse sin Aren.

Echó a correr en cuanto estuvo a cubierto de los árboles. El bosque estaba demasiado silencioso. No había animales correteando ni insectos chirriando. Mucha gente había pasado por la zona recientemente.

Una poderosa ráfaga de viento le sopló en el rostro, demasiado fuerte para ser natural. Se giró rápidamente, en busca del ruino. El rostro se le salpicó de tierra y parpadeó con los ojos llorosos.

Un cuerpo se estrelló contra el suyo y Em gruñó al encontrar el suelo. Echó el codo hacia atrás y golpeó carne suave. Consiguió zafarse mientras la mujer aullaba de dolor.

Se abrió paso por el suelo con la espada a medio desenvainar, cuando alcanzó a ver fugazmente el rostro de su atacante. Se paralizó.

—¿Mariana?

La joven ruina parpadeó y vio a Em desconcertada.

—¿Emelina?

Unos pasos retumbaron en la tierra, y cuando Em volteó vio a dos ruinos corriendo hacia ellas.

—Está bien, es Emelina —dijo Mariana poniéndose en pie de un brinco y sacudiéndose la tierra de los pantalones—. ¿Qué haces aquí? Pensamos que estabas muerta.

—También a mí me da gusto verte —dijo Em mientras se levantaba y se acomodaba la espada en el cinto—. ¿Y ustedes qué hacen aquí? ¿Vinieron en los barcos de los guerreros?

Mariana asintió.

—Los guerreros querían que los ayudáramos a tomar el Fuerte Victorra.

Em miró el espacio vacío a su alrededor.

—¿Y dónde están ellos?

—Se están colocando en sus posiciones para el ataque. Nosotros estábamos haciendo lo mismo —dijo Mariana inclinando la cabeza. Sus finas trenzas oscuras le caían sobre el hombro—. ¿Por qué estás aquí? Estaba segura de que habías muerto hace meses.

Em hizo caso omiso de la pregunta y observó a los dos hombres. El de los mechones grises era Weldon, y debía haber sido él quien le había echado tierra en el rostro. El más joven, Nic, también podía dominar los elementos, pero su poder era tan débil que era prácticamente inútil.

—¿Qué es eso que traes puesto? —preguntó Nic con una mueca mientras estudiaba su vestido azul hecho jirones.

—Estoy camino a buscar a Aren —dijo—. Ustedes tres vengan conmigo, puedo necesitar refuerzos.

—¿Aren está vivo? —preguntó Mariana, reanimándose al instante.

Weldon bajó sus cejas tupidas.

—Pensamos que finalmente habías hecho que lo mataran.

—Lo tienen los guerreros.

—Tal vez deberías esperar aquí —dijo Mariana como si estuviera hablándole a un niño. Era un tono de voz al que cualquier ruino inútil estaría muy acostumbrado—. Nosotros nos encargamos.

Em hizo un gesto de fastidio y se alejó corriendo.

—En serio, ¿qué es eso que trae puesto? —preguntó Nic a sus espaldas.

—¡Vengan! —les gritó por encima del hombro.

Unos momentos después la siguieron unas pisadas, y los llevó entre los árboles al lado sur del fuerte. Redujo la velocidad al acercarse a la zona donde había visto a los guerreros. No se esforzó en no hacer ruido. Iba a negociar con los guerreros, no a atacarlos.

El rostro de Iria apareció detrás de un árbol.

—Aquí está Emelina —anunció.

Un murmullo enojado siguió a sus palabras e Iria frunció el ceño.

Em avanzó lentamente. Iria se hizo a un lado y aparecieron Koldo y una guerrera que vigilaba a Aren. Él estaba sentado en el suelo, con los ojos vendados todavía, pero al parecer ileso.

—Sólo vengo por Aren —dijo con las manos en alto.

Una guerrera sacudió la cabeza.

—Es demasiado peligroso. Mató a un guerrero y no vamos a arriesgarnos a que mate a otro. Vamos a retenerlo hasta que podamos llevarlo ante el rey de Olso para una evaluación.

—Petra, no necesitamos... —empezó a decir Iria.

—Muévete o haré que te muevas —interrumpió Mariana dando un paso para quedar junto a Em. Vio a Koldo entrecerrar los ojos y el guerrero gritó, golpeando imágenes invisibles con su muñeca vendada. Dio unos giros y se estampó directo con un árbol.

—Los odio a todos ustedes —dijo gimiendo al caer al suelo.

Petra buscó su espada y avanzó directo hacia Mariana. Em dio un salto para quedar entre ellas y le puso la mano a Mariana en el rostro antes de que pudiera usar sus poderes.

—Quítate —dijo Mariana sacudiendo la cabeza.

—Cálmense todos —pidió Em—. Guarda esa espada —ordenó a Petra.

—Oblígame.

—Encantada.

Mariana embistió y Em la apartó de un empujón.

—¡Estamos en el mismo bando! —gritó Em—. ¿Pueden callarse todos un minuto? Nic, quítale la venda a Aren.

—Si le quitas la venda nos matará a todos —dijo Koldo tratando de ponerse en pie, tembloroso.

—Probablemente no —dijo Aren—. Diría que sólo hay un sesenta por ciento de probabilidades de que los mate a todos.

—Aren —le dijo Em en tono de advertencia.

Él soltó un suspiro exagerado.

—Está bien: cincuenta por ciento.

Iria se hizo a un lado y dejó que Nic llegara hasta donde estaba Aren. Le arrancó la venda de los ojos y desamarró la cuerda con que le habían atado las manos. Aren se levantó de un salto.

—*¿Los guerreros están en posición de atacar?* —le preguntó Em a Iria.

—Sí. Hay algunos ruinos desperdigados también por el bosque. Son parte de la segunda ola —y señalando a Mariana le preguntó—: ¿No te asignaron una misión?

—Sí, pero luego me topé con Em deambulando por el bosque.

—No estaba deambulando, estaba buscando a… —Em se interrumpió, respiró profundo y miró a Iria—. Necesito que me esperen. Cas prometió liberar a Olivia.

Mariana la miró perpleja.

—Olivia está allá adentro —dijo Em antes de que Mariana empezara a hacer preguntas—. Sigue viva, y en cualquier momento deberá salir por esa puerta.

—Espera —Mariana extendió las manos frente a ella en posición de *detente*—. ¿Cas, el príncipe Casimir?

—Ahora el rey Casimir —dijo Aren.

—Te dijo que iba a soltar a Olivia —Mariana hizo un gesto de completa incredulidad—. ¿Y por qué haría eso?

—Es una larga historia, pero…

—Es una larga historia que tienen que oír —interrumpió Aren—. Em se casó con Cas. Ella es la razón por la que pudimos lanzar un ataque exitoso contra el castillo de Lera. Gracias a ella todos estamos aquí.

Todo el grupo quedó en silencio y los tres ruinos miraron a Em confundidos.

—¿Se casó con él? —repitió Weldon.

—Qué horror —dijo Mariana con gesto adusto.

—¿Pueden aplazar el ataque? —le pidió Em a Iria.

—No. Ocurrirá después del atardecer. Ya todo está en marcha.

Em miró al cielo. Faltaba una hora para el atardecer. Esperaba que fuera suficiente tiempo.

—Está bien. Aren, ven conmigo. Vamos a vigilar el fuerte y ver a qué hora sale. Mariana, Weldon, Nic, a sus posiciones —y señalando a los guerreros agregó—: Ustedes tres, nada de tomar prisioneros a los ruinos. Somos del mismo equipo.

Koldo y Petra miraron a la ruina con el ceño fruncido, pero Iria asintió.

—¿Está claro? —le preguntó Em a Mariana.

Mariana parpadeó y les lanzó a Weldon y a Nic una mirada de desconcierto.

—¿Cuándo empezaste a dar órdenes?

—Cuando llevé a cabo todo este plan mientras ustedes estaban huyendo y escondiéndose.

Mariana miró a Aren.

—¿En verdad hizo todo eso?

Aren asintió. Mariana todavía no parecía convencida.

—En sus posiciones o fuera de aquí —dijo Em.

Mariana vaciló por un instante y luego hizo un gesto a Nic y a Weldon.

—Vamos, a nuestras posiciones.

TREINTA Y SEIS

Cas siguió a Galo por un alto portón de metal. Un viento helado le erizó los brazos. El Fuerte Victorra proyectaba su sombra sobre el césped, y Cas levantó la cabeza para verlo. No había ido a la fortaleza en años. Ya sentía la opresión, y eso que todavía no entraba.

Había una multitud de soldados y guardias de Lera en el césped, y todas las cabezas giraron a verlo. Un escalofrío le recorrió la espalda. Todos recibían órdenes de él. Todos esperaban que tuviera las respuestas.

Puso una sonrisa forzada cuando el rostro de un guardia que se le hacía conocido se iluminó al verlo. Galo abrió las gruesas puertas de madera y dio un paso atrás para que Cas entrara primero.

El guardia a su derecha se enderezó cuando Cas puso un pie en el edificio. No había ventanas, así que estaba frío y oscuro. La entrada era pequeña y estrecha. Cas atravesó una segunda puerta y llegó a una estancia grande y casi vacía. De las paredes colgaban faroles que proyectaban un suave resplandor sobre los pisos de piedra. La escalera a su izquierda conducía a la mayoría de las habitaciones, según creía recordar, y también daba acceso a las dos torres. Había varios guardias cerca de ahí, uno apostado en cada pared.

—¿Dónde están Jovita y mi madre? —preguntó.

—Arriba, en la torre este —dijo un guardia.

—¿Y los prisioneros? ¿Hay alguien abajo, aparte de Olivia?

—No, su majestad. Sólo Olivia Flores.

Cas se inclinó hacia Galo y bajando la voz le dijo:

—¿Puedes bajar y relevar a los guardias? Diles que los necesitan allá adelante. Te veo ahí en un minuto.

Galo le dirigió a Cas una mirada inquisitiva, pero asintió y salió del salón. Cas caminó hacia las escaleras, y subió corriendo hacia la torre este. Jovita y la reina estaban en pie junto a la ventana de la pequeña habitación. Las dos lo miraron cuando entró. Se dirigió a la ventana y apartó a Jovita con un ligero empujón.

—Díganme qué está pasando.

El sol se estaba ocultando y un soldado estaba encendiendo las antorchas alrededor del edificio. Había silencio. Se respiraba en el aire miedo y tensión.

—Hemos detectado algo de movimiento en el bosque —dijo su madre—. Creemos que atacarán esta noche. Probablemente estaban esperando que llegáramos.

—Somos su objetivo —dijo él.

—Podrías haber estado más seguro escondido en la selva —añadió Jovita.

—Más seguro tal vez, pero no habría sido una decisión muy valiente tomando en cuenta que estamos en guerra —y al decir la palabra *guerra* se tronó un nudillo.

—¿Por qué traes una espada de guerrero? —preguntó Jovita observando el arma en su cintura.

—Se la quité a uno al que maté.

—¿Llegaste hasta acá tú solo? —la voz de su prima sonaba suspicaz.

—¿Todo mundo tiene órdenes? —preguntó, ignorándola. Señaló a los soldados que estaban afuera—. ¿Saben...? ¿Saben qué hacer? —no sabía cómo estar al frente de un ejército durante una batalla, y la pregunta sonó estúpida en cuanto salió de su boca.

—El coronel Dimas es aquí el oficial de más alto rango —dijo la reina—. Esperaba que la general Amaro estuviera aquí también, pero no ha llegado... —hizo una pausa—. O está muerta.

—Ya hay planes para defender el Fuerte Victorra en caso de un ataque —dijo Jovita—. Deberías saberlo, Cas.

Él recordaba vagamente los planes. Se frotó la cabeza con los dedos.

—Disculpa si ahora mismo no recuerdo todo con claridad, Jovita. Yo no tuve guardias que me escoltaran por la selva. Casi no he dormido desde que nos atacaron.

—¿Su majestad?

Cas miró a quien le hablaba. Era un guardia de baja estatura que permanecía en pie en la entrada mientras observaba nervioso a Cas.

—Siento interrumpir, su majestad, pero no estoy seguro de ante quién debo comparecer en este momento.

—Está bien —dijo Cas.

—Acaban de ordenarnos abandonar las mazmorras, y sólo quería hacerle saber que normalmente no dejamos a Olivia con menos de tres guardias y...

—¿Es peligrosa? —interrumpió Cas.

—Bueno, no, ya no, pero...

—Entonces a ustedes los necesitamos en la batalla.

El guardia asintió y salió, mascullando una disculpa.

La reina y Jovita lo observaron con la misma suspicacia. Cas intentó mantener una expresión neutra.

Su madre le tocó el brazo y dijo:

—Cas, vamos a pedir que te traigan algo de comer y te esconderemos en alguna de las habitaciones. Jovita y yo podemos ocuparnos de los problemas que surjan.

Cas vio a Jovita un instante y una inquietud comenzó a nacer en su pecho.

—No me ocultaré mientras nuestros soldados pelean —y volteando hacia su prima agregó—: Jovita, ve por el coronel Dimas y dile que me encuentre allá abajo. Quiero que me informe del plan.

—Tu madre y yo ya hablamos con él —dijo Jovita.

—Muy bien. Ahora ve y dile que el rey quiere hablar con él dentro de unos minutos.

A Jovita se le crispó la mandíbula, pero caminó frente a él y bajó corriendo las escaleras. Él fue tras ella y su madre lo siguió.

—Parte de ser un buen rey es asegurarte de permanecer con vida para poder gobernar —dijo. Sus zapatos golpeaban el suelo mientras corría detrás de él—. Entrar en batalla para salvar a unos cuantos empleados en un carro y...

—Los salvamos y yo estoy aquí, madre.

—No fue una decisión inteligente —dijo sujetándolo de la camisa y obligándolo a detenerse—. ¿Por qué le quitaste los guardias a Olivia?

—Necesitamos hasta la última espada —intentó mantener un semblante neutro, pero su madre volvió a fruncir el ceño con suspicacia.

Cas bajó las escaleras corriendo. Su madre permaneció allí, y él pudo sentir en la espalda su mirada fulminante. Terminó de bajar las escaleras y quedó fuera de su campo de visión. Iba a tener que sacar a Olivia a hurtadillas, y no le hacían mucha ilusión las consecuencias, cuando su madre lo supiera.

El coronel Dimas entró por la puerta principal y saludó a Cas con un gesto de cabeza.

—Su majestad, me alegra que haya llegado aquí a salvo.

Condujo a Cas afuera y lo llevó a caminar alrededor de todo el edificio mientras le ofrecía un breve resumen de su estrategia de defensa. Muchos guardias y soldados se veían cansados, con los uniformes arrugados y sucios tras el desplazamiento, pero seguían erguidos en filas rectas, listos para la batalla. Cas miró su asquerosa camisa azul de personal.

—¿Me pueden dar un uniforme de guardia? —le preguntó al coronel cuando regresaron al césped frontal—. Va a ser más fácil que pelee si me mezclo con los demás.

—¿Se unirá a nosotros, su majestad?

—Sí.

—Pediré que le busquen uno.

Cas le agradeció, se dio la vuelta y asintió cuando un guardia le hizo una seña para que lo siguiera.

—Vuelvo en un minuto.

Pasó por las puertas del frente y atravesó el gran salón. Había dos arcos en la pared que conducía a las habitaciones de la parte trasera, y antes de agacharse para pasar por el de la izquierda miró por encima del hombro. Los guardias lo observaban, pero ninguno hizo ademán de seguirlo.

Cruzó el salón y esquivó la mesa y el grupo de sillas que había en el centro. Creía recordar que la puerta en la esquina izquierda, al fondo, llevaba a las mazmorras.

Abrió la puerta y rápidamente bajó las escaleras. Al final había una pesada puerta de madera. La abrió y apareció frente a él un largo pasillo con celdas a ambos lados. Galo estaba en pie frente a una de las últimas, y levantó la mirada al oír que la puerta se abría.

—¿Ella es Olivia? —preguntó Galo señalando la celda frente a él. Tenía el semblante tenso de preocupación, y Cas rápidamente se acercó. Todas las celdas estaban vacías. Curiosamente, había un fuerte olor a flores o perfume que se intensificaba conforme avanzaba.

—¿Está bien? —preguntó Cas.

La última celda era la única ocupada. Había en ella una adolescente. Estaba encadenada a la cama, de cara a la pared y no a los barrotes. Tenía los ojos vendados. Llevaba unos pantalones holgados y una blusa blanca, los dos con manchas de tierra y mugre. Su cabello oscuro estaba alborotado. Tenía más marcas ruinas que Damian. Las pálidas líneas le cubrían los brazos y le subían por el cuello hasta la cabellera.

—Creo que es ella —dijo Cas en voz baja.

—¿La han tenido encadenada a esa cama todo el tiempo?

Cas se pasó la mano por el rostro dando un largo suspiro.

—No lo sé.

¿Qué esperaba? ¿Que tuviera varias habitaciones y un cómodo lecho? ¿Que le permitieran bañarse con regularidad y le dieran suficiente de comer? Nada de eso había pasado, en vista de su estado.

—¿Tienes las llaves? —preguntó alargando el brazo.

Galo se las entregó.

—Están marcadas. Es la verde.

Llevó la llave verde a la cerradura.

La puerta de las mazmorras se abrió de golpe y él se alejó rápidamente de la celda. Jovita y la reina cruzaban por el pasillo a grandes pasos, seguidas por cuatro guardias.

La reina extendió la mano al detenerse frente a Cas.

—Las llaves, Casimir.

Él dio un paso atrás y su hombro rozó con el de Galo. Carraspeó e intentó sonar autoritario.

—¿Podrían todos darme un momento?

—No puedes soltarla —dijo la reina sacudiendo la cabeza—. Sé que por eso estás aquí abajo. Sé que Emelina te metió ideas sobre los ruinos, pero no puedes dejar libre a Olivia. No sabes de lo que es capaz...

—¡Está encadenada a la cama! —dijo señalándola y sintiendo que le hervía la sangre—. ¡No es capaz de nada!

—Es un experimento fallido, Cas —dijo Jovita—. Eso lo reconocemos. Aprendimos algunas cosas, y pensamos que los poderes curativos de Olivia podrían ser útiles, pero no se le pudo condicionar a...

—Sáquenlas de aquí —dijo dirigiéndose a los guardias.

Ninguno se movió. Su madre lo miró como si se disculpara.

—Lo siento —dijo en voz baja.

Los guardias se abalanzaron hacia él. Varias manos se aferraron a las muñecas de Cas. Intentó liberarse pero lo detuvieron con firmeza. Uno de ellos le arrancó las llaves de la mano.

—Lo siento, su alteza —susurró otro.

Los dedos de Galo se cerraron en la empuñadura de su espada.

—Eres demasiado impulsivo —dijo la reina.

Cas reprimió un estallido de rabia.

—Tú...

—Lera está más allá de las opiniones de una sola persona —interrumpió la reina—. Aun si esa persona puede ser el siguiente rey.

Puede ser el siguiente rey. ¿Puede ser...? Giró la cabeza hacia Jovita. Ella no lo vio a los ojos.

—Estamos en guerra —dijo su madre—. No es momento de cambiar drásticamente nuestras políticas. Si pudieras pensar con claridad, te darías cuenta. Llevas varios días sin dormir, todos lo podemos ver, y sin duda entiendo que sigues traumatizado por la muerte de tu padre.

La reina señaló una celda.

—Sólo por unas horas, hasta que hayamos rechazado un ataque de los guerreros. Aquí abajo estarás a salvo.

La reina tomó su collar, se lo sacó por encima de la cabeza y se lo colocó a Cas. El metal, al deslizarse por debajo de su camisa, seguía tibio del contacto con la piel de la reina.

—Contiene flor debilita. Te protege de la magia ruina.

Lo vio con sorpresa y levantó la mirada con expresión inquisitiva.

—Es una de las razones por las que teníamos a Olivia. Necesitábamos conocer sus debilidades, en caso de una situación como ésta. Quédatelo si vas a estar aquí abajo con ella —y señalando a Galo, que seguía con la mano en su espada, le dijo a un guardia—: Enciérrenlo con Cas.

Cas se retorció intentando liberarse de las manos que lo detenían. No pudo.

—¡Necesitas a todos los guardias peleando! —gritó.

Su madre sólo sacudió la cabeza como respuesta. Él le lanzó una mirada furibunda cuando un guardia le retiró a Galo su espada.

Los guardias empujaron suavemente a Cas a la celda. Él tercamente se negó a moverse, así que tuvieron que arrastrarlo por la puerta de metal abierta. Los dos hombres lo soltaron, salieron de la celda y luego metieron a Galo de un empujón. Azotaron la puerta tras ellos y giraron la llave.

Cas se cruzó de brazos y observó que su madre esquivaba su mirada. Él miró fijamente a cada uno de los guardias y trató de memorizar sus rostros. No quería olvidar los rostros de los traidores.

—Vamos —dijo la reina—. Uno de ustedes quédese apostado afuera. Nadie entra ni sale.

—Yo me quedo —ofreció un guardia. La reina asintió y le hizo a Jovita una señal para que la siguiera. Desaparecieron por la puerta y el guardia que había elegido quedarse la cerró tras él.

Cas miró a Galo y luego a Olivia, en la celda frente a ellos. ¿Pensaría Em que la había traicionado? ¿Atacaría ahora con el resto de los guerreros? El pavor empezó a serpentearle por el cuerpo.

Soltó un largo suspiro y se pasó una mano por el cabello. Volteó hacia Galo.

—Tengo que contarte lo que pasó en la selva.

TREINTA Y SIETE

E m estaba recostada boca abajo en lo alto de una colina, con Aren tendido a su lado. Llevaba una hora observando el frente de la fortaleza y no había habido señales de Cas ni de Olivia. Los soldados de Lera habían desaparecido adentro del fuerte y el césped frontal estaba desierto.

—Em...

Miró por encima del hombro y allí estaba Iria, acuclillada a sus espaldas.

—Todos están en sus posiciones. ¿Aren y tú van a ayudar?

Em miró de nuevo el césped frontal, como si Olivia fuera a aparecer de súbito si lo deseaba con suficiente fuerza. ¿Por qué Cas no la había liberado? ¿La habrían llevado a otra parte? ¿Estaría muerta?

¿Habría Cas cambiado de opinión?

Miró a Aren.

—Voy a ayudar —dijo él en voz baja. Se puso en pie.

Em suspiró, se levantó despacio y bajó la colina detrás de ellos.

—Vamos a hacer dos oleadas —dijo Iria mientras avanzaban—. Tenemos a un ruino apostado para derribar una sección del muro frontal, los guerreros entrarán por ahí. Poco después atacará el resto de ruinos. Los tenemos diseminados en posiciones seguras. Cuando hayan agotado su magia, volveremos a entrar.

—Quiero intentar entrar al edificio y sacar a Olivia —dijo Em.

—Lo mejor que puedes hacer es esperar hasta que lo hayamos tomado —dijo Iria.

—¿Y si no lo consiguen?

—Lo conseguiremos —habían llegado al pie de la colina, e Iria señaló hacia la espesura de los árboles—: Aren, hay un par de ruinos en esa dirección. Si te reúnes con ellos, te llevarán a tu posición.

Aren sacudió la cabeza.

—Yo me quedo con Em. Vamos a ir por Olivia. De cualquier forma, voy a derribar a todos los soldados de Lera que pueda.

—Está bien —dijo Iria yéndose de ahí. Desapareció entre los árboles pisando la hierba de manera silenciosa.

—¿Quieres ir al frente con todos los demás? —le preguntó Aren a Em.

Ella sacudió la cabeza.

—Toda la atención estará allí. Seamos más astutos.

Se dirigió a los árboles y le hizo un gesto para que la siguiera. Mariana estaba con dos guerreros y los ojos le brillaron cuando vio a Em y Aren acercarse.

—¿Soltó a Olivia?

—No —dijo Em—. Vamos a entrar por ella. ¿Hay alguien en la parte trasera del edificio que pudiera abrir un boquete?

—Claro, allá atrás está Weldon. Él puede —dijo Mariana.

Em se volteó hacia Aren.

—¿Puedes ir atrás con Weldon y sacar a los soldados de Lera que haya en las inmediaciones? Voy a entrar sola.

—Yo debería ir contigo —dijo Aren.

—No. Serás más útil si puedes quitarme a los soldados de encima para que yo pueda entrar. Y sé cuánta energía necesitarás para eso. Debes permanecer en un lugar seguro.

Él aguardó un momento y luego asintió.

—Está bien.

—Tienen que apresurarse —dijo Mariana—. Atacaremos en cualquier momento. Pronto oirán el muro derribándose.

Em y Aren partieron, seguidos de susurros que les deseaban buena suerte. El sol ya se había ocultado por completo, y mientras corrían estaba oscuro y silencioso. A Em le dolían los pies, y su estómago ya había renunciado a la esperanza de comida y sólo se retorcía tristemente.

Encontraron a Weldon en un árbol cerca de la parte posterior de la fortaleza. Las piernas le colgaban a ambos lados de una rama. Escuchó atentamente mientras Aren le explicaba el plan.

—Necesitamos que primero abras un agujero en la muralla —dijo Aren—: y luego otro en la pared, allí, en ese lugar en la parte trasera del edificio. Si el hueco es grande, lo agradeceremos. Cruzarán por él algunas personas.

—Por supuesto —respondió Weldon sonriendo.

Un silbido bajo resonó en la noche silenciosa. A Weldon se le crispó el rostro y su expresión se tornó más seria.

—La muralla del frente está por caer. ¡Vamos!

Em sacó su espada y corrió. Detrás de la fortaleza no había más que hierba, y cualquiera desde la torre podía verla ir hacia allá.

Sonó un estruendo al frente de la fortaleza. El suelo bajo sus pies tembló y ella cayó de rodillas. Veía cómo las piedras del muro trasero de la fortaleza retumbaban. Una gran sección explotó y disparó trozos de piedra y madera en todas direcciones. Agachó la cabeza y se la cubrió con las manos.

Se puso en pie de un brinco y entrecerró los ojos, intentando ver entre el polvo y la oscuridad. Weldon había volado un gran agujero en el muro del edificio. Había dos hombres desplomados entre los escombros. Uno más se mantenía dando traspiés mientras la sangre le manaba de su cuero cabelludo.

Adentro había más guardias. Pudo ver al menos cuatro corriendo hacia las ruinas, y se fue directo a ellos. Aren podría eliminar a tres con toda seguridad; eso dejaba uno libre para ella y su espada.

Brincó sobre las piedras con la espada a su izquierda. Aren se encargó inmediatamente del guardia que se dirigió a toda velocidad hacia ella. Su cuerpo hizo un crujido cuando se estampó contra el techo y luego cayó al suelo.

El guardia frente a ella también salió corriendo y levantó la espada contra el que se precipitaba hacia ella, sin dejar de mirar a su alrededor, buscando desesperadamente a Cas. ¿Dónde estaba?

Clavó su arma en el pecho del guardia cuando éste perdió el equilibrio, y rápidamente se alejó. Unas pisadas golpeaban el piso cerca de ahí y ella corrió en dirección opuesta. No quería que Aren usara su magia: necesitaba que conservara algo de energía.

Dobló la esquina corriendo. ¿Dónde tendrían a Olivia? Encerrada en una celda, eso seguro. Todas las celdas en Lera eran subterráneas, así que lo mejor era suponer que también allí.

Primero encontró una cocina y un pequeño comedor, pero sin puertas que llevaran a la parte de abajo. Esperó que desapareciera el ruido de pisadas y salió por el salón derruido hacia el otro lado de la fortaleza.

Al abrir una puerta encontró una salita. Al fondo había una puerta. Corrió hacia ella y la abrió de golpe.

A sus pies halló unas escaleras que llevaban al sótano. Hasta abajo había un guardia vigilando una puerta cerrada, que asomó la cabeza y desenvainó su espada.

Bajó corriendo y el guardia se abalanzó hacia ella con un grito. Em bloqueó su espada, levantó su bota y se la estampó en el pecho. Él se estrelló contra la puerta.

Em tomó la manija y abrió la puerta de un empujón. El guardia cayó de espaldas e intentó levantarse. Ella le clavó la espada en el pecho.

—Em...

Sacó la espada del pecho del guardia y buscó de dónde provenía esa voz conocida. Se extendía frente a ella un corredor de celdas. Avanzó hacia el sonido de la voz. Cas estaba en pie dentro de una celda con los dedos cerrados sobre los barrotes. Galo estaba detrás de él, con expresión de total perplejidad.

—¿Qué estás haciendo en...? —su voz se apagó cuando vio a la joven en la celda frente a ellos. Olivia.

—Lo siento —dijo Cas—. Intenté liberarla, pero Jovita y mi madre me encerraron aquí.

Ella se precipitó hacia los barrotes de la celda de su hermana.

—Olivia, ¿estás bien?

La cabeza de su hermana se levantó y sus ojos vendados buscaron a Em. Estaba demasiado delgada y su cabello estaba alborotado. Olivia tenía casi dieciséis años ya, pero lucía tan pequeña que parecía como si su edad hubiera disminuido desde la última vez que Em la miró. Sus marcas ruinas casi se habían duplicado y abarcaban más piel de la que Em jamás hubiera visto. Tenía incluso más que su madre.

—¿Dónde están las llaves? —buscó a su alrededor y Cas señaló al guardia. Corrió a arrancárselas del cinto.

—La verde —dijo Galo. Y luego, en voz más baja, a Cas—: ¿También a nosotros nos va a liberar?

—Por supuesto que lo haré —dijo Em corriendo de vuelta a la celda de Olivia. Metió la mano en la cerradura y la puerta se abrió. Entró rápidamente y le quitó la venda de los ojos a su hermana.

Olivia parpadeó varias veces con los ojos fijos en Em. Sus labios se crisparon, las cadenas de sus muñecas crujieron cuando buscó acercarse a su hermana, pero no dijo una palabra. Sólo miraba fijamente.

—¿Con qué llave abro esto? —preguntó levantando las cadenas. Tenía esposas de hierro en las muñecas y la larga cadena unida a ellas llegaba hasta la pared.

—No lo sé. Tal vez alguna de las más pequeñas —respondió Galo.

Ella buscó entre las llaves e intentó con dos antes de que una encajara en la cerradura. Abrió las esposas, tomó a Olivia de las manos y la jaló para levantarla.

—¿Puedes caminar? —preguntó con las manos en las mejillas de su hermana—. Di algo, me estás asustando.

Olivia arrugó el rostro, miró hacia la celda de Cas y Galo, y luego volteó hacia Em para preguntarle en un susurro:

—¿De verdad te casaste con él?

Em rio, pero el sonido se apagó cuando escuchó gritos arriba. Sobre ellos se escucharon varias pisadas. Olivia levantó la barbilla y ladeó la cabeza interesada en el ruido.

—Em, si los guerreros nos acorralan aquí abajo... —le dijo Cas con expresión suplicante—. Es la llave roja.

Corrió a la celda de Cas y la abrió. Él salió y la tomó de las manos.

—Siento muchísimo que le hayan hecho esto a Olivia —dijo en voz baja.

Em sacudió la cabeza.

—No es tu culpa.

—Claro que es su culpa —dijo Olivia a sus espaldas.

Em se volvió hacia Olivia.

—Te lo explico más adelante. Los guerreros de Olso sitiarán el fuerte y debemos salir de aquí —le dijo.

Los ojos de Olivia se iluminaron.

—¿En verdad?

Em pasó por encima del guardia muerto y subió corriendo por las escaleras con Cas y Galo siguiéndole de cerca. Olivia respiró hondo cuando entraron en la sala.

—Ah, mucho mejor —dijo suspirando—. ¿Oliste la debilita allá abajo? Cubrieron las celdas. Llevo un año prácticamente sin poder respirar.

El ruido de gritos y espadas enfrentándose resonó por el fuerte. Cas empezó a correr hacia la puerta.

—Galo, ¿puedes ayudarlas a salir de aquí? —le pidió por encima del hombro y desapareció al doblar la esquina.

—No hace falta —dijo Olivia extendiendo la mano. Los pies de Galo se levantaron del suelo. Él pegó contra la pared con un fuerte ruido sordo y cayó al suelo con un gruñido.

Em rápidamente le tomó la mano a Olivia y la bajó.

—No hagas eso, es un amigo.

—Por eso no le saqué la columna vertebral por la garganta.

Olivia hizo un movimiento oscilante con la mano mientras Galo se ponía en pie con un gesto de dolor.

—Corre, humano, antes de que cambie de opinión.

Em miró a Galo como pidiéndole disculpas.

—Ve, Galo. Estaremos bien.

Con miedo en el semblante, salió a buscar a Cas sin decir palabra.

—¿En verdad hay guerreros allá afuera? —preguntó Olivia cruzando la sala a toda velocidad.

Em la tomó del brazo y la jaló antes de agacharse para atravesar el arco.

—Espera.

Se recargó de espaldas a la pared y se asomó por la esquina. Un guardia pasó por la puerta con la espada desenvainada.

—¿Quién lo dejó salir? —la voz de Jovita retumbaba por toda la fortaleza, acompañada de fuertes pisadas. Bajó corriendo las escaleras y al ver al guardia le dio unos golpecitos con el dedo.

—¿Quién dejó salir al príncipe Casimir? ¿Por qué acabo de verlo entrar en batalla?

Em tendió el brazo y le dijo a Olivia que se quedara allí unos momentos.

—No lo sé —dijo el guardia—. Pasó corriendo frente a mí antes de que pudiera detenerlo.

Jovita se volteó, dándoles la espalda, y Em le hizo a Olivia una señal de que la siguiera. Em cautelosamente dobló la esquina para escabullirse, no sin antes echar un rápido vistazo al desastre que había dejado unos minutos antes. Todos los guardias del salón estaban muertos, tendidos encima de pilas de escombros.

Olivia de repente soltó un grito, y cuando Em se giró la vio sacando una roca de abajo de su pie descalzo.

—¡Esperen! —gritó Jovita al doblar la esquina corriendo.

—¿Quién está...? —cuando vio a Em los ojos se le abrieron como platos y a toda prisa desenvainó su espada. Olivia se concentró en el guardia detrás de Jovita y lo arrojó por la habitación.

Em levantó la espada.

—Recuerda la última vez.

Los labios de Jovita se curvaron cuando dio un paso al frente.

—A un lado, Em —dijo Olivia empujándole el brazo—. Déjame...

—¡Los ruinos nos están atacando! —el grito vino de afuera y Jovita se giró rápidamente.

Em la embistió y rozó con la espada la mejilla de Jovita.

Jovita dio un grito ahogado. Se puso una mano sobre la herida y se tropezó hacia atrás. Los dedos se le empezaron a llenar de sangre. Em bajó la espada. No iba a matar a un miembro de la familia de Cas.

Em tomó a Olivia de la mano pero su hermana se quedó allí señalando a Jovita.

—No, quiero ver cómo se le sale la columna vertebral por la...

—No, Olivia —dijo Em bruscamente, jalando a su hermana. Corrieron y saltaron por encima de los escombros. En cuanto salieron, Aren estaba frente a ellas.

—¡Aren! —Olivia se precipitó hacia él y le echó los brazos al cuello.

A Aren se le formó una sonrisa de oreja a oreja mientras la abrazaba unos instantes. Dos guardias de Lera se aproximaban, y Em corrió primero, llevando a Olivia con ella. Su hermana iba descalza pero avanzaba con rapidez, siguiendo el ritmo de Aren y Em.

Los guardias de Lera no iban tras ellos. Em frunció el ceño y volteó a ver la fortaleza, confundida. ¿Por qué no los estaban persiguiendo?

—Salgamos de aquí —dijo Aren—. Los ruinos van a derrumbar el fuerte en cualquier momento.

—Los guardias no nos persiguen —dijo Em en voz baja. Inquieta, tragó saliva.

—Cuando el fuerte haya caído, podremos matar a muchos —dijo Olivia sin escuchar el comentario de Em. Le sonrió a Aren—. Muero por enseñarte lo que he aprendido. Nuestros poderes son mucho más fuertes de lo que creemos. Podemos...

Sonaron unos pequeños estallidos. Olivia se detuvo y miró al cielo. Em le siguió la mirada. Unas partículas diminutas flotaban por los aires. Apenas podían verse a la luz de las antorchas.

—¡No respiren! —gritó Olivia. Se tapó la boca y la nariz con las manos y Aren y Em la imitaron enseguida.

Olivia dio un salto como si algo le hubiera picado, y Em vio cómo las pequeñas partículas le golpeaban la piel. Las marcas ruinas que se le arremolinaban en sus brazos se oscurecieron, y mientras la piel se le agrietaba aparecían manchas de sangre aquí y allá.

Em vio cómo los pequeños fragmentos azules caían en su piel. Nada. Se quitó las manos de la boca y respiró.

Conocía ese olor. Debilita.

Em cubrió a Olivia primero y a Aren después. Los empujó hacia el suelo y los protegió con sus brazos lo mejor que pudo. Olivia tenía más piel expuesta que Aren, así que acercó más los brazos de su hermana para protegerlos con los suyos.

Se quedó agachada sobre ellos hasta que casi todas las partículas se habían amontonado en el suelo y luego los levantó.

—Corran —dijo—. Corran hasta que puedan respirar.

Olivia se tambaleó mientras se levantaba sin quitarse el brazo de la boca. Aren hizo lo mismo y la ayudó a recobrar el equilibrio con la mano libre. Salieron juntos de ahí, con Em siguiéndolos de cerca.

Unos gritos desgarraron la noche y Olivia se detuvo en seco. Ya estaban lejos de la debilita, así que Aren y ella pudieron respirar de nuevo.

—Están matando a los ruinos —Olivia cerró las manos y corrió de regreso hacia la fortaleza.

Em estuvo a punto de gritarle que se detuviera, pero el aire ya estaba casi despejado.

Aren y Em corrieron detrás de ella.

—Los ruinos estaban apostados en distintos lugares de la fortaleza —gritó Aren—, formando una *U*. ¡Por allá!

Olivia volteó a ver hacia dónde señalaba y luego se desvió a la izquierda. Corrieron hacia los árboles y enseguida se detuvieron.

Allí la debilita era más potente. Se había adherido a las hojas y seguía flotando en el ambiente. Olivia y Aren retrocedieron varios pasos y dejaron que Em caminara hacia la espesura de los árboles.

Nic estaba tendido en el suelo. Le goteaba sangre por las marcas ruinas del cuello. Sus labios se habían puesto azules. Resollaba sonoramente, con los ojos enrojecidos mirando al cielo.

Em se agachó y tomó a Nic de los hombros. Quizá si lo apartaba de ahí tendría alguna posibilidad de sobrevivir. Tal vez Olivia podría curarlo.

Nic emitió un grito ahogado y luego su pecho se quedó quieto y su cabeza se giró de lado. Em tragó saliva y le soltó los hombros. Miró a Aren y a Olivia, que estaban a varios pasos de ahí. Olivia respiraba con dificultad, rezumando furia por los poros. Se oyeron unos gritos que provenían de la fortaleza. Em salió de entre los árboles y vio a los guerreros embistiendo a los soldados de Lera. Era un mal paso, tomando en cuenta que probablemente ya habían perdido a la mayoría de los ruinos que habían apostado en los alrededores.

Olivia se precipitó furiosa hacia el fuerte con los brazos extendidos.

—¿Creen que pueden hacerme daño? —gritó—. ¡Vuelvan a intentarlo, cobardes! ¡VUELVAN A INTENTARLO!

De repente cuatro soldados de Lera surcaron por los aires, con los huesos contorsionándoseles de maneras que a Em le provocaban náuseas. Cayeron al suelo, muertos.

Matar a cuatro personas con magia ruina tendría que haber dejado a Olivia exhausta, pero ni siquiera bajó la velocidad. Siguió a la carga y le gritó a Aren que le ayudara. Él corrió detrás de ella.

Em se dirigió como flecha a la batalla y sacó su espada. El corazón le latió rápidamente cuando un guerrero pasó corriendo frente a ella. Unos pasos más y estaría en lo más álgido de la batalla. El sonido de los gritos y las espadas surcaban la noche. Estaba en alerta máxima y tenía erizados los vellos de la nuca. En la oscuridad era difícil distinguir entre los guerreros y los soldados de Lera, y todo lo que veía era una multitud de cuerpos enredados unos con otros.

¿Estaría Cas ahí? ¿Estaría peleando junto a los soldados de Lera? ¿Habría sabido que iban a arrojar debilita después de que Olivia escapara?

No. Por supuesto que no. Él había estado con ella los últimos días, y después, en cuanto llegó, lo habían encerrado en una jaula.

De pronto vio a un hombre frente a ella y ya no tuvo tiempo de preocuparse por Cas. Él le lanzó la espada directo al pecho, y Em rápidamente bloqueó el ataque. Su rostro le resultaba vagamente conocido de su temporada en el castillo.

—Emelin... —su gritó se apagó cuando ella le clavó la espada en el pecho.

Giró y encontró a Iria rechazando un ataque de dos soldados de Lera. Em dio un salto para quedar a su lado. Bloqueó una espada antes de que conectara en el brazo de Iria. El soldado de Lera parpadeó sorprendido cuando apareció Em, que aprovechó ese segundo de debilidad para hundirle la espada en el estómago y luego lo derribó de una patada.

—Gracias —dijo Iria jadeando mientras sacaba su espada del pecho de otro soldado.

Em estudió la escena frente a ellas. Había salpicados por el suelo guerreros que superaban en número a los soldados de Lera. Buscó desesperadamente a Olivia y a Aren entre la multitud, pero no los veía por ningún lado.

El pánico se apoderó de ella cuando otro soldado se le acercó. Por varios minutos todo fue una confusión de sangre, cadáveres y espadas mientras rechazaba un ataque tras otro, y en los instantes entre uno y otro seguía buscando a su hermana.

Alejó de un empujón a un soldado de Lera ensangrentado y, cuando cayó de rodillas, lo desarmó de una patada. Retrocedió un paso y se encontró con algo sólido.

Giró. Era Cas.

Él bajó la espada y se sacudió el cabello de la mirada.

—Vete —dijo tomándola de la muñeca—. Diles a los ruinos que se replieguen, o morirán.

—Creo que casi todos ya están muertos —dijo Em conteniendo las lágrimas.

Cas arrugó el semblante en arrepentimiento.

—Lo siento. No lo sabía.

—Lo sé.

Le apretó la muñeca y luego se la soltó.

—Por favor, Em, sal de aquí.

Cas se dio la vuelta. Pasó encima de un guerrero muerto y corrió hacia la fortaleza. Iria estaba cerca de allí y lo vio pasar. Miró a Em, que parecía estar decidiendo si seguirlo o no.

—¡En retirada! —gritó Em lo más fuerte que pudo—. ¡Guerreros y ruinos, en retirada!

Iria repitió la orden y los guerreros empezaron a correr. Quedaban tan pocos que Em pudo contarlos mientras bajaban corriendo la colina. Siete, doce, dieciocho. No eran más de treinta, hasta donde podía ver. Debían haber comenzado el ataque por lo menos cien.

Alcanzó a ver a Olivia. Aren estaba completamente apoyado en ella mientras descendían por la colina tambaleándose. Em corrió hacia ellos mientras guardaba su espada en la funda. Tomó el otro brazo de Aren y se lo echó sobre los hombros.

Olivia estaba toda salpicada de sangre: la ropa, los brazos, la cara. Había sangre por todas partes.

—¿Estás bien? —preguntó Em.

Olivia asintió con los ojos destellándole. Después miró a Aren y le dijo:

—No te preocupes. Te enseñaré como conservar la fuerza cuando uses tus poderes.

—¿En verdad? —preguntó él, esperanzado.

—Por supuesto —le dijo sonriendo tras limpiarse la sangre de la mejilla.

Llevaron a Aren a rastras al pie de la colina y entre los árboles. Los guerreros se habían dispersado y los alrededores estaban tranquilos y callados. Había casi demasiado silencio tras el clamor de la batalla.

—¿Adónde vamos? —preguntó Olivia.

—A ver si queda algún ruino con vida.

Olivia de repente soltó un grito ahogado y a Em las palabras se le atoraron en la garganta. Una flecha sobresalía del brazo izquierdo de Olivia. Ella se tambaleó hacia atrás, y Aren se cayó al suelo sin su apoyo.

Otra flecha cruzó los aires, tan cerca del rostro de Olivia que le dejó un pequeño rasguño en la mejilla derecha.

Em se giró.

Olivia se sacó la flecha. Un líquido azul goteaba por la herida. Habían emponzoñado con debilita las puntas de las flechas.

De pronto un cuerpo cayó sobre Em, quien demasiado tarde recordó mirar hacia arriba. Por supuesto, los soldados estaban en los árboles. Conocía muy bien esa estrategia.

Unos brazos la tomaron de la cintura, del cuello, de las piernas. Se retorció, intentando desesperadamente ver a Olivia, pero uno le aplicó una llave que le impidió ver nada más que el bosque.

Y a la reina.

Fabiana no sonreía, pero la satisfacción se le notaba en el semblante.

Inclinó la cabeza.

—De vuelta a la fortaleza. Ella morirá en público por sus crímenes —y señaló algo a espaldas de Em—. A Olivia pueden matarla aquí. Tráiganme su cabeza.

Em pataleó, pero los brazos la sostuvieron con fuerza. Olivia seguía gritando y Em tenía demasiado miedo de voltear y buscar a Aren. ¿Ya estaría muerto?

—Por favor, suéltenla —suplicó Em mientras los soldados la llevaban a rastras por detrás de la reina.

—Deténganme a mí pero, por favor, suelten a Olivia.

—Ya las tengo a las dos —dijo la reina mientras la veía de soslayo—. Tu habilidad para negociar podría servirnos de algo.

—Por favor —las palabras de Em sonaban desesperadas, pero no le importaba—. Si sueltan a Olivia, no volverán a vernos.

La reina no se tomó siquiera la molestia de responder. Em tenía el pecho henchido de lágrimas e ira. Era una situación desesperada. No había logrado salvar a Olivia. No había podido salvar a los ruinos. Moriría sin haber conseguido nada.

Unos pasos golpearon el suelo y la reina desenvainó la espada mientras Em miraba alrededor, esperanzada. Sería un magnífico momento para que los guerreros aparecieran.

El rostro de Cas surgió entre las hojas, y la pequeña sensación de esperanza en el estómago de Em se hizo más grande.

Estaba sin aliento, y sus ojos pasaban alternativamente de su madre a Em. Se veía furioso, y Em supo que había llegado esperando encontrarse con eso.

La reina bajó la espada y suspiró.

—Cas, por favor regresa a la fortaleza.

—Suéltenla —dijo señalando a los soldados que llevaban a Em. Pero éstos no se movieron.

—Entiendo por qué no puedes hacerlo tú mismo —dijo Fabiana—, pero alguien tiene que hacerlo.

—No, no tenemos que hacerlo —a Cas le temblaba la voz pero él estaba completamente erguido—. Ya hemos sufrido suficientes muertes.

—El daño que le hizo a nuestro reino es incalculable —dijo la reina—. Si la dejas ir, no podrás dirigir a tu gente, puedes estar seguro. Te considerarán débil.

Cas sacudió la cabeza.

—Creo que tú y yo tenemos diferentes ideas de lo que significa ser débil. Yo no voy a ser esa clase de rey. Yo no ordenaré su ejecución.

—Sé que no lo harás —dijo la reina en voz baja.

Em percibió un destello de esperanza en Cas por la manera como levantaba las cejas al ver a su madre, como si le preguntara si cedería.

Por un momento pareció muy optimista.

La reina se giró tan súbitamente que uno de los soldados se sobresaltó y clavó su espada en el vientre de Em.

El mundo se volvió negro, luego rojo y luego negro otra vez. Las rodillas de Em golpearon el piso, pero no recordaba haber caído. Alguien gritó ¡No! O la palabra hacía eco en sus oídos o la estaban repitiendo una y otra vez.

Empezó a balancearse y golpeó con un cuerpo tibio.

—No, por favor —dijo Cas con la voz entrecortada, y Em se percató de que estaba en el suelo, recargada en su pecho. Bajó la mirada y vio sangre en las manos de Cas. ¿Estaría herido?

No. La sangre era de ella.

—Perdón —dijo él con la boca pegada en su cabello—. Lo siento mucho.

Ella sacudió la cabeza, porque no quería que Cas se disculpara. Él no necesitaba disculparse. Em no podía hablar, pero se las arregló para encontrar la mano de Cas que reposaba en su vientre.

Se me ocurren peores maneras de morir. Esas palabras que Cas había pronunciado el día anterior vagaban por su mente y Em estuvo a punto de reír. Posiblemente lo hizo.

Luego hubo gritos.

Gritos horribles y aterrorizados.

Y la cabeza de un hombre rodó por el suelo.

Los brazos de Cas estrecharon más fuerte a Em. Ella parpadeó varias veces, intentando que la vista volviera a funcionarle. Había sangre regada por todas partes. Ya no había guardias ni soldados, sólo pedazos de ellos desperdigados.

Olivia dio unos pasos en medio del desastre y estiró el brazo.

El pecho de la reina se inflamó y de su boca salió un sonido inhumano.

Se le abrió el pecho con un crujido que le sacudió a Cas todo el cuerpo. Algo flotó por los aires y cayó en la mano de Olivia. Le escurría sangre por el brazo mientras lentamente iba abriendo los dedos uno por uno, hasta que dejó caer al suelo el corazón de la reina.

Olivia volteó y miró con ojos entrecerrados a Cas.

—A un lado.

Él no obedeció enseguida, pero Olivia volvió a gritarle cuando se acercó a Em. Él súbitamente se quedó frío. La cabeza de Em estaba delicadamente colocada en el suelo.

—Estás bien —dijo, sin enojo en la voz. Y puso las manos en el estómago de Em.

Em inhaló profundamente, y de pronto el mundo volvió a estar nítidamente enfocado.

—Vete —dijo Olivia mirándolo por encima del hombro.

Em giró la cabeza a un lado y vio a Cas a unos pasos de su madre muerta. Su rostro era una máscara helada de horror y miedo.

—Vete, ella estará bien —dijo Olivia entre dientes.

Cas miró a Em fijamente, como si esperara su confirmación. Ella movió ligeramente la cabeza en señal de asentimiento. Su cuerpo estaba débil, pero podía sentir la magia de Olivia en acción, suturándole las heridas.

Cas vaciló otro momento, con el cuerpo tembloroso, con la mirada fija en la de Em. Los ojos se le llenaron de lágrimas cuando ella volvió a asentir.

Cas se alejó corriendo.

Em giró hacia su hermana. Los ojos de Olivia estaban muy abiertos, con la mirada furiosa. Su boca estaba estirada en una mueca extraña. La expresión era una loca mezcla de cólera y felicidad.

—Vas a estar bien, hermana —dijo Olivia suavemente—. Tú y yo apenas empezamos. Cuando acabemos, todos estarán de rodillas suplicando que los perdonemos.

Em contuvo las lágrimas, aunque no sabía bien por qué lloraba. Agotamiento, derrota o el semblante de Cas mientras veía a su madre. Fuera lo que fuera, las lágrimas consiguieron resbalar por sus mejillas.

Olivia retiró las manos del vientre de Em y le acomodó un mechón de cabello. Sonrió.

—No llores, Em. Muy pronto tendrán que temernos.

AGRADECIMIENTOS

Ruina fue un trabajo en equipo. Muchísima gente me leyó, animó o regaló palabras de aliento cuando lo necesité. Así, ofrezco un sentido agradecimiento a:

Mi editora, Emilia Rhodes, a quien se debe que este libro fuera mucho mejor de lo que imaginé. *Ruina* tiene tantas piezas móviles que pensé que nunca conseguiríamos hacerlas funcionar juntas, pero tú hiciste que fuera sencillo.

Mi agente, Emmanuelle Morgen. Gracias por aguantar cuando planteé y quise probar mil maneras diferentes de construir la historia.

Jennifer Klonsky, por cuidar tanto de mí durante mi obra pasada, y asegurarse de que este libro llegara a las manos adecuadas.

Alice Jerman, por todo tu apoyo en este libro y en el díptico que es Reiniciados.

Michelle Krys, por las primeras lecturas y el entusiasmo. Gracias por ayudarme a encontrar el mejor principio y por tu magnífica reseña.

Shannon Messenger, por la temprana lectura y las notas de los personajes. Tu ayuda fue invaluable a la hora de dar vida a Em y Cas (y gracias por convencerme de dejar ese escritorio en Las Vegas).

Kiera Cass, por su magnífica reseña. Estoy encantada de que tus palabras adornen la portada del libro.

Jenn Reese, por las conversaciones sobre la literatura fantástica y por recibir con paciencia millones de preguntas. Gracias también a Amaris y Tracy por esas colosales conversaciones en nuestros desayunos tardíos.

Gracias al equipo de diseño en HarperTeen por la preciosa portada de *Ruina*. Es más bonita de lo que jamás imaginé.

Agradezco enormemente a todo el equipo de mercadotecnia y publicidad de HarperTeen por siempre cuidar tanto de mí, sobre todo a Gina Rizzo: gracias por el entusiasmo con *Ruina* desde el inicio y por ser siempre un rostro sonriente allí en RT.

Mis chicas de GFA: Natalie, Michelle, Amy, Lori, Corinne, Gemma, Deb, Ruth, Kim y Stephanie: gracias por estar ahí y compartir conmigo los altibajos. Son las mejores amigas escritoras que cualquier chica pudiera tener.

Natalie Parker, por planear las más colosales retiradas y por presentarme a prácticamente todos mis amigos escritores.

Michelle Rosenfield, por ser una gran amiga, ver todas esas películas conmigo y permitir que me desahogara en más de una ocasión. Gracias también a Ethan por las caminatas alrededor del lago. Luna te extraña.

Sara y Sean, Mely y JP, Nick, Louise, Josh, Chris y Megan: gracias por venir a las fiestas y presentaciones, por ser gente tan maravillosa y por apoyarme.

Gracias a todos los blogueros que leyeron y apoyaron Reiniciados, pero sobre todo a Stacee (Book Junkee), Erin y Jaime Arkin (Fiction Fare), Dianne (Oops I Read It Again), Katie (Mundie Moms) y Sash (Sash and Em). Me encanta ver sus rostros sonrientes en las presentaciones o en mi cronología de Twitter.

Gracias a mis padres y a mi familia, con mis disculpas por los padres muertos o malvados que salen en este libro. ¡Les juro que no están inspirados en ustedes!

Y por último pero definitivamente no al final, gracias a mi hermana, Laura, mi primer y mejor crítico particular y la razón por la que este libro se convirtió en una historia de hermanas. Lamento haber hecho que la chiflada fuera la menor.

Esta obra se imprimió y encuadernó
en el mes de febrero de 2017,
en los talleres de Impregráfica Digital, S.A. de C.V.,
Calle España 385, Col. San Nicolás Tolentino,
C.P. 09850, Iztapalapa, Ciudad de México.